KB136153

치아문단순적소미호

우리 순수하고 아름다웠던 날들에 부쳐

A LOVE SO BEAUTIFUL #1-2 (致我们单純的小美好 1-2)

Copyright © 2015 by Zhao Qianqian
All rights reserved.
Published in agreement with Zhao Qianqian c/o The Grayhawk Agency Ltd.,
through Danny Hong Agency.
Korean translation copyright © 2018 by Hyeonamsa Publishing Co., Ltd.

이 책의 한국어판 저작권은 대니홍 에이전시를 통한 저작권사와의 독점 계약으로
(주)현암사에 있습니다. 저작권법에 의해 한국 내에서 보호를 받는 저작물이므로
무단 전재와 복제를 금합니다.

치아문
단순적
소미호

致我们单純的小美好

2

자오첸첸 지음 | 남혜선 옮김

달다

일러두기

1. 인명 및 지명은 국립국어원 외래어표기법에 따라 중국어 발음으로 표기했습니다.
2. 각주는 모두 역자 주입니다.

차 례

1권

17장

신기하게도 이번 주 내내 우리 집에서 전에 본 적 없는 기이한 현상이 서서히 일어나고 있음을 발견하게 되었다. 욕실에서 면도기가 나오질 않나, 침실에 의학서가 보이질 않나, 하룻밤 사이에 부엌에 있던 라면이 싹 사라져버리질 않나, 식탁 위에 기괴한 모양의 뼈가 올려져 있질 않나……

식탁 위에 당당하게 등장한 그 뼈를 보고 더는 관용을 베풀지 않기로 마음먹었다. 계속 이렇게 나갔다가는 이 인간이 아예 자기 집을 이리로 옮겨오겠다 싶었다. 그래서 그 뼈를 들고, 노트북 컴퓨터로 학술논문을 쓰고 있던 장천 앞으로 씩씩대며 뛰어가서 컴퓨터 책상 위로 휙 던져버렸다. "이게 뭐야?"

장천이 고개를 옆으로 돌려 슬쩍 보더니 내 질문에 차분하고 진지하게 대답했다. "뼈."

담담한 그 모습에 열이 확 식어버렸지만, 그래도 애써 기세등등

한 척했다. "이게 뼈라는 건 나도 알아. 내 말은 이게 왜 식탁에 올라와 있냐는 거야. 네가 네 물건 몰래 우리 집에 가져다 놓은 거 내가 모를 줄 알아!"

쟝천이 키보드에서 손가락을 떼더니 고개를 돌려 애꿏게 날 쳐다봤다. "네가 모른다고 생각하지 않았는데."

어? 모…… 모른다고 생각하지 않았다고?

마치 나는 공기가 빵빵하게 찬 풍선이고, 쟝천은 손에 바늘을 들고 있는 것 같았다. 이 인간이 손을 뻗어 콕 찌르기만 하면 내 배에 가득 들어차 있던 공기가 '푸쉬식' 소리와 함께 단번에 확 빠져버릴 것 같았다.

쟝천은 아무 말 없이 한참 날 쳐다보다가 몸을 휙 돌려 계속 컴퓨터를 응시했고, 나는 서둘러 이렇게 말했다. "그…… 그럼 어쩌자고 뼈 모형을 식탁에 올려둔 거야?"

쟝천은 눈살을 찌푸리며 뼈를 흘긋거리더니 나까지 흘긋거렸다. "내 기억이 틀리지 않았다면 저게 어젯밤에 내가 갈비탕 끓일 때 나온 그 뼈지 아마."

……

해명하자면, 어젯밤 갑자기 연근 갈비탕이 먹고 싶어진 나는 인터넷을 뒤져 조리법을 찾아낸 뒤, 나가서 재료를 사 왔다. 쟝천이 퇴근해서 돌아오기를 기다렸다가 거짓말 좀 보태서 어르고 달래가며 쟝천에게 조리법을 보여준 뒤, 다시 또 거짓말 조금 보태서 어르고 달래가며 탕을 끓이게 했다. 그러니까 남자는 길들이기 나름이라 이 말씀. 개도 길들이는 마당에 하물며…… 아니 하물며는 아니고.

　쟝천이 한 솥 가득 끓인 갈비탕 중 반을 남겼는데, 오늘 아침 그걸 데워 아침으로 먹었더랬다. 쟝천은 갈비탕을 두 그릇 후루룩 들이마신 뒤 내려가 차에서 날 기다렸고, 나는 남은 갈비탕을 싹 다 비워버렸다. 탕을 다 마시고 나서 보니 솥 바닥에 뼈다귀가 몇 개 남아 있었는데, 저 뼈다귀 살을 깨끗하게 뜯어 먹지 않으면 집주인이 키우는, 나만 봤다 하면 유별나게 큰 소리로 짖어대는 개나 좋은 일 시키겠다 싶은 생각이 들었다. 그런데 겨우 딱 하나 깔끔히 뜯어 먹은 참에, 쟝천이 죽어라 전화를 해서는 너 도대체 뭘 꾸물거리고 있냐고, 당장 안 내려오면 회사까지 데려다주지 않겠다는 거다. 나는 재촉하면 안 되는 사람이다. 한번 재촉하면 허둥지둥 난리가 나서 온갖 실수가 더 터져 나온다. 그 바람에 마음이 급해져서 식탁 위에 있던 뚝배기와 국그릇을 죄다 바닥에 떨어뜨리고 말았다. 간신히 바닥을 깨끗이 정리한 뒤, 씩씩거리며 다시 올라온 쟝천을 데리고 나갔다. 그래서 내가 깨끗하게 뜯어 먹은 뼈다귀가 하루 동안 식탁에 남아 말라붙게 되었고, 매일 공사다망하신 이 몸께서 아침의 에피소드를 싹 다 잊어버리고 말았던 것이다. 그러니까…….

　"하하" 나는 연거푸 억지웃음을 터뜨렸다. "정말이지 꼭……."

　쟝천 표정이 별로 안 좋아 보여서 웃는 낯으로 칭찬해주었다. "모양새가 이런 데도 어젯밤 그 뼈다귀라는 걸 알아보다니. 너, 저…… 정말 얘랑 엄청 친한가 보다."

　사실 본래는 "역시 의사답네." 이렇게 칭찬해주려고 했는데, 쟝천이 날 노려보는 통에 말이 헛나가고 말았다…….

얼떨떨해하는 쟝천 얼굴에 보조개가 하나 접혔다. "뭐 그럭저럭. 나 너하고도 엄청 친하잖아."

……

말을 마친 쟝천은 다시 고개를 돌려 키보드를 두드리기 시작했고, 나는 침대 모서리에 앉아 열심히 생각을 되새겨보았다. 내가 원래 저 인간을 단죄하려고 왔던 건가?

아무리 생각해도 생각이 나지 않았다. 그래서 건너가서 쟝천의 어깨에 턱을 올려놓고 멍을 때렸다. '그래서'가 이런 때 쓰는 단어는 아니라지만, 난 기꺼이 이렇게 쓰겠다. 내가 이런다고 그쪽이 뭘 어쩌시려우?

쟝천은 고개를 돌려 내 뺨에 뽀뽀를 하고는 내 존재를 무시해버렸다.

나는 그의 귀를 잡아당기며 생각 없이 건성으로 말을 내뱉었다. "매일 이렇게 힘들게 일해서 한 달에 월급 얼마 받아?"

쟝천이 컴퓨터 책상 서랍을 열어 지갑을 꺼내더니 그 안에서 신용카드를 한 장 뽑아 꺼냈다. "내 급여 계좌 현금인출카드야."

"어?" 나는 카드를 건네받으며 머리를 긁적였다. "내가 무슨 현금인출기도 아닌데, 이거 준다고 내가 네 한 달 월급이 얼만지 확인할 수 있는 것도 아니잖아."

쟝천이 어처구니없어하며 말했다. "나야 월급 가져다 바치면 되는 거고, 비밀번호는 네 휴대폰 번호 뒷자리 여섯 개야."

"네 비밀번호에 왜 내 휴대폰 번호를 써?"

"방금 바꿨어. 어리바리 천샤오시 기억 못 할까 봐."

"그런데 이 현금인출카드를 왜 나한테 줘?" 내 마음은 이 카드를 받아야 하나 말아야 하나를 놓고 갈등 중이었다.

"네가 매일같이 내 귀에 대고 수도세가 비싸다느니 전기세가 비싸다느니 떠들어대니까."

무심결에 이런 말이 튀어나왔다. "그럼 네가 너희 집으로 돌아가면 되지."

쟝천이 말없이 조용히 날 바라봤다.

나는 괴로워서 혀를 다 깨물고 싶을 지경이었다. "내…… 내 말은 요즘 네가 계속 우리 집에 있으니까, 너희 집에 그…… 그 먼지가 가득 쌓였을 거란 말이지."

요즘 같은 시대에 동거가 무슨 대단한 큰일이 아니기는 하다. 그…… 그렇지만 나도 왜라고는 정확히 말 못 하겠는데, 어쨌거나 이건 좀 아니라는 생각이 들었다. 아마도 아직 양가 부모님의 승낙을 받지 못한 터라, 뭔가 좀 명분이 서지 않는다는 느낌이 들어서 그랬을 것이다. 그래, 내 병이다, 병. 신중병.

쟝천이 입가를 삐쭉거렸다. "알았다. 우리 집 먼지까지 걱정하느라 고생이네."

무슨 말을 해야 할지 알 수 없어서 하는 수 없이 비위를 맞추며 웃어주었다. "일 계속해." 그러고는 눈을 내리깔고 순순히 방에서 나와 거실로 가서 텔레비전을 봤다. 소리를 아주 작게 틀어놓고 열심히 보지도 않으면서 귀만 길고 길게 잡아당겼다. 방 안의 동정을 엿듣고 싶어서.

반 시간 정도 지나자 안에서 컴퓨터 끄는 소리가 들리더니 5분 뒤, 쟝천이 노트북 가방을 들고나왔다. "나 집에 간다."

나는 일어서서 입술을 깨물었다. "운전 조심해."

쟝천의 얼굴이 울그락불그락했다. 동공 깊은 곳에 화염 두 덩어리가 활활 타오르고 있는 것 같았다.

문을 쾅 닫고 나가는데, 소리가 얼마나 큰지 너무 놀라서 어깨를 움츠리고 말았다. 성질 하고는…….

나는 닫아 걸은 문에 기대 우리가 다시 만나기 시작한 지 며칠째인지 손가락으로 꼽아보았다. 3개월이 조금 넘은 참이었다. 여름부터 가을까지, 에어컨 켜기 시작해서 가을 이불 덮을 때까지. 쟝천은 어째서 나한테 집에 한번 가자는 말을 하지 않는 걸까. 그래야 내가 우리 아빠한테 뭐라고 설명이라도 하지. 아니면 날 자기 집에 데리고 가던가. 어머니한테 곤욕이라도 치르게.

머릿속으로 쟝천 어머님이 날 다시 보시면 뭐라고 하실지 상상의 나래를 펼쳐보았다. 음, 대충 어쩌자고 아직도 망령처럼 우리 아들한테 들러붙어 있는 거냐고 하실 텐데, 그럼 어머님 아들이 혼백 불러들이는 대법사님이라서 그렇다고 할까? 하하, 속이 다 시원하네.

소파에 궁둥이를 겨우 붙이려는데 초인종이 울리기에 고양이 눈으로 내다봤다. 울퉁불퉁 찌그러진 쟝천 얼굴이 너무 귀여웠다.

문을 열어주며 목청껏 소리 높여 말했다. "집에 간다고 하더니,

뭐 하러 돌아왔대? 오늘 밤은 무슨 말을 해도 받아주지 않을 건데."

내가 좀 우쭐해 있었다는 점 인정한다. 쟝천 너도 기죽어서 돌아오는 때가 있구나 싶었다. 위풍당당하신 쟝천 님, 기세당당하신 쟝천 님께서 말이야.

하지만 쟝천 뒤를 따라 들어오는 두 사람을 보고는 웃음이 나오지 않아 우물쭈물 더듬고 말았다. "엄마, 아빠."

아빠는 얼굴이 흙빛이었지만, 엄마는 싱글거리며 내 손을 잡았다. "방금 아래층에서 만나서 내가 같이 올라오자고 했어."

"엄마, 어쩌자고 여기까지 온 거야? 시간이 이렇게 늦었는데 마중 나가게 전화라도 한 통 주지 않고." 나는 몰래 쟝천을 훔쳐봤다. 표정은 그나마 침착했다.

"네 아빠가 너 보러 올라가자고 고집을 부려서 그런 거지 뭐. 너 일 바쁘니까 마중 나오라고 하지 말라더라고. 가는 날이 장날이라고, 오늘 길이 이렇게 막힐 줄 알기나 했다니. 그 바람에 이렇게 늦어버렸네."

거짓말. 저녁 뉴스 보니까 오늘 교통 상황 엄청 좋다고 하더구만. 저 연세가 되어서도 기습 점검 놀이를 하고 있으니, 뻔뻔하기는.

엄마가 날 부엌으로 잡아끌었다. "뭔 멍을 때리고 있어, 아빠한테 물 따라서 가져다드려."

부엌으로 들어서자마자 엄마가 내게 작은 소리로 당부했다. "집에 남자 물건 있으면 얼른 다 감춰. 네 아빠 못 보게."

나는 식겁해서 미처 말도 다 못 하고 방으로 재빨리 뛰어 들어갔고, 옷장에 있던 쟝천의 옷을 가방에, 침대 밑에 쑤셔 넣은 다음, 잽싸게 화장실로 날아가서 쟝천의 칫솔과 수건, 면도기를 전부 플라스틱 상자에 쓸어 담은 뒤, 세숫대야로 덮어 세면대 아래 처박아두었다. 그러고 났더니 또 베란다에 널어둔 쟝천 옷이 떠올랐다. 베란다로 가려면 거실을 반드시 지나쳐야 하는데, 옷을 걷어 들어오면서 어떻게 거실에 앉아 있는 아빠와 쟝천을 피해 간단 말인가? 정말 속이 타서 머리가 아프고 발을 동동 구를 지경이었고, 눈앞이 캄캄했다.

그래서 다시 부엌으로 돌아가서 찻잎을 찾아 차를 우리고 있던 엄마에게 물었더니, 엄마가 한심해하며 말했다. "네 옷은 걷어서 안고 들어오고, 쟝천 옷은 걷어서 아래층으로 떨어뜨려."

……

과연 늙은 생강이 더 맵다니까.

나는 수상쩍어하는 아빠의 눈빛에 억지웃음을 지으며 베란다로 걸어갔다. "엄마가 밤인데 옷 걷어들여야지, 안 그러면 이슬 맞아서 안 좋다고 해서……."

옷을 걷은 뒤, 베란다에 엎어져 어느 방향으로 떨어뜨려야 좋을지 곰곰이 어림잡아 봤지만, 하늘이 너무 어두운 데다 우리 집이 너무 높아서 옷을 어디로 떨궈야 사람 머리에 떨어지지 않을지 정확히 판단할 수가 없었다. 다른 옷은 그렇다 쳐도 속옷이라도 사람 머리에 떨어졌다가는 정말 너무 민망한 일 아닌가 말이지…….

아마 내가 베란다에서 너무 꾸물거렸는지 안에 있던 사람들끼리 대화를 시작했고, 안에서 나직나직한 말소리가 들려왔다. 아빠와 쟝천이 뭔가 이야기를 나누고 있는 것 같아서, 고양이처럼 몸을 낮춘 채 베란다 문가로 다가가서 몰래 엿들었다.

"샤오시와 그렇게 오래 헤어져 있었으면서, 우리 애를 사랑했다면 어째서 걔를 찾지 않은 게야?" 아빠 목소리에서 분노와 고의로 연출한 위엄이 느껴졌다.

아빠, 질문 한번 잘하셨네요.

쟝천이 목소리를 어지간히 내리깔았는데도, 나 사는 빈민굴이 방음이라는 게 되는 집이 아니라 아주 똑똑히 들을 수 있었다. "아저씨, 아저씨도 젊은 시절 지나오셨잖아요. 어릴 때 그렇게 오기 부리는 때가 있지 않습니까."

아빠가 쌀쌀맞게 콧방귀를 뀌셨다. "너, 그 놈의 오기 오래도 부리는구나."

"제가 철이 없었습니다."

"그렇게 오기를 부려놓고 둘이 어떻게 또 화해했어 그래?" 이번에는 엄마 목소리였다. 과연 다른 두 사람에 비하면 포스가 보통이 아니었다.

"아저씨 병원 입원하셨을 때, 샤오시가 제게 전화를 해왔습니다. 그러다 나중에 다시 연락하게 되었고요."

"그러니까 우리 샤오시가 먼저 자네를 찾아갔다 이거야?"

"아닙니다. 실은 제가 먼저 잘못 건 척하면서 샤오시에게 전화를 걸었습니다. 본래는 몇 번은 그렇게 잘못 건 척 전화를 해야 샤오시가 전화할 줄 알았는데, 생각지도 못하게 아저씨가 다치시는 일이 벌어졌던 거죠."

"샤오시는 알아?"

"모릅니다."

"어째서 걔한테 얘기 안 했어?"

"오기가 나서요."

순간 만감이 교차했다. 오기, 오기, 그 망할 놈의 오기 같으니라고…….

엄마는 허허거리며 웃어젖히는데, 아빠는 여전히 포기할 분위기가 아니었다. "그렇게 툭하면 샤오시한테 오기를 부리는데, 앞으로 살면서도 걔한테 양보라고는 안 할 거 아니냐. 나는 너한테내 딸 못 보낸다. 게다가 너희 집안 분들이 모시기 좋은 분들도 아니고."

"아저씨, 안심하세요. 제가 사리 분별 잘해서 샤오시 힘들지 않게 할 겁니다. 샤오시한테 잘하겠습니다. 저희 부모님 쪽은 제가잘 처리할 겁니다."

"흥, 입으로 말은 누가 못 하나." 솔직히 말해서 아빠가 생트집을 잡는 느낌이 역력했다.

"그럼 아저씨는 제가 어떻게 증명하기를 바라시나요?" 장천이성실하고 차분한 말투로 말했다. 환자 가족들을 많이 대해봐서 경험이 풍부한 건 아닌지 의구심이 들었다.

"일단 샤오시한테 그 전화 얘기부터 솔직히 말해봐."

"그것뿐이세요?" 장천이 곤혹스러워하는 티가 역력했다. 사실나도 너무 곤혹스러웠다는…….

"그래!" 아빠는 단칼로 딱 잘라 말씀하셨다. 창피해하는 기색이라고는 1도 없이.

"하지만 샤오시 이미 베란다에서 한참을 다 들었는데요." 장천이 좀 난감해하는 것 같았다.

……

나는 장천의 옷을 잽싸게 아래로 던져버리고는, 내 옷을 안고 웃는 낯으로 거실로 걸어 들어갔다. "하하, 베란다가 공기가 좋아서, 서 있으면 발이랑 다리에도 좋고……."

아빠, 엄마는 사흘을 계시다가 집이 너무 비좁다며 돌아가셨다. 장천은 요 며칠 퇴근만 하며 얌전히 집으로 달려와서 엄마를 도와 식재료를 씻고 다듬어드렸고, 아빠와 함께 구기종목 중계방송을 보거나 바둑을 두었다. 세상 다시없을 효자에 착한 아들 그 자체였다. 하지만 나한테는 몰래 싫은 표정을 지어 보였다. 아직도 그날 내가 자기를 쫓아 보낸 일을 놓고 화를 내고 있는 모양이었다.

오늘 이른 아침에 회사에 갔더니, 푸페이 사장이 지난 두 달 치 밀린 월급을 지급했다며 신바람이 나서 말했다. 최근 회사에는 큰 프로젝트가 들어오지 않았다. 나와 쓰투모 둘 다 이를 잘 알고 있는 터라 별말 하지 않았다. 쓰투모가 돈 안 들어온다고 안 쓰는 사람도 아니고, 나도 간신히 버틸 만해서 회사 난처하게 할 필요가 없었던 것이다. '회사는 나의 집'이라는 말은 가당치도 않은 억지지만, 우리 셋이 이 회사 창립 멤버인지라, 그러니까 다시 말하면 회사가 줄곧 규모를 확대하지 않았다는 이야기인데…… 됐다. 쓰투모 말로는 이 회사가 우리한테는 친자식이나 마찬가지라고, 아무리 못생겼어도 친자식이니 참을 수밖에 없다고 했다.

퇴근 후 현금인출기 앞을 지나가는데, 그 김에 월급 얼마나 들어왔는지나 한번 보자 싶었다. 그런데 카드가 들어갔는데도 비밀번호가 계속 맞지 않았다. 이러다가 곧 현금인출기에 먹히겠다 싶어서 카드를 빼냈다가 그제야 쟝천이 준 카드였다는 걸 깨달았다. 그래서 다시 카드를 넣고 내 휴대폰 뒷번호 여섯 자리를 눌렀는데, 그 안에 있던 숫자에 너무 놀라서 현금인출기 위로 자빠질 뻔했다. 지나가던 사람이 내가 현금인출기에 예의에 어긋나는 짓을 하고 있다고 생각하지 않아 주었기를 바랄 뿐……

휴대폰을 찾아 쟝천에게 전화를 걸었다. '뚜뚜' 소리가 한참 나고 나서야 쟝천이 전화를 받았다. "왜?"

"용건 없으면 전화하면 안 돼?"

"도대체 무슨 일인데? 나 엄청 바빠."

"별일 아냐." 퉁명스럽게 말해주었다.

"용건 없으면 끊는다."

전화는 '찰칵' 소리와 함께 바로 끊겼다. 치사한 인간.

본래 뭘 묻고 싶었느냐고? 음, 계좌 안에 들어 있는 돈이 언제부터 언제까지 받은 월급이냐고 묻고 싶었다. 만일 두세 달 치 급여라고 했으면, 냉큼 달려가서 집에 있던 콘돔에 구멍을 내버렸을 것이다. 그러고 아들 하나 낳아준 뒤 쟝천한테 시집가는 거지.

하지만 전화가 끊겨버렸으니, 낯짝이 빈대떡처럼 얇디얇은 이 몸께서 10분 정도 지나 다시 걸어보기로 했다.

겨우 몇 걸음 뗴었을까, 가방에서 휴대폰이 다시 울렸다. 쟝천

번호에 록 밴드 메이데이MayDay의 〈연기처럼如煙〉을 개인 벨소리로 설정해둔 까닭에 가사 몇 마디가 계속 반복됐다. "일곱 살 그해, 매미 한 마리 잡으면 그 여름을 붙잡을 수 있으리라 착각했어. 열일곱 살 그 해, 그 얼굴에 입을 맞추면 영원히 함께할 수 있으리라 착각했지. 영원히 변하지 않는 그런 영원 없을까. 가슴에 안았던 아름다움 다시는 깨지지 않는⋯⋯."

"천샤오시!" 약이 오를 대로 오른 목소리를 따라 누군가 뒤에서 하나로 묶은 내 머리를 잡아당겼다.

고개를 돌리니, 쟝천이 한 손으로 내 머리를 잡아당기면서 다른 한 손에는 휴대폰을 들고 흔들고 있었다. "전화 왜 안 받아? 그리고 길 중간에 떡하니 서서 어디 정신 팔고 있는 거야?"

"너 왜 여기 있어?" 나는 뒤통수를 감싸며 말했다. "머리 잡아당기지 마."

"너 아까 전화했을 때 나 이 근처에 있었어. 오늘 저녁때 대학 동창 모임이 있는데, 다들 너 데려오라고 하잖아."

"아까 전화로 나한테 뭐 하러 전화했냐고 엄청 사납게 묻지 않았어? 그래놓고 내 전화 끊어버렸잖아." 나는 쟝천의 셔츠 깃을 세우며 말했다. "동창 모임 가주고 싶지 않은데."

"아하!" 쟝천이 알았다는 뜻으로 감탄사를 내뱉더니, 셔츠 깃을 잡고 있던 내 손을 밀치고는 뒤돌아 가려고 하기에, 서둘러 그의 셔츠 소매를 붙잡았다. "농담이야. 가자, 가자." 말을 마치고는 아예 내가 먼저 그의 손바닥에 손을 찔러 넣었다. "가자, 가자, 가자.

누구누구 왔는데, 우리 큰 사형 오셨나?"

장천이 날 노려봤다. "오거나 말거나 네가 무슨 상관이야."

18장

 큰 사형은 우리보다 2년 선배로, 당시 쟝천과 같은 기숙사 방에 살았다. 지금 보면 외모가 그야말로 V라인 꽃미남이었지만, 그때는 평범한 우리 대중의 심미관이 아직 한일 양국과 접선을 하지 못했던 시절이라, 우리 모두 그의 미모를 제대로 알아보지 못하는 결과를 낳고 말았다. 그리하여 사형이 입은 뾰족하고 볼은 원숭이처럼 생겼다는 생각에, '미후왕美猴王'[1]이라는 듣기 좋은 별명까지 붙여주었다. 하지만 온종일 미후왕, 미후왕 부르고 있으니 뭔가 좀 원숭이를 모욕하는 느낌이라, 이후 큰 사형이라고 고쳐 부르게 되었다.
 대학 시절 나와 큰 사형은 사이가 괜찮은 편이었다. 그때 큰 사형 여자 친구가 우리 기숙사에 살던 왕샤오쥐안王曉娟이었기 때문

---

1 『서유기(西遊記)』의 손오공이 원숭이 나라의 왕으로 추대되고 받은 이름이다.

이다. 내가 다리를 놓아준 사이였는데 정말 너무 미안했다. 왕샤오쥐안은 콧대 높은 성질로 이름을 날렸는데, 큰 사형은 그렇게 괴롭힘을 당하면서도 기꺼이 그 고생을 마다하지 않았다. 매번 들들 볶이고 나면 날 찾아와서 "천샤오시, 일찍 알았으면 널 쫓아다녔을 텐데, 쟝천 손에서 널 뺏어왔을 텐데." 이렇게 하소연을 하곤 했고, 그러면 나는 "그러게요. 후회되죠? 내가 생각해도 내가 쟝천한테 좀 아까워." 이렇게 응수했다. 그래놓고 둘이 같이 깔깔거리며 웃어댔다. 이런 걸 입만 산 가난뱅이 둘이 모여 재산 자랑하는 꼴이라고 한다.

큰 사형은 졸업 후 한 중학교의 양호실 선생님이 되어 떠났다. 물론 주로 왕샤오쥐안을 보러 온 것이기는 했지만, 처음에는 우리를 보러 학교에 꽤 자주 찾아왔다. 우리는 큰 사형에게서 요즘 애들이 얼마나 변태 같은지 아느냐고, 화장실에서 애를 낳아놓고 애가 화장실 구멍 같은 데 빠져도 눈 하나 깜짝하지 않는다는 이야기를 전해 듣곤 했다. 그는 나중에 왕샤오쥐안이 재벌 2세와 눈이 맞은 뒤로는 다시는 우리 앞에 나타나지 않았다.

나는 쟝천 앞에서 종종 큰 사형과의 추억을 돌아보며, 도대체 큰 사형이 왜 사라진 거냐고, 왕샤오쥐안은 어떻게 그런 사람을 아껴주지 않을 수가 있느냐고, 앞으로 그게 누구든 큰 사형한테 시집가는 여자는 다 조상님 은덕 본 거라고 떠들곤 했다. 한번은 쟝천이 짜증을 내면서, 또다시 자기 앞에서 그 선배 얘기 한마디라도 더 떠들었다가는 자기 손에 죽을 줄 알라는 말을 들었을 정도였다.

동창 모임은 한 노래방에서 열리기로 되어 있었다. 문을 밀어 젖히자 천지를 뒤흔드는 음악 소리가 터져 나오는 가운데, 몇몇이 날카로운 목소리로 미친 듯 울부짖고 있었다. "죽어서도 사랑해야 해, 남김없이 통쾌하게……"[2] 쟝천이 쓴웃음을 지으며 머리를 절레절레 흔들더니 손으로 내 귀를 덮으면서 입을 달싹거리는데, 뭐라고 하는지 알 수가 없었다.

눈 밝은 나는 한눈에 '죽어서도 사랑해야 해'를 불러대는 몇 명 중 한 명이 큰 사형임을 알아보았고, 쟝천을 밀치며 손을 흔들었다. "큰 사형!"

큰 사형은 개무시하는 눈빛으로 날 바라봤다.

"좌중들, 잘 들으셔. 반장 커플 납셨다." 갑자기 마이크를 잡은 사람이 떠들자, 사람들이 다 나란히 입구 쪽을 바라봤고, 순식간에 사방에서 휘파람 소리와 환호성이 몰아쳤다.

내가 손을 흔들며 크게 외쳤다. "다들 고생이네요. 제가 여러분 반장 다시 낚아챘잖아요."

다들 웃음보를 터뜨렸다.

쟝천이 내 허리를 잡은 채 날 안쪽으로 밀며 걸어 들어갔다. 소파에는 이미 일고여덟 명이 앉아 자리가 다 차 있었는데, 왼쪽으로 오른쪽으로 조금씩 비켜가며 겨우 우리 두 사람 앉을 자리를

---

2   타이완의 록 밴드 신악단(信樂團)이 부른 〈죽어서도 사랑해야 해(死了都要愛)〉의 가사 중 일부로, 이 곡은 한국 가수 박완규의 〈천년의 사랑〉 리메이크 곡이다.

만들어냈다. 자리에 막 앉았더니, 옆에 있던 누군가가 날 품에 안으며 이마에 쪽 입을 맞췄다. "샤오시, 내 사랑하는 샤오시."

나는 그 사람을 밀어젖히고 나서, 그 사람의 고개를 들어 올렸다가 비명을 지르며 다시 끌어안았다. "눈사람, 눈사람."

쟝천이 내 옷깃을 잡아당기며 날 떼어놓았다. "너 그러다가 쉐징雪静³ 목 졸라 죽이겠다."

나는 쟝천네 반 동창들과 관계가 유난히 좋다 못해, 심지어 우리 반 친구들보다도 좋을 정도였다.⁴ 두말할 나위 없이, 쉐징은 내게 제일 잘해준 친구였는데, 쉐징 말로는 나한테 이용 가치가 있어서라고 했다……. 쉐징은 명목상으로는 쟝천네 반의 홍보 위원이었다. 명목상이라고 한 건, 쟝천네 반에서 무슨 행사가 있으면 홍보 포스터고 전단이고 죄다 내가 만들었기 때문이다.

쉐징이 내 볼을 꼬집으며 욕을 퍼부었다. "무슨 낯짝으로 왔대? 쟝천이랑 헤어졌다고 내 전화도 안 받는다 그거지?"

내가 몸 뒤에서 쟝천을 잡아끌었다. "살려줘."

쟝천이 손을 탁 쳤다. "쌤통이다."

별안간 오디오에서 귀를 찢을 듯한 전류 소리가 울려 퍼졌다. 아마 누군가의 마이크가 스피커에 닿은 모양이었다. '쾅' 소리가 들리더니, 펄쩍펄쩍 뛰면서 신나게 노래를 부르던 큰 사형이 왜 그런지는 모르겠지만 마이크를 바닥으로 내팽개치고는 욕지거리

---

3 쉐징의 성씨인 '쉐'가 '눈'이라는 뜻이어서 샤오시가 '눈사람'이라고 한 것이다.
4 중국은 대학도 학과별 학생 수가 많아 한 과가 여러 반으로 나뉘는 경우가 흔하다.

를 해대며 급히 화장실로 뛰어 들어갔다.

이해가 가지 않아 쉐징을 바라봤더니, 쉐징이 쓴웃음을 지으며 큰 사형이 뛰어간 방향을 가리켰다. "죽어서도 사랑을 해야 합네 마네, 저런 사랑 하다가는 다 죽어나자빠져야겠네."

무슨 말인지 캐물어 보려는데, 별안간 쟝천이 몸을 수그리더니 귓가에 대고 물었다. "너 저녁 아직 안 먹었잖아. 우육면牛肉麵5 하나 시켜줄까?"

나는 귀를 막으며 고개를 돌려 쟝천에게 눈을 부라렸다. "간지러워죽겠네. 고수 많이 넣어달라고 해."

쟝천이 내 머리를 톡톡 쳤다. "너 무슨 식당에서 주문하냐?"

나는 고개를 돌려 계속 물어봤다. "큰 사형 왜 저래?"

쉐징이 맥주가 가득 찬 컵을 들고 그 위의 맥주 거품을 불면서 무심하게 대답했다. "화장실로 뛰어가는 게 뭐는 뭐 때문이야, 메모리 방출하려는 거지."

"메모리 방출?" 순간 무슨 말인지 감이 잡히지 않았다.

쉐징은 너는 어쩜 그렇게 멍청하냐는 눈빛을 던졌다. "인간의 배설물이 컴퓨터로 치면 메모리 아니냐고."

컴퓨터께서 이 말씀 들으시고 목이 메어 소리 없이 우시었느니.

음악이 느린 발라드로 바뀌었다. 누군가 〈가장 낭만적인 일最浪漫的事〉을 부르고 있었지만, 방금 쉐징에게 컴퓨터 상식을 전수받

5　중화권의 대중적인 면 요리 중 하나로, 소고기 국물에 볶은 채소, 삶은 면을 말아서 먹는다.

은 탓에, "내가 생각할 수 있는 가장 낭만적인 일은 바로 당신과 함께 서서히 나이 들어가는 것이랍니다"라는 가사가 아무리 들어도 "내가 생각할 수 있는 가장 낭만적인 일은 바로 당신과 함께 컴퓨터를 팔아치우는 것이랍니다"로 들렸다.[6] 이 내 안습 인생이여…….

우육면이 금세 탁자에 올라왔다. 탁자가 너무 낮아서 아예 바닥에 쭈그리고 앉아 먹으면서 쉐징과 이런저런 쓸데없는 잡담을 주고받았다. 쉐징은 졸업 후 의사가 되지 않고 제약 공장 영업직으로 갔다가 최근 막 퇴사했고, 요즘은 작은 장사를 좀 해볼까 싶어 친구와 상의 중이라고 했다.

우리가 지나가 버린 청춘 따위에 서글픔을 금치 못하고 있을 때, 쟝천이 뒤에서 발끝으로 등을 찼다. "빨리 먹어. 면 불어."

몇 입 더 먹고 그릇을 한쪽으로 치웠다. "배불러."

쉐징 옆에 앉아 있던 리寿씨 가문의 슈퍼 뚱보께서 건너오시었다. "이렇게 많이 남기면 너무 아깝잖아. 나나 먹게 줘라."

쟝천이 그릇을 받쳐 들더니 먹기 시작했다. "나도 저녁 못 먹었어."

슈퍼 뚱보가 실망스러워하며 한숨을 푹 쉬었다. "밥을 안 먹었

---

6   이 노래 가사 중 '바로 당신과 함께 서서히 나이 들어가는 것이랍니다(就是和你一起慢慢變老)'를 중국어로 발음하면 '쥬스허니이치만만벤라오'인데, 여기서 '만만벤라오'가 '컴퓨터를 팔다(賣賣電腦)'는 뜻의 중국어 발음인 '마이마이뎬나오'와 발음이 비슷해서 후자로 들렸다는 우스갯소리다.

으면 주문을 하지 않고…….”

쉐징이 말했다. “먹고 싶으면 주문하지 그러냐?”

“다이어트 중이란 말야.”

……

쟝천이 면을 눈 깜짝할 새에 먹어치우고 그릇을 탁자 위에 올려놓고 나서야 갑자기 생각이 났다. “너 고수 안 먹지 않아?”

쟝천이 날 소파로 잡아끌어 앉혔다. “쭈그리고 앉는 데 맛이라도 들였냐?”

나는 “헤헤” 웃으며 말했다. “네가 그렇게 말하니까 다리가 정말 저리기는 하다.”

한창 떠들고 있는데, 큰 사형이 화장실에서 나오더니 꽃처럼 활짝 보조개 미소를 지어 보이며 우리를 향해 걸어왔다. 아마 요 몇 년 내내 중딩들과 어울려서 그런지, 미모와 청춘을 겸비한 얼굴을 하고 있었다.

큰 사형은 여러 허벅지를 지나쳐 나와 쉐징 중간에 멈춰 서더니만, 입은 열지도 않고 턱짓을 해댔다. “너희 둘, 오라버니한테 자리 좀 만들어줘라.”

나와 쉐징은 약속이라도 한 듯 이 인간을 무시해버렸다.

그러자 “야이 기지배들아, 내 엉덩이에 둘 다 납작한 표본 꼴 좀 돼봐라!” 이렇게 말하며 뒤를 돌더니만, 우리를 등진 채 풀썩 앉아버렸다.

쟝천이 잽싸게 잡아끄는 바람에 나는 아예 쟝천 위에 앉다시피 한 꼴이 되었고, 옆에서는 쉐징이 죽어라 소리를 질러댔다. “좁아

죽겠네! 죽고 싶어 환장했나?"

쉐징을 도와줄 생각으로 손을 뻗어 큰 사형을 밀쳐버리려는데, 쟝천이 두 손으로 내 허리를 잡아 올리는 바람에 아예 쟝천 허벅지 위에 주저앉고 말았다. 내가 소파에서 사라지자, 자연스럽게 큰 사형이 앉을 자리가 생겼다. 다시 말하면, 큰 사형이 쟝천의 협조 아래 손 한번 안 대고 코 푼 격으로 내 자리를 뺏어간 거라 나로서는 엄청 불만이었다.

쟝천 허벅지에서 내려가 큰 사형에게 따져보려고 발버둥질 쳤지만, 쟝천이 허리를 제대로 감고 놓아주지를 않았다. "앉아 있어."

따지려고 고개를 돌렸더니, 쟝천이 눈살을 찌푸린 채 심각한 표정으로 앉아 있었다. 왜 그러는지는 알 수 없었지만, 그냥 얌전히 앉아서 단정한 포즈를 취해주었다.

큰 사형이 탁자 위에 있던 맥주를 들어 우리를 향해 한잔 권하고는 머리를 젖혀 단숨에 들이켠 뒤, 잔을 흔들면서 시비조로 웃었다.

내가 집게손가락을 흔들며 말했다. "큰 사형, 그러면 안 되죠. 술 다 마셨으면 컵을 내려놔야지. 그렇게 이리저리 흔들다가는 컵 깨먹기 십상이란 말예요."

큰 사형이 컵을 들어 내게 던지는 시늉을 하더니, 팔뚝을 쫙 벌리며 말했다. "샤오시, 이게 몇 년 만이냐. 빨리 와서 사형 좀 안아줘."

정말 큰 사형답지 않은 덜떨어진 행동이기는 했지만, 나는 그래도 엉덩이를 들썩이며 목청 높여 장단을 맞춰주었다. "아휴, 해줄게, 해줄게. 이 몸이 해드리리다."

사람들이 동시에 토 나온다는 표정을 지으니 성취감이 이만저만이 아니었다. 내가 또 익숙한 환경에서는 간혹 활기차고 적극적으로 분위기를 돋울 줄도 아는 사람이다 보니 말이지. 학명은 이름하여 '간헐성 똘끼증'

그런데 쟝천이 돌연 내 위장을 졸라 입에서 튀어나오게 할 생각은 아닌지 의심이 갈 정도로, 내 허리를 두르고 있던 손에 힘을 꽉 주는 거였다.

이상해서 고개를 돌려 바라봤다. 여기서 머리 묶기 좋아하는, 그런데 남자 친구 무릎에 앉을 기회가 종종 있는 여성 동지들에게 일러드리노니, 머리 마구 돌리지 마시길. 꼭 돌려야 한다 해도 너무 빨리 돌리지 마시길. 내 경험에 따르면, 그대의 묶인 머리가 뒤에 있던 사람을 힘껏 때리고 지나갈 것이며, 그자는 화를 낼 것이니.

쟝천 학우는 화가 나 있었다. 하지만 날 빼고는 그 자리에 있던 사람 누구도 알아채지 못했다. 쟝천이 여전히 평온한 표정을 짓고 있었으니까 말이다. 하지만 손으로는 꿋꿋하게 내 허리를 졸라 잘록한 여인네 허리를 연출하시는 중이었다.

내가 쟝천의 손을 치며 작은 소리로 말했다. "머리 짧게 잘라야겠다고 말하려고 했는데."

"머리를 잘라?" 큰 사형이 어떻게 들었는지 이렇게 말했다. "너 예전에 단발이었을 때 아주 그냥 청순미가 말이야, 정말이지, 쯧쯧쯧……."

뒤에 나온 세 개의 '쯧'이 뭔가 애매하게 들렸으나, 큰 사형의 표정으로 보아 긍정적인 뜻이 담겨 있다고 판단되는바, 머리를 만지며 부끄럽게 웃어버렸다.

큰 사형이 별안간 손을 쭉 뻗어 내 얼굴을 꼬집으려고 했다. 이 인간이 요 몇 년 여자아이들 얼굴 숱하게 꼬집어대다가 아예 습관이 들어버렸나 보다 싶었다.

미처 피할 틈도 없이 바로 꼬집힐 참인데, 쟝천이 돌연 날 안고 있던 손을 풀더니 큰 사형의 손을 팍 쳐버렸다. "그만 좀 집적거려요."

순간 분위기가 좀 어색해져서, 내가 "하하" 웃으며 말했다. "그럼, 그럼. 내가 임자 있는 몸인지라."

큰 사형은 손을 비비며 찌질한 표정을 지었다. "골키퍼 있는 골대에 골 좀 한번 넣어볼까나."

"저기요, 안 웃기거든요." 쉐징이 탁자 위에서 과쯔瓜子를[7] 한 움큼 쥐어 큰 사형에게 던졌다.

둘은 야단법석 떠들기 시작했고, 나는 귓가에 대고 쟝천을 조용히 타박했다. "오늘 도대체 왜 그래? 큰 사형 그냥 장난치는 거야."

쟝천은 굳은 얼굴로 아무 말도 하지 않았다. 쟝천이 왜 화가 났는지는 알 수 없었지만, 짐작건대 큰 사형과 관련이 있거나 질투를 하고 있는 거거나였다. 이전의 경험으로 미루어 보면 쟝천이 거의 질투라는 걸 하지 않는 사람이기는 하지만, 요전에 뜬금없이

---

7 '과쯔'는 해바라기씨, 수박씨, 호박씨 등에 소금이나 향료를 넣어 볶은 주전부리다.

우보쑹을 엄청 질투했던 걸로 보아, 이 인간이 갑자기 질투의 여정에서 분연히 떨치고 일어나 날 따라잡다 못해 아예 앞서 나가려는 건 아닌지, 청출어람의 길로 들어서려는 건 아닌지, 그 가능성을 배제할 수 없었다.

쟝천네 과가 모임을 자주 갖는 모양인지, 다들 서먹해하는 느낌이 전혀 없었다. 몇 시간을 시끌벅적하게 놀다가 누군가 쟝천에게 손을 뻗었다. 그러자 쟝천이 지갑에서 신용카드를 꺼내 그 친구에게 던졌다. 대학 때 길러진 습관인 모양이었다. 대학 시절 반에서 회식이 있을 때마다 회비 관리 담당인 쟝천이 계산을 하곤 했는데, 도리어 1년 동안 쟝천이 갖다 메운 돈이 적지 않았다.

쟝천은 서명하면서 숫자 한번 제대로 확인하지 않았다. 오히려 내가 몰래 흘끔거렸는데, 거의 20,000위안이나 되는 액수였다.

노래방에서 나온 뒤 다들 야식 먹으러 가야 한다고 하니까, 큰 사형이 가슴을 쫙 폈다. "야식은 이 몸이 쏘마."

다들 환호성을 질렀다.

나는 쟝천과 함께 사람들 꽁무니를 쫓아가면서 작은 소리로 쟝천에게 물었다. "저기, 오늘 네 저축액 확인했는데, 그게 월급 얼마 동안 모은 액수야?"

쟝천이 퉁명스럽게 말했다. "기억 안 나. 한 반년 좀 넘겠지."

계산해보니 월급이 엄청 많았다. 하지만 정신 못 차릴 정도로 많지는 않았기 때문에, 아까 눈 한번 깜빡하지 않고 거의 20,000위안이나 되는 액수를 카드로 긁은 게 좀 이해가 가지 않았다. 우리 집에서는 아빠가 사려는 물건이 2,000위안만 넘어도 반드시 엄마와 상의하는데, 나는 배우자 간의 금전 문제는 이런 태도로 다뤄야 한다고 생각한다.

장천의 옷을 잡아당겼다. "방금 카드로 거의 20,000위안이나 긁더라."

"안 돼?"

"아니." 나는 그의 옷을 놓아버렸다. 말로 표현할 수는 없지만, 어쩐 일인지 갑자기 기분이 가라앉았다.

앞에 가던 친구가 고개를 돌려 우리를 불렀다. "반장, 그만 꾸물거려."

장천이 내 허리를 끌어안은 채 앞으로 따라붙었다.

우리는 꼬치구이와 뚝배기 죽을 먹었다. 겨우 오징어 다리 꼬치구이 두 개 먹었을 즈음, 큰 사형이 맥주를 흔들며 '진실 대모험' 게임을 하자고 했다. 여러 해가 지났는데도, 진실 대모험 게임은 여전히 단체 오락에서 중요한 역할을 하고 있다. 상상을 초월하는 건강 백세 장수 게임이다.

맥주병이 세 바퀴 돌고 나서 쉐징 앞에서 멈춰 서자, 큰 사형이 말했다. "진실 아니면 대모험?"

"대모험." 쉐징이 말했다.

큰 사형이 잠시 생각을 가다듬더니 말했다. "저기 혼자 눈물 흘리고 있는 남자한테 가서, 혹시 실연하셨나요, 제가 기댈 가슴 좀 빌려드릴까요, 이렇게 말해보시지?"

……

의학 공부한 애들 다 건달이라고 하더니만.

쉐징이 머리를 쓰다듬더니 말했다. "잘 봐두셔."

쉐징이 매혹적인 자태로, 맥주를 마시면서 눈물을 떨구고 있는 상처남에게 걸어가는 모습을 우리 모두 잠자코 바라봤다. 2분 뒤, 그 남자가 눈물, 콧물 머금은 얼굴로 반신반의하며 쉐징에게 몸을 기대자, 쉐징이 한 손으로 남자를 밀치며 몹시 억울하다는 듯 크게 소리쳤다. "양아치 같으니라고!" 그러더니 매혹적인 자태로 돌아왔다.

경악스럽죠? 난감하죠? 술 취한 아재여, 사는 게 이렇게 파란만장한 거랍니다.

술병이 탁자 위에서 한 바퀴 반을 돌고 나서 큰 사형을 가리키자, 쉐징이 음흉하게 웃었다. "진실 아니면 대모험?"

큰 사형이 턱을 어루만졌다. "진실로 하자."

쉐징이 눈썹을 씰룩거리며 뭔가 생각에 잠긴 듯 연기를 펼치기 시작했다.

두 사람의 반응에 주변을 둘러싸고 있던 사람들이 근심에 휩싸였다. 이 좌중의 걸출한 대표로서 이 몸께서 닭 가슴살을 구우며 말했다. "의예과 여러분, 저는 순결한 예술학과 졸업생이거든요. 수위에 좀 주의해주세요."

저기요, 그 유치 빤쓰 표정들은 다 뭐죠?

쉐징이 맥주를 한 모금 마시고 나서 평온하게 말했다. "자, 그럼 워밍업부터 해볼까."

다들 기대에 차 목을 쏙 빼들었다.

"사랑이 중요하다고 생각해요, 아니면 돈이 중요하다고 생각해요?"

……

사람들의 분노가 들끓었다. 쉐징은 사람들이 던져대는 꼬챙이와 뼈다귀 공격에 질문을 바꿀 수밖에 없었다. "선배 환상 속의 그대 얘기 좀 해봐요."

그렇지, 이거지. 이 무도한 세상에 누구한테 보여주겠다고 순수한 척이야?

그러자 다들 접시를 두드리며 분위기를 돋웠다. "불어라불어라불어라……!"

인류 영혼의 전달자인 예술학과의 대표로서, 이 속세의 인간들을 따라 마구잡이로 난리굿을 치기는 곤란한바, 나는 고개를 숙인 채 혀로 닭 날개 끝에 붙은 살을 우아하게 발라 먹고 있었다.

"어젯밤에 꿈을 꿨어." 큰 사형이 말했다.

"누구 꿈을 꿨는데요?"

"샤오시 꿈."

"에?" 갑작스러운 날벼락에 나는 닭 뼈를 입에 문 채 고개를 들었다.

장천이 젓가락을 탁자에 꽉 내리쳤다. 나는 이게 무협소설이었으면 저 젓가락이 애저녁에 가루가 되어 바람과 함께 아득히 흩날렸으리라 생각했다. 안타깝게도 장천의 동작에 놀라 튀어 오른 건 내 눈앞의 닭 뼈뿐이었다. 그러니까 이거 로맨스물이라니까.

놀라고 화가 난 사람은 당연히 나와 쟝천만은 아니었다. 쉐징이 탁자를 치며 욕부터 하고 나섰다. "붕우처불가희朋友妻不可戲[8], 이런 말 못 들어봤어요?"

큰 사형은 억울해죽겠다는 얼굴이었다. "나는 내 끝내주는 얘기 놓치지 않으려면 샤오시 고개 좀 들라는 뜻이었단 말야."

사람들이 큰 사형의 얼굴에 냅킨을 잔뜩 내던지자, 그는 "히히하하" 웃어대며 꿈에서 본 학교 음악 선생님 이야기를 꺼내기 시작했다. 음악 선생님이 가터벨트 차림으로 목욕을 하며 달빛 아래 바이올린을 켜고 있었다고 했다.

큰 사형의 설명을 따라 잠시 상상의 나래를 펼쳐보니, 찌질함과 고귀함이 완벽하게 결합한 것이 아름답기 그지없었다. 팔꿈치로 쟝천을 툭 치고는 작은 소리로 물어봤다. "넌 누구 꿈꾼 적 있어?"

내 머릿속 설정은 이러했다. 쟝천이 공기를 거칠게 내뿜으며 "너"라고 한 자 내뱉으면, 그다음에는 그 음절이 내 귓가로 전달되어 백 번, 천 번 맴돌고, 그다음에는 내 얼굴이 빨갛게 달아오르고, 그다음에는 많은 사람들 속에서 몰래 시시덕거리는 재미를 맛보는 것.

그런데 쟝천이 별안간 벌떡 일어나서 앞에 있던 맥주를 들어 단숨에 바닥까지 들이켜더니 말했다. "내일 아침에 수술이 있어서 먼저 가봐야겠어. 다들 마음껏 놀아." 말을 마치고는 탁자에 있던

8   '친구의 아내를 희롱해서는 안 된다'는 뜻이다.

사람들이 말리고 자시고 할 기회도 주지 않고 날 잡아끌며 자리를 떠버렸다.

문을 열고 나온 쟝천은 택시를 잡아 날 안으로 밀어 넣었다. 아직 제대로 앉지도 못했는데 쟝천이 비집고 들어오는 바람에, 나는 하마터면 차창에 부딪힐 뻔했다.

차가 떠나고 5분 정도 지나, 나는 결국 그날 저녁 내내 참아왔던 질문을 던져버렸다. "오늘 밤에 도대체 왜 그래?"

"별일 아냐. 좀 피곤해서 그런 것뿐이야." 쟝천이 눈을 감은 채 말했다.

뭐라고 말을 더 하려는데 휴대폰이 울렸다. "여보세요. 큰 사형."

"너희 괜찮은 거지? 미안하다. 아까 내 농담이 좀 지나쳤어. 쟝천, 설마 화난 건 아니지?"

사실 나는 사형의 이 말투가 마음에 들지 않았다. '설마'라니? 쟝천이 화가 났다면, 그건 쟝천이 속이 좁아서 그런 거라는 뜻을 완곡하게 암시한 말이었다. 사리 분별이고 뭐고, 내 님 편들기의 옹호자인 나는 쟝천이 아무리 말이 안 되는 일을 저질러도, 다른 사람이 나한테 찍찍쩍쩍 투덜거리는 꼴은 못 본다. 하지만 그래도 아주 정중하게 대답해주었다. "아뇨. 쟝천이 요즘 그냥 좀 바빠요. 피곤해서 그런 것뿐이에요."

이런 게 바로 사람이 컸다는 거다. 겉과 속이 달라질 수밖에 없다 이 말씀.

"그럼 됐어. 언제 날 잡아서 내가 두 사람 밥이라도 살게."

"네, 좋아요." 전화를 끊고 나니 원래 장천에게 무슨 말을 하려고 했던 건지 기억이 나지 않았다. 어쩔 수 없이 장천을 따라 두 팔로 가슴에 팔짱을 낀 채 골똘히 생각에 잠긴 척했다.

"큰 사형이랑 너무 자주 연락 주고받지 마." 장천이 갑자기 눈을 떴다.

찍 소리도 내지 않았지만, 속으로는 나도 모르게 반박하고 말았다. 질투도 이 정도면 좀 심한 거 아냐?

장천은 내가 들은 척도 하지 않는 꼴을 보고는 손을 뻗어 내 팔뚝을 쿡 찔렀다. "들었어?"

나는 얼굴을 돌려 창밖을 바라봤다. 침묵으로 그의 이런 말도 안 되는 요구에 대한 항의의 뜻을 밝힐 생각이었다.

그런데 뜻밖에도 이 침묵이 가는 길 내내 이어지고 말았다. 차가 우리 집 아래층에 도착할 때까지 장천 역시 말 한마디 하지 않았고, 심지어 차에서 내릴 생각도 없어 보였다. 그래서 차에서 내리면서 홧김에 차 문을 쾅 닫았더니, 택시 기사 아저씨의 욕지거리 두 마디가 되돌아왔다. 나는 씩씩거리며 위층으로 올라갔다.

올라와서 보니 생각하면 할수록 분이 풀리지 않아서 대역무도하게 장천에게 전화를 걸어 싸우기로 마음먹었다. 전화가 연결되자마자 의미심장한 말투로 소리쳤다. "장천, 나한테 그런 태도로 나오면 안 되지. 나 네 여자 친구야. 부드러운 태도로 사랑으로 날 감싸줘야 할 거 아냐."

전화 저쪽에서 한동안 침묵이 이어지다 한참 뒤에야 말이 나왔다. "내가 어떤 태도로 널 대했는데?"

그러고 보니 정말 뭔가 구체적으로 쟝천의 태도를 묘사해낼 수가 없다는 걸 깨달은바, 나는 체면이고 뭐고 우기는 도리밖에 없었다. "어쨌든 네 태도 별로야."

"내가 너보고 큰 사형이랑 연락하지 말라고 해서?"

"그건 아니고……."

"그럼 뭔데?"

손가락으로 기다란 휴대폰 고리를 돌돌 말면서 독한 말을 몇 마디 쏘아붙이고 싶었지만 그럴 엄두는 내지 못했고, 망설이고 또 망설이다 귀신에게 홀리기라도 한 듯 그만 전화를 끊고 말았다. 전화를 끊고 나서야 내가 오늘 간이 부어터졌구나 싶었다. 술 덕에 간땡이가 부은 거지, 간땡이가 부은 거야. 쟝천이 말리는 바람에 두세 모금 홀짝거린 정도였지만.

곧바로 휴대폰이 울리기 시작했다. 액정 화면에서 쉴 새 없이 깜빡이는 '쟝천'이라는 이름을 바라봤다. 침을 꿀꺽 삼키고 받지 않기로 했다.

10분 뒤, 휴대폰에서 또다시 쟝천의 이름이 깜빡이기 시작했다. 나는 지금이 내가 여성으로서 다시 한 번 자존심을 떨쳐야 할 때라는 생각이 들었다. 그래서 전화를 받자마자 단전에 기를 모으며 외쳤다. "아까는 내가 실수로 뭘 잘못 눌러서 전화가 꺼진 거야! 전화 안 받은 건 화장실에서 볼일 보느라 그랬어!"

정작 일이 닥치면 꽁무니 내빼는 게 나의 여가 활동이다.

쟝천이 전화 저쪽에서 두어 번 콧방귀를 뀌었다. "문이나 열어."

"어?" 나는 반사적으로 입구로 걸어갔다. "너 열쇠 있지 않아?"

문을 여니 장천이 밖에 서서 눈을 부라리며 말했다. "잊어버리고 안 가져왔어."

장천은 날 돌아 안으로 걸어 들어가더니, 소파에 털썩 주저앉아 내게 이것저것 시켰다. "가서 나 씻고 갈아입을 옷 좀 가져다줘."

나는 "어"라고 대답한 뒤 방으로 들어갔다. 두어 걸음 가다가 이건 아니다 싶어서 발끝을 되돌려 장천 앞까지 걸어갔다. "아까 집으로 돌아간 거 아냐?"

장천은 날 밀치며 리모컨을 가지러 갔다. "뭔 상관이야."

나는 허리에 두 손을 얹은 채 장천 앞에 우뚝 섰다. "그래! 상관 안 할 테니까, 너도 나 상관하지 마!"

"오호?" 장천이 곁눈질로 날 힐끔거리더니, 갑자기 내 무릎 뒤로 발을 뻗는 바람에 발치가 불안정하게 흔들리다 소파 위로 넘어지고 말았다. 장천이 두 발로 내 다리를 감고 온몸의 무게를 실어 내 몸을 압박해오니 숨도 못 쉴 지경이었다.

"너 방금 누가 누굴 상관하지 말라고?" 그가 머리를 내 목덜미에 묻더니, 세상에 내 목 위에서 천천히 눈을 깜빡이는 거였다. 기다란 속눈썹이 내 피부를 슬쩍슬쩍 쓸어 넘기는데, 찌릿하기도 하고 간지럽기도 했다.

그 간질간질 찌릿찌릿한 느낌을 피할 도리가 없어 하는 수 없이 목을 움츠린 채 빌었다. "옆집 왕 씨 아저씨가 옆집 리 씨 아줌마 상관 않겠다고 했지……."

장천이 머리를 내 목덜미에 묻은 채 나지막하게 웃었다. "천샤오시, 네 옆집 사는 사람들 운도 어지간히 없다……."

나는 목을 움츠리다 못해 자라목이 될 판이라 퉁명스럽게 말했다. "정말 간지럽단 말야. 얼른 일어나."

쟝천은 턱에 난 잔 수염으로 내 목과 뺨을 문지르고는, 고개를 들어 날 도발적으로 내려다봤다. 눈에는 웃음기가 가득했고 물기가 반짝거렸다.

그 순간, 모처럼 나온 쟝천의 어린아이 같은 행동에 혼이 다 나갈 정도로 놀란 나는 상의하는 투로 멍하니 말했다. "저기, 우리 싸우고 있었잖아. 일단 좀 일어나면 안 될까?"

쟝천이 재빨리 내 몸에서 일어나 아무 일도 없었다는 듯한 표정을 지었다. "나 샤워하러 간다. 옷 찾아서 가져다줘."

나는 소파에 누워 눌린 자세 그대로 얼이 빠져버렸다. 욕실에서 '쏴아아' 물소리가 들린 뒤에야 느적느적 일어나서 옷을 가지러 갔다.

유리문을 두어 번 두드리자, 쟝천이 문틈으로 손을 내밀어 옷을 받았다. 문틈에서 터져 나온 뜨거운 열기가 내 온 얼굴을 덮쳤다. 얼굴의 물기를 닦고 있는데 휴대폰 울리는 소리가 들렸다. 동시에 욕실에서 쟝천의 목소리가 들렸다. 샴푸 다 써가니 잊지 말고 사두라는 말이었다.

대충 대답을 하며 소파 위에서 휴대폰을 찾고 보니, 울리고 있었던 건 쟝천의 휴대폰이었다. 흘끗 보니 '큰 사형'이라는 이름이 떠 있었다. 좀 망설이다 전화를 받아버렸다.

"쟝천, 지난번에 얘기했던 일 어떻게 됐어?" 큰 사형이 다짜고짜 물었다.

"저 샤오시예요. 쟝천 지금 샤워 중인데, 조금 있다가 전화하라고 전할까요?"

"응, 그래." 수상쩍게도 그는 별말 더 하지 않고 전화를 끊어버렸다.

휴대폰을 소파로 도로 가져다 놓으려는데 전화벨이 또 울렸다. 역시나 큰 사형이었다. "왜요?"

그는 잠시 얼버무리고 나서야 말했다. "샤오시, 너 쟝천이랑 같이 살아?"

"음, 그런 셈이죠."

큰 사형이 잠시 입을 닫고 있다가 말했다. "내가 쟝천에게 도와 달라고 부탁한 일이 있어. 식은 죽 먹기 수준의 일인 데다 보수도 있는데, 너도 알다시피 쟝천이 이런 돈 벌려는 생각이 없는 애잖아. 하지만 너희 둘 결혼할 생각인 거면 그래도 돈이 중요하기는 할 거 아냐. 그러니까 네가 나 대신 쟝천 좀 설득해봐."

나는 무심결에 거절해버렸다. "큰 사형, 쟝천이 내 말 안 듣는 거 모르지도 않잖아요."

"샤오시, 쟝천이 겉으로는 네 말 거들떠도 안 듣는 거 같아도, 사실 네 말을 제일 잘 듣는다는 거 다들 알아. 네가 큰 집에서 살고 싶다고 하면, 그 자식 어떻게든 네 요구 만족시켜주고 싶어 할 거란 말야. 안심해. 내가 부탁한 일 절대 불법 아냐. 진짜야."

"그게 무슨 일인데요?" 나는 호기심을 참을 수 없었다.

"나한테 병원 진단서 몇 장만 발급해주면 돼."

"진단서 몇 장만 발급해주면 우리가 큰 집을 살 수 있게 된다고요?" 나는 눈을 흘겼다. "됐어요. 선배가 장천에게 뭘 도와달라고하든 상관할 생각 없지만, 장천이 들어주고 싶지 않은 부탁이라면 나도 선배 도와줄 마음 없어요. 우리 돈 부족하지 않아요. 샤오선양小瀋陽[9]이 한 말로 대신하면, 우리 돈 걱정 안 해요. 게다가 중요한 건 제가 큰 집에 살고 싶은 마음이 없다는 거예요. 집 크면 큰사형이 와서 청소라도 해줄 거예요?"

전화 저쪽에서 한동안 침묵이 이어졌다. 내가 말을 좀 심하게했나 죄책감이 들기 시작하는데, 큰 사형이 문득 입을 열었다. "천샤오시, 너 지금 사람 엄청 무시하는구나? 내가 너희처럼 순수하지 않고 품위가 없어 보여? 너 명품 못 사주는 바람에 여자 친구 도망가는 일 못 겪어봤지? 돈이 없다는 게 어떤 느낌인지 모르지?"

한숨이 나왔다. "여자 친구 도망치는 일이야 겪어본 적이 없기는 하죠. 제가 여자니까요. 하하하⋯⋯." 이렇게 말해주고 싶은 충동을 억지로 참고 말했다. "사흘 동안 라면 두 개로 버티고, 집세독촉하는 집주인 피하려고 새벽 한 시에 집에 오고, 버스 세 정거장 이하 거리는 무조건 걸어 다니고, 밤에 추워서 옷이란 옷은 죄다 몸에 두르고 산 건 쪼들리고 산 셈 쳐주나요? 본인만 힘든 거 아니라고요."

---

9   중국의 유명 코미디언으로, 2009년 설에 선보인 〈돈 걱정하지 마(不差錢)〉 콩트로 유명 인사가 되었다.

말이 끝나자마자 전화를 끊어버렸다. 쟝천 전화야 멋대로 끊을 엄두를 못 내도 다른 사람 전화를 멋대로 끊는 기분은 끝내줬다.

"언제 쯔들렸어? 왜 나 안 찾아왔는데?"

고개를 돌리자, 쟝천이 흰색 긴팔 티셔츠와 파란색 체크무늬 잠옷 바지 차림으로 목에 수건을 건 채 날 보며 눈살을 찌푸리고 있었다.

"아니, 그냥 입에서 나오는 대로 지껄인 거야. 세상에서 자기가 제일 비참하다고, 온 세상이 다 자기한테 빚졌다고 착각하는 사람이 제일 꼴불견이야."

쟝천이 천장을 올려다봤다. "천샤오시…… 네 뇌 구조 좀 연구하게 우리 병원에 한번 와서 엑스레이 좀 찍어줄래?"

소파 등받이에 엎어져서 대답해주었다. "할 수 있지, 할 수 있고말고. 돈만 그쪽에서 대준다면야."

쟝천이 목에 두른 수건을 빼서 내게 던졌다. "방금 큰 사형한테 돈 부족하지 않다고 한 게 누구더라?"

나는 얼굴에 떨어진 수건을 잡아당기면서 쟝천에게 머리 좀 말리게 이리 오라고 손짓했다. "돈 부족하지 않은 사람은 그쪽이겠지. 방금 카드를 20,000위안이나 긁었으면서."

"그 20,000위안이 그렇게 마음에 걸리냐." 쟝천이 걸어오며 말했다.

나는 어깨를 으쓱했다. "그게 또 그렇지도 않아. 어쨌거나 네 돈이니까. 본인 쓰고 싶은 대로 쓰는 거지 뭐. 나야 그냥 부자들 꼴 보기 싫은 심리고."

쟝천이 소파에 옆으로 앉았다. 나는 그의 뒤에 무릎을 꿇고 앉아 쉬엄쉬엄 머리를 말려주었다. "맞다, 큰 사형이 정말 진단서만 몇 장 발급해달랬어?"

"한 권을 발급해달라더라. 몇 장이 아니라. 설사 몇 장밖에 안 된다 해도 난 해줄 생각 없어."

나는 다섯 손가락을 쫙 펴서 쟝천의 머리에 집어넣은 뒤, 머리칼이 아직 얼마나 젖어 있는지 쥐어보았다. "왜?"

쟝천이 머리를 옆으로 돌렸다. "아직 다 안 말랐어. 계속 닦아줘."

"응." 나는 수건을 쟝천의 머리에 덮어놓고 문질렀다.

"이번에는 진단서를 발급해달라고 했지만, 다음에는 또 뭐가 될지 모르잖아. 아마 병원 이름으로 고가의 약품을 사달라고 할 텐데, 큰 사형과 이미 이런 거래를 해본 상황이니 그때 가서도 또 협조할 수밖에 없겠지. 일단 흙탕물에 한 번 빠지면 다시는 깨끗해질 수 없어." 쟝천이 잠시 말을 멈췄다. "원래는 너한테 이런 일 알리고 싶지 않았어. 넌 그냥 어리바리하게 너 살던 대로 살고 만화 보고 그러면 돼."

내 이마에 검은색 빗금이 세 줄 쫙 그어졌다. 손가락으로 쟝천의 정수리를 콕콕 찔러주었다. "어리바리하게 사는 건 너지."

"저기, 내 신용카드도 네가 갖고 있어." 쟝천이 돌연 머리를 돌리며 말했다.

"어?" 당황스러웠다. "왜?"

"다음에는 카드로 얼마 긁을지 네가 결정해." 쟝천이 수건을 잡아당겼다. "머리 다 말랐네."

　쟝천은 말을 마치더니 일어나서 방으로 들어가 버렸다.

　나는 방으로 정신없이 줄행랑치는 쟝천의 뒷모습을 어리둥절하게 바라봤다. 저 인간 뭘 저렇게 어색해한대…… 엄마가 사랑은 큰 소리로 말해줘야 하는 거라고 가르쳐주지 않으시디…….

　음, 정신없이 줄행랑을 친 뒷모습이라는 건 내가 만들어낸 것이다. 이게 지금의 그의 이미지에 적합한 표현이라는 생각이 들어서.

　밤이 되자, '띠링띠링' 문자 알림 소리가 쉬지도 않고 울렸다. 잠이 엄청 쏟아진 탓에, 나는 휴대폰 가지러 기어가다가 쟝천의 몸 위에 엎어져서 잠이 들고 말았다. 이튿날 일어난 쟝천이 몸 반쪽이 다 눌려 저릿저릿하다면서, 여자 데리고 살기 정말 힘들다고 구시렁거렸다.

　쟝천이 차로 회사에 데려다주던 길에, 휴대폰을 꺼내 시간을 확인하다가 그제야 어젯밤 문자가 떠올랐다. 열어보니까 글쎄 큰 사형이 보낸 문자였다. 휴대폰을 흔들어 쟝천에게 보여줬다. "큰 사형이 문자 보냈는데."

　쟝천이 힐끔거렸다. "별일 없으면 답 문자 보내지 마."

　나는 어깨를 으쓱거렸다. "엄청 여러 개 보내왔는데……."

　하나하나 열어봤다. 표현의 유창성을 보태주고, 흐르는 물 같은 자연스러움을 주기 위해 특별히 몇 번째 문자, 몇 번째 문자 이렇게 강조를 하지는 않겠지만, 어쨌거나 엄청 많은 문자를 보내왔다. 길이로 말할 것 같으면 초등학교 6학년 학생의 작문 길이였고,

감정으로 말할 것 같으면 러브레터 모음집보다 훨씬 더 일상생활에 밀착되어 있었으며, 내용과 생각으로 말할 것 같으면 과거에 대한 회상, 현재의 방황, 그리고 앞날에 대한 절망이 담겨 있었다. 문장부호로 말할 것 같으면 써야 할 건 다 썼고 쓰지 말아야 할 건 다 쓰지 않았으며…… 도대체 내용을 말을 해야 하나 말아야 하나. 해야 해, 해야지…….

샤오시, 지금도 개학 첫날이 기억나. 그때 화장실에 있는데, 기숙사에서 침대 널빤지 닦아주러 왔다고 떠드는 웬 낭랑한 여자 목소리가 들리더라. 나와서 보니, 쟝천은 모기장을 걸고 있고, 너는 모기장 안을 닦고 있었지. 네가 모기장을 사이에 두고 날 향해 걸레를 휘두르면서 "선배님, 안녕하세요." 이런 말을 하더라. 그때 마음에 뭔가가 쿵 떨어진 것 같은 기분이 들었어. 너 가자마자 쟝천에게 누구냐고 물었더니, 자기 여자 친구라고 하더라고. 한참 지나 너한테서 네가 쟝천 쫓아다닌 그 영광스러운 눈물범벅의 역사를 전해 듣고 나서야 쟝천에게 속았다는 걸 깨달았지. 쟝천에게 가서 따져 물었더니, 이 자식이 너무 태연자약하게 샤오시는 원래부터 자기 여자 친구가 되어야 할 애라고, 그 시간이 앞당겨지든 뒤로 늦춰지든 그건 대수가 아니라는 거야.

여기까지 읽고 나도 모르게 고개를 옆으로 돌려 쟝천을 흘끗 봤다. 내 시선을 느낀 쟝천이 잠시 날 쓸어 보며 어리둥절해했다. "왜?"
"아냐." 나는 고개를 숙이고 계속해서 문자를 읽어나갔다.

하지만 나도 널 엄청 좋아했던 건 아니야. 적어도 너희 기숙사 앞에서 가슴 나오고 엉덩이 올라붙은 왕샤오쥐안을 보고 난 뒤로는 걔를 훨씬 더 좋아하게 됐지. 내가 만날 일찍 만났으면 널 쫓아다녔을 거라고 농담을 하곤 했는데, 실은 매번 그 말을 할 때마다 쟝천 얼굴이 굳어지기에 그 재미로 한 거였어. 복수하고 난 뒤의 통쾌함이 있었거든. 너희 둘이 헤어졌다는 이야기 듣고, 집에 레드 와인 한 병 사 가지고 와서 영화 보면서 축하까지 했다니까. 네가 쟝천을 잊을 때까지, 내가 왕샤오쥐안을 잊을 때까지 좀 기다렸다가 너랑 잘해보고 싶었어. 하지만 나는 왕샤오쥐안을 잊어도, 너는 쟝천을 못 잊더라. 그리고 내가 언급했던 그 일은 정말 미안하게 됐다. 여러 해가 흐르도록 너희는 그대로인데 나만 변했더라. 어떤 때는 내가 어떻게 한발 한발 내가 봐도 한심한 이런 모습으로 날 몰아갔는지 놀라곤 해. 너한테 쟝천 좀 설득해달라고 했을 때, 내가 머릿속에서 얼마나 갈등했는지 넌 모를 거야. 이렇게 심각한 내용을 문자로 보내는 거 정말 나답지 않다. 마지막으로 하는 말인데, 너희 둘이 내가 보낸 문자 때문에 싸워대다 헤어지면 좋겠어.

PS. 둘이 결혼하게 돼도 나한테는 알리지 마.

휴대폰을 쥐고 있는데 잠시 기분이 좀 가라앉았다. 사실 큰 사형의 말은 틀린 말이었다. 사람은 누구나 다 변한다. 예전의 그 순수함을 간직하고 있는 사람은 없다. 이건 누구라도 어쩔 수 없는 일이다. 뭘 먹으면 반드시 몸 밖으로 내보내야 하는 것처럼……. 나 쥐어박지 마시고, 의학의 시각에서 내 비유를 소화해주시길……. 어…… 내가 말한 '소화'는 '이해'라는 뜻이다…… 이해.

쟝천에게 물었다. "넌 내가 변한 것 같아 아닌 것 같아? 외모 말고 행동 말야."

"변했지." 쟝천이 무심하게 말했다. "예전에는 밥 한 그릇도 다 못 먹었는데, 이제는 두 그릇도 거뜬하잖아."

선생님, 지금 그거 개그 하시는 거죠…….

나는 골똘히 생각에 잠긴 채 쟝천을 바라봤다. "어젯밤에 잠시 네가 질투를 하는 건 아닌지 의심했어. 나중에 다른 이유 때문에 물어보는 걸 깜빡해서 지금 물어보는 거야. 어젯밤에 질투한 거야?"

쟝천은 표정 하나 바꾸지 않고 말했다. "아니."

"아니구나……." 나는 머리를 긁적이며 혼잣말로 중얼거렸다. "큰 사형이 문자로 나한테 고백했는데……."

차가 급정거했고, 나는 앞으로 튀어나갔다가 안전벨트 덕에 돌아왔다. 뒤통수를 좌석에 박는 바람에 '쿵쿵' 소리가 났다. "왜 그래?"

"빨간 신호등이야." 쟝천이 창밖을 보라는 투로 턱짓을 했다.

고개를 들어 잠시 빨간 신호등을 주시하니, 허공에서 깜빡이는 신호등이 악마의 한쪽 눈 같다는 생각이 들었다. 고개를 숙일 즈음에야 손안에 있던 휴대폰이 사라졌다는 걸 깨닫고 고개를 돌려 쟝천을 본바, 이 인간이 거들떠볼 가치도 없다는 얼굴로 내 휴대폰을 보고 있었다.

나는 얼이 빠져버렸다. 저 한심한 행동 보시게. 백주대낮에 양

갓집 규수의 휴대폰 문자 메시지를 훔쳐보다니. 백주대낮에, 백주대낮에! 열불은 나는데 말할 엄두는 안 나고, 열불은 나는데 말할 엄두는 안 나고!

몇십 초 뒤, 신호등에 파란불이 들어왔다. 쟝천이 휴대폰을 내 품으로 던지며 담담하면서도 조금은 아니꼬워하는 말투로, 짧고 힘 있는 평을 내놓았다. "시시하네. 엉망진창에."

이렇게 심각한 평가를 내놓는 쟝천을 바라보며, 나는 나 자신을 깊이 반성하기 시작했다. 문자를 읽은 지 십여 분이 지나도록 시시하고 엉망진창인 이 문자의 본질을 깨닫지 못했으니, 내가 죄인이오.

2분 뒤, 쟝천이 내게 물었다. "답 문자 어떻게 보낼지 생각 중이야?"

나는 고개를 내저었다.

다시 2분이 지나자, 쟝천이 또 날 불렀다. "천샤오시?"

"왜?" 성가셔죽겠다는 듯 쟝천에게 눈을 부라렸다.

쟝천이 운전대에 올라 있던 오른손 집게손가락을 들어 올리며 내 오른쪽 옆 창밖을 가리켰다. "차예단 판다."

나는 잡다한 물건을 넣어두는 앞좌석 서랍에서 능숙하게 동전 세 개를 꺼낸 뒤, 차창 내리는 버튼을 누르고 머리와 손을 쭉 내밀었다. "아주머니, 차예단 여섯 개 주세요."

"예. 아가씨 또 이뻐졌네." 아주머니는 비닐봉지에 재빨리 차예단을 넣으면서 날 띄워주셨다.

나는 듣기 좋은 말로 아주머니의 말에 장단을 맞춰드렸다. "아주머니가 이렇게 젊고 미인이신 걸 보면, 제가 예뻐진 게 다 아주머니네 차예단 먹어서 그런가 봐요."

"아이고, 젊은 아가씨가 말을 이쁘게도 하네. 차예단 하나 더 드릴게."

"아주머니, 고맙습니다." 내가 고개를 돌리며 쟝천에게 득의양양하게 웃어 보였다.

쟝천은 웃으면서 고개를 내저었다. '정말 못 봐주겠네.' 이런 모습으로 말이다. 그래놓고는 차예단을 까서 줬더니 일곱 개 중 다섯 개를 먹어치우는 거였다. 평상시에는 여섯 개 사면 네 개만 먹더니만. 다른 사람이 알랑방귀 뀌어서 얻은 경품 착취하는 뻔뻔한 인간 같으니라고!

차가 우리 회사 아래층에 멈춰 섰다. 작별 인사를 한 뒤, 차 문을 열고 밖으로 뛰쳐나가려는데, 쟝천이 갑자기 날 붙잡았다. "앉아 있어."

이해가 가지 않아 앉아 있었다. 쟝천이 물티슈를 몇 장 뽑더니, 내 손을 가져가서 천천히 손가락 하나하나를 닦아주었다. "차예단 깠는데, 회사 가면 분명 손 씻는 거 잊어버릴 거 아냐."

나는 가슴으로 들이쉰 숨을 밖으로 토해낼 엄두를 내지 못한 채, 쟝천의 길고 가느다란 손가락이 내 짧고 통통한 손가락을 꼼꼼히 닦아주는 모습을 빤히 지켜봤다. 물티슈가 피부를 스치고 지나가는데, 뭔가 좀 이상한 촉촉함이 느껴졌다. 과분한 사랑에 기분이 좋으면서도, 뭔가 좀 불안한 감정이 올라왔다. 그게 뭐냐 하면, 반에서 제일 눈에 띄지 않던 아이를 어느 날 갑자기 선생님이 불러 세워 어깨를 토닥거려주면서 따뜻하게 격려해줄 때의 그런 감정이었다. 하지만 나는 그 선생님 머리를 톡톡 두드려서, 그 안에 혹시 외계인이 침입한 건 아닌지 알고 싶어 하는 아이란 말이다. 갑자기 찾아온 행운을 마음 놓고 즐길 수 없는.

그래서 말했다. "쟝천."

"응?" 쟝천은 고개도 들지 않았다.

나는 가장 부드러운 말로 떠듬떠듬 물었다. "혹시…… 혹시 그 물티슈 사용 기한 얼마 안 남아서…… 다 써버리고 싶어서 그러는 거야? 괜찮아. 그거 그냥 나한테 줘. 사무실에 가져다 놓게. 사용 기한 넘겨도 책상 같은 거 닦는 데는 문제없으니까."

쟝천이 느릿느릿 고개를 들어 날 흘긋 봤다. 그 작은 눈빛에는 복잡한, 부드러운 백 마디 말들이 담겨 있었다. 쟝천은 그러고는 다시 느릿느릿 고개를 숙였고, 물티슈를 두 장 뽑아내 다른 손을 들어 올려 닦기 시작했다.

나는 조용히 고개를 숙이고 열심히 손을 닦아주는 쟝천의 모습을 지켜봤다. 순간 시간이 되돌아간 듯 아득해졌다. 그 시절, 하얀 바탕에 가장자리에 파란색이 들어간 교복을 입고 있던 나와 쟝천에게로.

운동장에서 쟝천의 돈을 내던진 고등학교 2학년 그날 이후, 나는 일방적으로 쟝천에게 냉전을 선포했다. 당시 나는 몹시 낙심해 있었다. 다시는 뻔뻔하게 쟝천에게 매달리지 말자고 생각했고, 심지어 또다시 쟝천을 찾아갔다가는 경찰에 전화해서 나 좀 잡아가라고 신고라도 해버리겠다고 나 자신을 협박하기까지 했다…….

애타는 마음을 참고 참아가며 쟝천을 일주일 정도 피해 다녔다. 맞은편에서 걸어오는 쟝천이 보이면 바로 길을 돌아갔고, 도저히 돌아갈 수 없을 때는 웅크리고 앉아 신발 끈을 묶는 척했다. 그러던 어느 날 해 질 무렵, 엄마가 간장을 사 오라고 해서 간장병을 들고[10] 밖으로 껑충껑충 뛰어나갔다가, 골목에서 책가방을 메고 집에 돌아오던 쟝천과 그야말로 딱 마주치고 말았다. 고개를 숙이고 보니까 글쎄, 내가 아빠 쓰레빠를 신고 나온 거다. 그땐 정말 아빠가 너무 미웠고, 속이 너무 상했다. 도대체 무슨 아빠가 신발 끈도 달리지 않은 쓰레빠를 신고 다닌단 말인가?

그래서 다급히 고개를 돌려 미친 듯이 뛰어가 버렸는데, 쓰레빠가 발에 맞지 않아서 오른발로 왼발을 밟는 바람에 간장병을 휘두르며 엎어지고 말았다.

쟝천은 나를 부축한 뒤, 자기 집 정원 대문 문턱에 앉혀놓고 물었다. "아픈 데 어디야?"

나는 고개를 수그린 채 왼 손바닥을 쭉 폈다. "피 나."

쟝천이 가방 옆 주머니에서 물병을 꺼내 뚜껑을 비틀어 딴 뒤, 안에 있던 물을 내 손에 부었다. 반사적으로 손을 움츠리려는데, 쟝천이 다른 손으로 내 손을 움켜잡고는 큰 소리로 나무랐다. "움

---

10 예전에 중국에서는 간장을 사러 갈 때 각자 병을 들고 가게에 가서 원하는 양 만큼 간장을 담고 그만큼 돈을 냈다.

직이지 마."

뒤이어 쭉 늘인 교복 재킷 소매를 엄지손가락에 씌운 뒤, 내 손바닥의 핏물을 닦아주었다. "유리 조각은 들어가지 않아서 다행인데, 모래에 쓸려서 피부가 벗겨졌어. 내가 모래 다 씻어버렸으니까, 집에 가서 빨간 약 바르는 거 잊지 마."

녀석이 고개를 숙인 채 상처에 가볍게 입김을 불었다. 뜨거운 바람이 피부를 스치고 지나가자, 손바닥에서 시작해 내 얼굴을 쓸고 지나가는 열기가 느껴졌다.

"또 다친 데는 없어?" 쟝천이 고개를 들며 물었다.

"없어." 나는 고개를 저었다.

내 말을 믿지 못한 쟝천은 내 다른 손을 잡아당겨 살펴보고는, 내 앞에 쭈그리고 앉아 다짜고짜 내 바짓단을 무릎까지 걷어 올렸다.

심장이 미친 듯이 뛰었다. 부끄러워서 눈물이 다 날 지경이었다. 어렸을 때 배우 견자단甄子丹이 나오는 드라마 〈정무문精武門〉을 본 적이 있는데, 그 드라마에 나오는 유미由美라는 일본 여자가 남자에게 발을 보이면 그 남자한테 시집을 가야 한다고 했단 말이지⋯⋯.

나는 그때 눈살을 찡그리며 내 무릎을 진지하게 살펴보는 쟝천을 보면서 나 자신에게 말했다. "천샤오시, 잘 봐. 하느님이 '정무문'이라는 드라마가 방영되게 하시고 이런 일이 일어나게 하신 건 절대 우연이 아냐. 이건 너와 쟝천 관계가 앞으로 발전할 거라는 암시라고. 그러니까 작은 일 갖고 좀스럽게 따지고 들지 말자. 하늘의 뜻을 거스르면 안 된다는 걸 알아야 한다구⋯⋯."

그러고 나서 나는 일방적으로 쟝천과 화해해버렸다.

하얀 교복을 입고 있던 쟝천과 눈앞의 하얀 셔츠를 입은 쟝천이 겹쳐지는데, 눈앞의 쟝천이 갑자기 고개를 들었다. "천샤오시, 네가 그 문자 메시지 건 잘 처리할 거라고 믿어도 되겠어?"

나는 한 5초가 지나서야 쟝천이 그 일 이야기를 하고 있다는 걸 알아차리고, 가슴팍을 탕탕 치며 장담했다. "꼭 잘 처리할게. 뒤탈 나지 않게!"

내 속마음은 이러했다. '우리 사랑 이렇게 굳건하잖아. 쑤루이, 우보쑹, 장첸룽이 나타났을 때도 전혀 흔들리지 않았으니, 뜬금없이 큰 사형 때문에 비끗하는 일은 더더욱 없을 거야. 백 가지 풀을 맛본 신농씨神農氏[11]가 단장초斷腸草를 먹고 중독돼서 죽지 않았다면 말야. 단장초 먹고도 죽지 않은 판에 당연히 물 먹다가 목 막혀 죽을 리는 없었을 거라구. 백사白蛇가 힘들게나마 은혜를 갚는 데 성공했다면 당연히 광둥廣東 사람들한테 잡혀 뱀탕이 되지는 않았을 거고,[12] 양산박梁山泊, 축영대祝英台가 어렵게나마 한 쌍의 나

---

11 중국 전설에 등장하는 신 중 하나로, 인간에게 농사를 알린 신으로 알려져 있다. 농사짓는 법을 알기 위해, 먹을 수 있는 풀과 먹을 수 없는 풀을 구분하기 위해 백 가지 풀을 먹었다고 하며, 창자가 끊어진다는 독초를 먹고 죽었다고 한다.

12 중국의 4대 전설 중 하나인 「백사전(白蛇傳)」에 나오는 이야기다. 인간이 되기 위해 수천 년 동안 도를 닦은 백사 백소정(白素貞)은 선단(仙丹)을 먹고 뛰어난 신통력을 갖게 되자, 전생에 자신을 구해준 인간 세상의 남자 허선(許仙)에게 보답하기 위해 사람으로 변해 허선을 찾아가고, 결국 그와 사랑에 빠져 결혼한다. 그러나 백소정이 자신의 선단을 훔쳐 먹었다는 사실을 알게 된 금산사(金山寺) 스님 법해(法海)의 보복으로 결국 정체가 탄로 난 백소정은 벌을 받아 뇌봉탑(雷峰塔)에 갇히고 만다.

비가 돼 사랑하며 살았다면 당연히 잡혀서 표본이 되는 일은 있을 수 없는 이치와 같은 거지……'[13]

쟝천이 다가와 내 입가에 가볍게 입술을 맞추었다. "아주 좋아. 얼른 일하러 가."

나는 신이 나서 입가를 만지작거리며 회사로 향했다. 하지만 희미하게나마 계속 이상한 기분이 들었다. 그렇게 여러 번 차예단을 까주었는데, 그때는 쟝천이 왜 손을 닦아주지 않았을까? 그리고 매번 쟝천이 갑작스럽게 다정하게 굴 때마다 마음이 따스해지면서도 모골이 송연한 느낌이 드니……. 나는 과연 갑자기 찾아온 행운을 마음 놓고 즐길 재간이 없는 인간이다.

---

13 중국의 4대 전설 중 다른 하나인 「양산박과 축영대(梁山泊與祝英台)」의 이야기다. 세도가의 딸인 축영대는 남장을 하고 학교에 다닌다. 가난하지만 착한 청년 양산박과 만나 사랑에 빠진다. 그러나 축영대는 본인 의지와는 상관없이 다른 남자에게 시집가게 되고, 양산박은 이로 인해 고통스러워하다 죽고 만다. 축영대가 시집가던 날, 양산박의 무덤 앞을 지나게 되는데, 갑자기 마차가 움직이지 않는 바람에 축영대가 무덤에 절을 하려고 무덤가로 다가가자, 무덤이 갈라지면서 축영대가 안으로 빨려 들어가는 일이 벌어지고, 잠시 뒤 나비 두 마리가 무덤 밖으로 날아오른다.

19장

직장 생활이라는 게 정말 내세울 만한 좋은 점이라고는 단 하나도 찾기 어려울 때가 있다. 그러네, 내가 너무 예의를 차렸네. 내세울 만한 좋은 점이라고는 약에 쓰려 해도 찾기 힘든 게 바로 직장 생활이지. 하지만 훗날 생긴 일을 생각하면 이날은 아니었다. 이날은 어떤 고객 때문에 욕을 퍼붓고 싶어졌다. 비명을 지르며 뛰어올라 컴퓨터를 걷어차 버리고 싶었고, 인터넷 랜선을 따라 고객 컴퓨터까지 기어가서는 사다코마냥 화면에서 기어 나가, 한 손으로 그 목을 조르고 끌어 올려 바닥에 내동댕이치고 싶었다.[14]

이 고객은 내가 디자인 안을 스물세 번이나 수정하게 했는데, 그중 열 번은 자기네 상품 이미지 배경 색깔을 바꿔달라는 거였

---

14 일본의 유명 공포영화 〈링(The Ring)〉의 명장면 중 하나로 꼽히는, 야마무라 사다코(山村貞子)가 텔레비전 화면에서 기어 나오는 장면을 빗댄 표현이다.

다. 이를테면, #0bdb41 녹색에서 # 09dc3f 녹색으로 바꿔달라는 거였는데, 누가 맨눈으로 이 두 색상의 차이를 알아차릴 수 있다고 말하는 인간이 있으면, 내가 컴퍼스로 확 찔러버리련다.

사장이 사무실에서 "천샤오시, 커피 좀 타다 줘"라며 부르기에, 활짝 열린 문으로 매섭게 노려봐 줬더니, 사장이 허겁지겁 뛰어나와 내게 커피를 타주더라는.

사장이 내 책상에 커피를 내려놓으면서 말했다. "화내지 마. 그 고객 쪽 상품 시장이 엄청 크단 말야. 공공의 적 수준으로 사람 괴롭히는 인간이 아니었으면, 이 프로젝트가 우리한테 오지도 않았을 거라구. 자기가 고생이네. 내가 에그타르트 사다 줄 테니까, 애프터눈 티 디저트로 드셔!"

쓰투모가 이 말을 듣자마자 머리를 내밀며 말했다. "나도 에그타르트 먹고 싶은데!"

푸페이 사장이 음산한 기운을 내뿜으며 쓰투모를 힐끔 봤다. "아, 그러셔? 회계 담당자님, 그럼 어제 제가 작성해달라고 했던 장부 올려주시겠습니까요?"

쓰투모가 컴퓨터 앞으로 쏙 들어가 버렸다.

푸페이가 가자마자 쓰투모가 말했다. "엉터리 장부가 하나도 아니고, 이 많은 걸 하루 안에 어떻게 다 하란 말야! 신랑한테 전화해서 하소연이나 해야지!"

나는 옆에서 웃으면서 쓰투모가 남편에게 전화해서 애교 떠는 소리를 들었다. "자기, 자기, 자기가 빨리 꼴 보기 싫은 인간 가루로 갈아주는 기계 좀 발명해봐. 내가 자기 마실 수 있게 푸페이 사장 갈아버린 가루에 물 타서 가져다줄게……. 뭐가 토 나올 것 같 다는 거야. 난 자기 몸보신하라고……."

생각을 좀 해보다가 나도 휴대폰을 꺼내 쟝천에게 전화를 걸었 다. 모처럼 전화가 재깍 연결되었다. 쟝천에게 전화를 걸 때마다 종종 다른 사람이 받을 때가 있어서 조심스럽게 말했다. "여보세 요. 쟝천, 너야?"

"왜?" 쟝천은 말할 때면 늘 특징이 도드라진다. 명확하고 짧고 거기에 좀 쌀쌀맞고.

내가 휴대폰 고리를 비틀며 말했다. "아니, 그냥 고객 하나가 너 무 밥맛이어서……."

"지금 바빠. 좀 있다가 전화할게." 말이 떨어지기 무섭게 '찰칵' 소리와 함께 휴대폰에서 '뚜뚜뚜뚜' 신호 끊기는 소리가 들렸다.

하는 수 없이 휴대폰을 집어넣었다. 하지만 쓰투모는 아직도 남 편한테 없는 말 있는 말 해가며 입씨름 중이었다. 고개를 돌려 쓰 투모의 얼굴에서 미친 듯이 넘쳐흐르는 행복한 미소를 잠시 바라 보다가 나도 따라 웃어버렸다.

행복은 서로 엇비슷하지만, 불행은 다양하다는 말이 있다. 사실 나는 그렇게 생각하지 않는다. 불행에는 여러 종류가 있고, 행복 에도 여러 종류가 있다. 다만 당신을 행복하게 해주는 사람이 그 몇 사람밖에 안 될 뿐이다.

쓰투모 남편이 쓰투모와 함께 계속 수다를 떨어주는 것도 행복 이고, 쟝천이 남한테 하듯 내 전화를 끊어버리는 것도 행복이고. 됐다……. 말이 많아지니 내가 무슨 학대당하는 변태 같네…….

10분 뒤 백에 있던 휴대폰이 울렸다. 쟝천인 줄 알고 허둥지둥 꺼내서 봤더니 푸페이 사장이었다. 갑자기 일이 생겨 나간다면서 에그타르트 사다가 건물 경비실에 맡겨놨으니 가져가라고 했다.

휴대폰을 손에 든 채 쓰투모에게 갔다 오겠다고 한마디 하고, 에그타르트를 가지러 아래층으로 내려갔다.

경비 아저씨는 오륙십 대의 퇴역 군인으로, 아주 유머러스하고 자애로우신 분이다. 아저씨와 몇 마디 수다를 떨다가 에그타르트 좀 드셔보시라고 권해드렸더니, 이렇게 말씀하셨다. "아가씨같이 젊은 아가씨들 먹는 거는 다 달달하고 느끼하잖어. 가져가, 가져 가."

2분 정도 엘리베이터를 기다리고 나니 기다리기가 좀 귀찮아 서, 어차피 회사도 5층에 있겠다 걸어서 올라가자고 마음먹었다. 한참 헐떡거리며 반 정도 올라갔을 때 휴대폰이 다시 울렸다. 이 번에는 정말 쟝천이었다.

"저기, 나 바쁜 일 끝났어."

내가 계단을 올라가면서 말했다. "아까는 무슨 일로 바빴어?"

휴대폰 저쪽에서 한참 침묵이 이어졌다. 계단을 너덧 개나 올랐 는데도 대답이 없기에 수상쩍어서 또 물어봤다. "쟝천? 쟝천?"

"콜록" 쟝천이 조용히 기침을 했다. 말투가 뭔가 부자연스럽고 진지했다. "뭐 해?"

"계단 올라가고 있어." 나는 솔직하게 대답했다. "왜?"

또다시 이어지는 침묵. 나는 영문을 알 수 없어 그 자리에 서버렸다. 나도 무심결에 진지해졌다. "왜 그래, 무슨 일이라도 있어?"

"어…… 너 엄청 헐떡인다." 쟝천이 말을 하다가 잠시 멈췄다. "듣고 있으니까 꼭……"

"꼭 뭐?" 뭔 말인지 갈피를 잡을 수 없었다.

"침대 위에 있는 것 같아."

……

원래 계단 하나 올라가려고 했던 다리를 조용히 제자리로 돌리고는 계단통에 있는 창문을 마주한 채, 거울에 반사된 내 모습을 바라봤다. 계단 위에 우뚝 선 내 얼굴이 귀밑까지 빨개져 있었다.

"얼굴 빨개졌어?"

"아니!" 단호하게 대답해주었다.

한 2초 정도 말이 없던 쟝천이 낮은 소리로 쉬지도 않고 웃기 시작했다. "하하…… 얼굴 빨개졌어…… 하하하……."

화가 나서 이를 꽉 깨물었다. "쟝천! 너 내 손에 죽을 줄 알아!"

그래서 나는 끊이지 않는 웃음 속에 천천히, 소리 없이, 헐떡이는 숨소리도 내지 못하고 회사로 기어갔다.

휴대폰을 어깨와 귀 사이에 꽂은 채 이어졌다 끊어지기를 반복하는 쟝천의 웃음소리를 들으면서, 와서 에그타르트 먹으라고 쓰투모에게 손짓을 했다. 쓰투모가 소리 없이 입 모양으로 물었다. "남자 친구?"

내가 웃으며 고개를 끄덕였다.

"천샤오시, 사장은 나는 안 예뻐하고 이제 자기만 예뻐하네……. 흑흑…… 에그타르트도 자기만 사주고…… 흑흑……." 쓰투모가 별안간 웃는 표정을 지으며 큰 소리로 울먹였다.

귓가에서 울리던 쟝천의 웃음소리가 뚝 멈춰버렸다. 나는 쓰투모에게 눈을 부라렸다. "쓰투모! 내 손에 한번 죽어볼래?"

쓰투모가 의기양양하게 머리를 흔들면서 혀를 쏙 내밀었다.

결국 한번 호되게 째려봐 준 뒤, 에그타르트 상자를 들고 내 책상으로 돌아와 자리에 앉았다. "동료가 헛소리하는 거니까 귀담아 듣지 마."

에그타르트를 집어 한 입 깨물었다. "할 일 없는 인간이라니까."

"알았어. 아까는 고객이 어쨌다는 거야?"

"그 죽일 놈의 고객이 하나하나 트집을 잡고 늘어지는 바람에 쉴 새 없이 수정했단 말야. 고치라는 것도 죄다 시답잖은 것들이고. 아주 화가 나다 못해 배 속이 부글부글 끓어오를 지경이야." 나는 분풀이를 하듯 손에 있던 에그타르트를 단숨에 입안에 쑤셔 넣었다.

"배 속이 다 부글부글 끓어오를 지경이라면서 잘도 먹는다."

"그건 그냥 비유한 거잖아. 나캑캑캑…… 나…… 캑캑……." 나는 에그타르트 겉면의 바삭바삭한 페이스트리 부스러기에 사레가 들려 쉴 새 없이 기침을 해댔다.

쟝천이 날 나무랐다. "말하지 마."

차차 기침이 잦아들자 휴대폰에서 긴 탄식이 들려왔다. "전화 끊는다. 그거 먹었다고 그렇게 사레가 들리냐. 그 에그타르트 먹지 마. 기침 완전히 잦아들면 물 한 컵 마셔서 목 좀 축여."

다시 '찰칵' 소리가 나더니 전화가 끊겨버렸다. 쟝천이 눈을 흘

기며 말없이 푸른 하늘을 바라보는 모습이 상상이 갔다. 짜증 잔
뜩 부릴 때도 참 귀엽다니까.

퇴근길에 사장이 우리에게 겨울맞이 첫 훠궈를 대접하겠다고
해서 아래층으로 내려갔는데, 회사 아래에서 쟝천의 차와 꼭 닮은
차 한 대를 발견했다. 하지만 쟝천의 차는 외형이 엄청 평범한 은
색 소형 승용차라서, 잠시 머뭇거리다가 쓰투모와 사장에게 말했
다. "남자 친구 차인 것 같은데, 가서 좀 보고 올게요."

사장이 휘파람을 불었다. "아우디Audi A5면, 천샤오시 남자 친
구 봉투 꽤 받았나 봐?"

"그러면 저 동그라미 네 개가 아우디 로고예요? 난 저런 차 계
속 올림픽 차라고 불렀는데." 쓰투모가 말했다.

나는 정신없이 고개를 끄덕였다. 뭔가 나의 지기를 찾은 감동이
찾아왔다고나 할까. "맞아, 맞아. 오륜기에서 동그라미 하나 빼면
저거잖아."

푸페이 사장이 눈을 흘겼다. "둘이 정말 못 봐주겠네. 그 위대한
문구도 못 들어봤어? '우리 힘껏 노력하자. 나의 디올Dior과 너의
아우디를 위하여.'"[15]

쓰투모는 사장에게 사실 올림픽과 올림픽기도 딱 한 글자 차이
밖에 나지 않는다고 반박했고, 나는 옆에서 되는 대로 박자를 맞

---

15 '열심히 노력해서 성공하자'는 의미를 유머러스하게 드러낸 중국식 표현으로, 아
우디의 중국 정식 명칭인 '아오디(奧迪)'의 앞뒤 글자를 뒤바꾸면 마침 디올의 중국 정식
명칭인 '디아오(迪奧)'가 된다.

춰주었다. 그러는 사이 차가 서서히 우리 곁으로 다가와 차창을 내리더니, 안에 앉아 있던 쟝천이 날 불렀다. "천샤오시, 이리 와."

"어머, 정말 너였구나." 나는 폴짝거리며 뛰어갔다. "사장이 이거 엄청 비싼 차라고 해서 내가 잘못 본 건 줄 알았지."

쟝천이 차에서 내려 손을 쭉 뻗었다. "안녕하세요. 쟝천이라고 합니다."

당황스러운 마음에 이게 무슨 상황극인가 싶었지만, 어쨌든 나는 손을 들이밀며 맞춰주는 수밖에 없었다. 아직 쟝천의 손을 잡지도 못했는데, 누군가 뒤에서 뜬금없이 내 머리를 밀었다. 고개를 들어보니, 푸페이 사장이 이미 쟝천과 손을 맞잡은 참이었다. "안녕하세요. 푸페이입니다."

나는 머리를 만지작거리며 사장을 노려봤다. "제 이 피카소 두뇌를 사장님이 밀어버리신 건가요?"

"천샤오시 씨 머리 참 추상적이라니까."

내가 사장에게 주먹 휘두르는 시늉을 하자, 쟝천이 날 자기 옆으로 끌어당겼다. 쟝천은 쓰투모와도 악수를 주고받더니, 웃으며 한마디 덧붙였다. "말씀 많이 들었습니다."

인사말이 끝난 뒤 쟝천에게 말했다. "오늘 어떻게 짬이 나서 온 거야? 우리 지금 막 훠궈 먹으러 가려던 참이야. 사장님이 쏘신다고 했거든." 그리고 푸페이 사장과 쓰투모에게 물어봤다. "가족 좀 데리고 가도 될까요?"

"물론이지."

이리하여 나와 쓰투모가 꼬드긴 끝에, 우리 일행은 이 동네에서 가장 비싸기로 유명한 훠궈집에 가서 위안양궈鴛鴦鍋[16]를 시켰다. 쟝천은 특별히 하얀 탕 쪽에 앉게 했다. 위가 좋지 않아 매운 걸 먹지 못하니까.

사실 쟝천은 매운 걸 엄청 좋아한다. 하지만 먹기만 하면 바로 위에 통증이 온다. 여러 번 해봤는데 늘 그랬다. 해물만 드시면 설사를 하시는 우리 아버지보다 더 직방이더라는.

하필 쟝천이 젓가락을 매운 육수 쪽으로 슬그머니 뻗을 때마다 때맞춰 목이 간질간질해져서 그 김에 기침 두어 번 해줬는데, 어쩐 일인지 몰라도 민감하신 쟝천 학우께서 뭐가 켕기기라도 하신지 젓가락을 뒤로 빼시는 거였다.

"모모, 우리 베이비, 저 소스 좀 넘겨줘." 사장이 말했다.

쓰투모가 눈을 흘겼다. "도대체 베이비라고 부르지 말라고 몇 번이나 말을 해야 알아들으시겠어요? 소스 직접 가져가세요."

푸페이는 나한테 애걸하는 쪽으로 방향을 바꿨다. "샤오시, 자기야, 나 대신 소스 좀 가져다줘. 내가 탕에다 한 손으로는 소고기, 다른 손으로는 양고기를 적시고 있어서 말야. 조금 있다가 고기 두 점 나눠줄게."

쟝천이 소스를 가져다 뚜껑을 비틀어 따더니 사장 그릇에 따라주었다.

푸페이 사장이 눈을 가늘게 뜨고 웃으며 고마워했다. "쟝천 씨,

---

16 색이 빨간 매운 육수와 하얀 담백한 육수가 반반씩 함께 나오는 훠궈를 말한다.

든자하니 본가가 샤오시네 본가와 같은 곳이라면서요. 동네 이름이 뭔가요?"

"Z현입니다."

사장이 "아" 소리와 함께 또 되는 대로 말을 던졌다. "거긴 어떤 곳인가요?"

듣자마자 당연히 이 기회에 고향 풍토며, 우리 고향이 낳은 인물이며, 우리 고향 칭찬 좀 해줘야겠다 싶었다. 보통 문학작품을 보면 다들 고향에 대한 감정이 엄청 깊지 않으냔 말이야. 자세한 사항은 『변성邊城』 한 편으로 샹시 평황고성湘西鳳凰古城의 관광업계 발전을 이끈 선총원沈從文을 참고하시길.[17]

그러나 내가 멋들어진 말을 만들어내기도 전에 쟝천이 입을 열어버렸다. "아, 작은 동네입니다. 다른 사람한테 막 자기야 이런 소리 안 하는 동네죠."

......

이 말이 나오니 민망하고 놀라우면서도 속이 얼마나 시원하던지.

그 와중에 쟝천은 다들 그 말을 되새기고 있는 틈을 타 조용히 매운 육수에 있던 흰 무 두 개를 건져갔다는······.

---

17 『변성』은 쓰촨성(四川省)과 후난성(湖南省)의 경계 지역인 샹시에 자리한 한 시골 마을 평황고성을 배경으로 한 소설이다. 평황고성은 중국 소수민족 먀오족과 토쟈족이 4,000여 년 넘게 지켜온 아름다운 옛 마을로, 작가 선총원이 어린 시절을 보낸 고향으로 알려져 있다. 세월의 흔적을 간직한 아름다운 풍경으로 국가 명승지로 지정되었으며, 선총원이 『변성』에서 묘사한 풍경까지 더해져 많은 관광객을 끌어모으는 관광 명소가 되었다.

쟝천은 훠궈를 먹고 날 집까지 데려다준 뒤, 당직이라 병원으로 돌아가야 한다고 했다. 나는 그 말에 너무 놀라서 말했다. "아니 그럼 설마 밥 얻어먹으려고 일부러 나왔단 말야?"

쟝천이 엄청 쿨하게 되물었다. "안 돼?"

나는 이 알뜰살뜰 야무진 행동을 힘껏 칭찬해주었다.

쟝천은 새벽 대여섯 시에 돌아왔다. 어두운 하늘에 살짝 푸른빛이 돌 때였고, 나는 아직 잠에 빠져 있었다. 쟝천은 내 위에 올라타 뺨과 코를 내 뺨과 목, 어깨에 문질러댔다. 나는 가까스로 눈꺼풀을 들어 올려 쟝천의 머리를 토닥이며 물었다. "피곤하지 않아? 배고프지?"

나는 말만 해놓고 대답이 나오기도 전에 고개를 묻고 잠들어버렸다. 그다음은 아무것도 기억나지 않는다.

일곱 시 반, 자명종 소리에 화들짝 놀라 깨고 보니, 쟝천이 내 위에 엎드려 잠들어 있었다. 분명 일부러 이랬을 것이다. 어젯밤 내가 실수로 자기 누른 채 잠이 들었던 걸 복수하려고……

간신히 쟝천을 침대로 옮겨놓았다. 셔츠 단추를 두 개 풀어놓고 발에 신겨 있던 양말을 벗겨주고는, 하품을 하며 세수하고 이를 닦으러 갔다.

엘리베이터에서 푸페이 사장을 만났다. 사장이 풀이 죽어 있기에 해명을 해주었다. "어제 일은 죄송하게 됐어요. 너무 신경 쓰지 마세요. 쟝천이 말이 그런 거지 악의는 없어요."

사장이 이맛살을 문지르며 말했다. "자기 남친이야 뭐라고 하든 내 알 바 아냐. 그런데 어제 쓰투모를 집에 데려다줬더니, 가는 길 내내 나를 비웃더라고. 집 앞까지 갔다가 구웨이이顧未易를 만났지 뭐야. 쓰투모가 아주 기다렸다는 듯 구웨이이한테 그 일을 떠들어대는 바람에 구웨이이한테도 비웃음을 당했다고."

구웨이이는 쓰투모의 남편이고, 푸페이 사장은 쓰투모의 첫사랑 남자 친구였다. 푸페이와 구웨이이는 대학 시절 룸메이트였고. 듣자니 그 시절의 푸페이는 연애 문제에서는 지금보다 훨씬 더 개자식이었단다. '만 송이 꽃이 핀 꽃밭을 지나가다 꽃 더럽히고 잎 더럽히고 거름 더럽히는 똥 덩어리'과에 속하는 인사였다 이 말씀. 그래서 쓰투모는 그에 대한 마음을 접고 생각을 바꿔 구웨이이의 품에 안겨버렸다. 문득 정신을 차린 푸페이가 다시 되돌리려 했으나, 쓰투모는 이미 그를 떠나기로 마음먹은 터였으니……. 어쨌거나 이들 사이에 이런 일이 있었다만, 누가 맞고 누가 틀린지 나로서는 정확히 알 수가 없다. 다만 쓰투모와 구웨이이가 한 쌍이 되었다는 사실로, 이들의 이야기에서 푸페이는 절대적인 조연에 불과할 뿐이라는 걸 알 수 있다 하겠다. 그리고 모든 잘못은 다 조연의 잘못이다.

푸페이가 엘리베이터 거울을 마주한 채 손으로 머리칼 두 가닥을 넘겼다. "천샤오시, 사는 게 소설이라면 말야. 내가 혹시 작가에게 무슨 죄라도 지은 걸까?"

나는 목을 문지르며 웃을 뿐 말은 하지 않았다.

점심 휴식 시간에 쟝천에게 전화를 걸었더니 이미 출근해서 일하는 중이라면서, 글쎄 전화에 대고 나지막한 목소리로 나한테 자기 위 아프다고 장엄하게 선포를 해버리는 거였다.

"위 아프면 어젯밤에 먹은 매운 무 두 조각 토해내셔."

"싫어. 가까스로 생긴 기회에 몰래 매운 거 좀 먹었으니 사흘은 음미해야지."

어이가 없었다. "약이나 잊지 말고 챙겨 드셔."

"잔소리 어지간히 하네. 나 일하러 간다." 그러더니 전화를 끊어버리는 거였다.

가끔 쟝천이 이렇게 무의식적으로 피우는 억지에 멍해질 때가 있다. 대학 때 내가 쟝천에게 심통을 부렸을 때처럼 말이다. 당시 내가 인터넷에서 오렌지색 커플룩을 샀는데, 쟝천이 입지 않겠다고 해서 화가 났다. 화가 난 주원인은 돈으로 산 옷인데, 그 옷을 입지 않으면 그건 돈에 대한 모욕이기 때문이었다. 나는 매일같이 쟝천의 귓가에 대고 생떼를 쓰면서 잔소리를 해댔다. 그 옷 안 입으면 밤에 공부할 때 옆에 있지 않을 거라고, 그 옷 안 입으면 밥 안 챙겨줄 거라고, 그 옷 안 입을 거면 손 만지지도 말고 허리 껴안지도 말라고…….

그러던 어느 날 쟝천은 진저리가 나고 말았다. 증권 기술 분석 과제(선택과목)를 도와주다가 돌연 펜을 던지더니 내게서 배운 말투를 그대로 써가며, 그 옷 입으라고 또 강요하면 숙제 안 도와주겠다고 했다.

뾰로통하게 화가 난 그 작은 얼굴을 보고 있으니, 어머 어쩜 이렇게 귀여울까. 아이, 그 오렌지색 커플룩 입으면 더 귀여워 보일 텐데, 그런 생각이 들더라는…….

하지만 양보했다. 이 몸의 모성이 대폭발한즉, 쟝천의 그 자그마한 소원을 실현시켜줘야 한다는 생각이 들었더랬다. 그래서 옷을 상자 바닥에 넣어두었다.

물론 쟝천은 자기도 억지를 쓸 때가 있다는 걸 인정하지 않았다. 본인은 그냥 내 행동을 따라 했을 뿐이며, 이런 걸 '오랑캐의 장기로 오랑캐를 제압한다'고 부른다고 했다.

나는 쟝천에게 니가 억지 부리는 거라고 말해주었다.

쟝천이 말했다. "나 딱따구리잖아."[18]

……

쟝천은 내 아킬레스건이다. 쟝천은 쿨한 척해도 멋지고, 억지를 부려도 멋지고, 고집을 부려도 멋지다. 심지어 썰렁한 농담을 해도 멋지다니까.

오후에 푸페이가 그 까탈스러운 고객을 데리고 왔다. 그 고객과 나의 첫 만남이었다. 나는 그 가시 돋치고 매몰찬 정도로 봤을 때, 적어도 보통 사람들과는 다르게 생겼을 거라고 확신했다. 남보다

---

18 여기서 천샤오시는 '억지를 부린다'는 뜻으로 '주이잉(嘴硬)'이라는 표현을 쓰는데, 이 '주이잉'을 한자 뜻 그대로 풀면 '입이 딱딱하다'가 된다. 중국인들은 자기 잘못을 알면서도 인정하지 않고 억지를 부리는 사람에게 '입이 딱딱하다'는 표현을 쓴다. 천샤오시가 자신에게 '입이 딱딱하다', 즉 '억지를 부린다'고 한마디 하자, 쟝천이 그 말을 그대로 받아 자신이 '딱따구리'라고 코믹하게 대꾸한다. 딱따구리가 '입이 딱딱한', '부리가 단단한' 새이기 때문이다.

유난히 못생겼다든가, 남보다 유난히 잘생겼다든가, 하여튼 분명 딱 보면 기억에 남을 거라고, "아, 좋은 사람은 아니군." 이런 말이 나오게 생겼을 거라고 생각했다. 하지만 그 사람은 겨우 서른 몇 살밖에 되지 않은 남자였고, 생김새는 더할 나위 없이 평범했으며, 아주 성실하고 얌전해 보였다. 너무 속상했다. 사람한테든 동물한테든 무해하게 생겨가지고는 어쩌자고 그렇게 악랄하게 행패를 부린 건데?

뜻밖에도 고객은 날 치켜세웠다. 심지어 내가 그린 삽화가 너무 마음에 든다고까지 했다. 그 업체의 상품은 어린이 태블릿인데, 우리 회사에서는 설명서 표지와 뒤표지 디자인 작업을 맡았다. 나는 뒤표지에 네 칸 만화를 그리고 싶어 손이 근질거렸다. 첫째 칸, 검은 테 안경을 쓴 아주 사나워 보이는 선생님이 태블릿 위에서 손짓 발짓해가며 뭔가를 시키고 있다. 둘째 칸, 손으로 턱을 괴고 앉아 눈을 흘기는 한 어린이. 셋째 칸, 어린이가 손가락을 뻗어 태블릿을 콕콕 누른다. 넷째 칸, 선생님이 김빠진 풍선처럼 '쉬이익' 소리와 함께 멀리 날아간다.

그는 자기 회사에서 이 어린이용 태블릿 주변 상품 시리즈로 소형 만화 책자 같은 걸 내놓을 예정이라면서, 내게 만화 작업에 흥미가 있느냐고 물었다. 그리고 싶은 대로 그리라면서, 만화책 출판 규격에 맞춰 제작할 거라고 했다.

깜짝 놀란 나는 눈을 깜빡이며 푸페이 사장을 바라봤다. 사장은 웃으며 고개를 끄덕이더니, 내 대신 화제를 이어받았다. "롼阮 선생님, 그럼 이번 협력안 가격대부터 이야기해보시죠."

푸페이 사장은 핑계를 대며 날 재빨리 사무실 밖으로 쫓아냈다. 사장 말로는 이게 웬 떡이냐 같은 내 표정이 예술가와는 너무 어울리지 않는다고 했다. 그런데 예술적인 분위기라는 게 가격대의 향방에 영향을 끼치게 마련이란 말이지. 간단히 말해, 푸페이 사장이 내 몸값을 높이는 데 내 어리바리한 모습이 영향을 끼친다는 말이었다.

사무실 문을 열고 나와 쟝천에게 전화를 걸었다. 흥분해서 말이 두서없이 나오기는 했지만, 다행히 쟝천은 잘 알아들었다. 내가 아무리 터무니없는 말을 지껄여도 쟝천은 언제나 잘 알아듣는다.

"천샤오시 소원 성취했네. 그렇게 할 일 없이 만화 보더니만, 그게 헛수고가 아니었네."

나는 계속 바보같이 웃어댔다. 쟝천이 말했다. "알았어, 알았어. 그만 웃어. 퇴근 뒤에 축하하러 가자."

퇴근 시간이 되자, 쟝천은 정말로 시간을 딱 맞춰 우리 회사 아래에 나타났다. 나는 차에 타자마자 쟝천부터 덮쳤다. 그의 목을 껴안은 채 귓가에 대고 소리를 질렀다. "쟝천, 쟝천, 나 만화책 내게 됐어! 만화책 낸다고!"

쟝천이 내 손을 풀었다. "그래. 그런데 목은 조르지 말아줘."

내가 알게 뭐람. 나는 쟝천의 목을 더 세게 조르며 얼굴을 물고 빨았다. 이 어찌 기쁘지 아니하겠느뇨.

쟝천 얼굴에 침을 한 바가지 묻힌 뒤, 나는 만족스럽게 안전벨트를 매고 앉았다. 쟝천이 내게 물었다. "밥 어디 가서 먹고 싶어?"

"원래는 회사 사람들이 같이 밥 먹으러 가자고 했는데, 푸페이 사장이 너 온다니까 덜덜 떨더라구. 하하."

쟝천은 어깨를 으쓱거리며 아주 당당해했다. "보아하니 너도 그렇고 쓰투모 씨도 그렇고, 사장이 두 사람 부르는 호칭을 아주 질색하는 것 같기에, 사장이 동료에게 쓸 호칭을 교정해줬을 뿐이야."

나는 쟝천을 주먹으로 툭 쳤다. "동북지방 요리 먹으러 갈까? 나 만두 먹고 싶어."[19]

"그래."

음식이 테이블에 오를 즈음, 우보쑹이 후란란을 데리고 들어오는 모습이 눈에 들어왔다. 우리가 앉은 자리가 하필 기둥 하나에 가려져 있었던 탓에, 나는 둘을 봤지만 둘은 우리를 보지 못했다.

그 둘을 본 쟝천이 고개를 내저으며 말했다. "밥이나 먹어. 건너가지 말고."

둘은 우리 쪽에서 멀지 않은 곳에 자리를 잡고 앉았다. 후란란이 하는 말이 들렸다. "주문 너무 많이 하지 말자. 다 못 먹으면 낭비잖아." 그날 연회 자리에서 녹색 바탕에 빨간 꽃무늬가 들어간 치파오를 입고, 조롱하는 듯한 말투로 어느 나라까지 날아가서 뭘 먹었다느니, 알이 가득 찬 캐비어는 어떻게 먹어야 한다느니 그런 말을 하던 후란란이 떠올랐다. 그때 후란란의 눈언저리에서는 창

---

19 만두는 동북, 화북, 서북 등 중국 북부지방에서 많이 먹는 음식이다.

백한 우아함이 묻어났지만, 지금 눈을 내리깔고 다소곳하게 앉아 돈 낭비라고 말하는 지금 이 순간만큼 아름답지는 않았다.

여자가 남자를 위해 돈을 아끼고 싶어 한다면, 그건 적어도 그냥 그 남자 돈을 쓰고 싶은 마음보다 그 남자를 사랑한다는 뜻이라고 생각했다.

뒤이어 맛이 다른 만두가 종류별로 한 접시 한 접시 탁자에 올라왔다. 나는 좀 찔려서 쟝천에게 용서를 구했다. "일찍 알았으면 종류별로 다 시키지 않았을 텐데. 내가 꼭 살림 말아먹을 사람 같잖아."

쟝천이 만두를 집어 입에 넣어주었다. "먹기나 해. 떠들지 말고."

쟝천이 입에 넣어준 만두는 배춧속이 들어간 만두였다. 깨물자마자 입 주변에 온통 즙이 터져 나오는 바람에 쟝천이 피식 웃으며 입 닦으라고 휴지를 뜯어주었다.

우보쑹과 후란란은 우리가 자리를 뜰 때에도 여전히 음식을 먹고 있었다. 나는 남은 만두를 포장해서 싸 왔다. 앞으로 며칠은 만두를 먹는 나날들을 보내야 할 판이었다…….

집에 가던 길, 빨간불이 되기를 기다리던 틈에 쟝천이 갑자기 태연하게 말했다. "아, 너한테 말해주는 거 깜빡했다. 내일, 우리 어머니, 아버지 오셔."

……

내가 만화를 내게 됐다는 꿈에 세상이 정말 아름답기 그지없다는 감동에 취해 있었음을 깨달았어야 했다. 이 감동 탓에, 나는 심지어 후란란과 우보쓩을 보고도 세속은 그냥 세속일 뿐이라고, 사랑은 영원히 사랑이라는 생각을 했었다. 하지만 이 감동은 햇빛 아래 각양각색으로 빛나는 비누 거품 같은, 터뜨려서는 안 되는 것이었으니.

나는 아주 오래도록 한참을 침묵했고, 쟝천은 차를 아래층에 세웠다. 전조등이 차 앞에 놓인 길을, 어둠에 뒤덮인 빛의 구역을 환히 비추었다. 불나방에 파리, 모기 등 날 줄 아는 작은 생물이 죄다 빛다발 속에서 미친 듯 춤을 추었다. 마치 작별 파티에 참여하기라도 한 것처럼.

쟝천이 내 손을 잡았다. "무슨 생각해?"

어떻게 대답해야 할 지 알 수 없었다. 나는 고개를 수그리고는 서로 맞잡은 우리의 손을 내려다보았다. 집게손가락으로 그의 집게손가락 마디뼈를 살짝 문질렀다. "어머니가 나 다시 보시면 그때도 내가 너랑 어울리지 않는다고 느끼실까, 그런 생각."

그가 말없이 내 손을 꼭 쥐었다. 쟝천은 누굴 위로한다거나 분위기를 바꾸는 재주는 없다. 그래서 이런 일은 마찬가지로 그런 재주가 없는 내가 맡아서 처리해야 한다.

내가 그의 얼굴을 어루만지며 말했다. "선생님, 다음에는 '오늘 날씨가 참 좋습니다' 같은 말투로 '동물원 사자가 뛰쳐나와 사람을 물었습니다' 같은 뉴스 보도하지 말아주세요."

쟝천이 내 손을 잡아당겼다. 눈에는 의연함이라고 부르는 무언가가 담겨 있었다. "우리, 같은 실수 반복하지 말자."

내가 웃었다. "그러기를 바라."

그러기를 바라.

비바람 몰아친 뒤엔 언제나 햇볕이 내리쬐기를.

비바람 지나간 뒤엔 무지개가 뜨기를.

당신이 오래오래 살아 천리 밖에 떨어져 있어도 저 달을 함께 보게 되기를.[20]

기러기가 때맞춰 돌아올 때 서쪽 누각에 달빛이 가득하기를.[21]

---

20 북송(北宋) 시대의 시인 소식(蘇軾)의 대표 시 중 하나인 「단원인장구(但願人長久)」의 마지막 구절이다.

21 남송(南宋) 시대의 시인 이청조(李淸照)의 대표 시 중 하나인 「일전매(一剪梅)」의 네 번째 구절을 인용해서 응용한 문구다.

20장

밤에 악몽을 꾸었다. 빈 방에 나와 쟝천 어머니 단둘이 서로를 마주하고 앉아 있었고, 어머니는 속을 알 수 없는 눈빛으로 날 뚫어져라 바라보셨다. 마치 본인이 집게손가락과 엄지손가락 사이에 쥐고 있는 벌레를 보시는 듯이.

나는 깜짝 놀라 잠에서 깼다. 쟝천은 바로 옆에서 단잠에 빠져 있었고, 달빛이 창밖에서 비춰 들어와 방 전체가 반투명한 젖빛 얇은 거즈에 뒤덮인 듯했다.

나는 쟝천의 뺨에 손을 뻗어 그 뺨에 붙어 있던 머리칼을 살살 떼어내며 작은 소리로 말했다. "실은 나 너희 어머니가 정말 무서워. 어떻게 해야 해?"

쟝천은 여전히 곤히 잠들어 있었다. 한숨을 쉬며 침대 가장자리에 앉아 발로 슬리퍼를 한참이나 찾아봤지만 찾아지지가 않았다. 그제야 쟝천이 날 욕실에서 어깨에 메고 바로 침실로 들어왔던 일이 떠올랐다…….

부엌으로 가서 물을 한 컵 따른 뒤, 욕실 입구로 가서 슬리퍼를 찾아 질러 신고는 베란다까지 질질 끌고 가서 가로등을 내려다보며 물을 마셨다. 곧 날이 밝을 터였다. 지난번에 내가 내던진 쟝천의 옷이 여전히 3층 사는 사람이 받쳐놓은 방수포 위에 흩어져 있었다. 쟝천이 이 일을 알고는 내 옷도 다 가져다 버릴 거라고 엄포를 놓았더랬다. 본인 신용카드가 내 손에 있는데, 나야 하나도 겁날 것 없지.

"샤오시."

고개를 돌리니, 쟝천이 팔짱을 낀 채 베란다 문에 기대 있었다. 어둠 속이라 나도 쟝천의 표정이 똑똑히 보이지 않았다. "무슨 생각해?"

쟝천이 오늘 밤 두 번째로 무슨 생각하느냐고 던진 질문이었다. 나는 여전히 쟝천 어머니가 내가 쟝천과 어울리지 않는다고 생각하실지 생각하고 있었다.

고개를 내저었다. "악몽을 꿨어."

쟝천이 다가와 등 뒤에서 허리를 감싸 안았다. "무슨 꿈?"

"요괴랑 도깨비 나오는 꿈."

쟝천이 날 꼭 안아주었다. 따뜻한 체온이 그의 몸에서 서서히 내 등으로 전해졌다. "천샤오시, 무섭다고 도망치면 안 돼."

내가 농담을 던졌다. "그거야 너희 어머니 이번 화력이 어느 정도인지 봐야 알겠는데."

쟝천이 돌연 손을 들어 내 턱에 손아귀를 꽉 끼우더니, 있는 힘껏 내 얼굴을 돌려 내 뒤에서 옆으로 키스했다. 그의 불안이 느껴졌다. 탐색하듯 들어온 쟝천의 혀끝에는 얕은 떨림이 깃들어 있다. 그 떨림에 미세한 전류가 담긴 듯했고, 그 전류는 날 더 가까이, 조금 더 가까이 빨아들였다.

혀가 엎치락뒤치락 뒤섞이는 사이, 쟝천이 모질게 내뱉는 말이 들려왔다. "천샤오시, 너 이번에 또 도망치면 우리한테 다음은 없어. 난 말한 대로 할 거야."

"선생님, 선생님은 도대체 제 입에 붙은 채 어떻게 저 많은 말을 다 할 수 있으신가요?" 이렇게 묻고 싶었다. "선생님, 선생님의 이 격렬하고 포악한 표현 방식은 선생님이 일관되게 유지하고 계신 냉정하고 침착한 이미지와는 맞지가 않는데요. 이렇게 표현하시면 역할에 몰입하지 못하신 티가 나잖아요. 정말 프로페셔널하지 못하시군요." 이렇게도 말해주고 싶었다.

쟝천에게 풀려났을 때, 나는 쟝천을 꼭 붙잡고 있어야만 했다. 그래야 힘이 풀려버린 발에 제대로 힘을 주고 서 있을 수 있었다. 쟝천이 내 얼굴을 꼬집었다. "눈에 온통 안개가 자욱하네."

무슨 뜻인지 알 수가 없었다. 주된 이유는 내용이 앞에서 한 말과 차이가 너무 크기 때문이었다. 생각의 비약이 너무 심해서 나로서는 좀 따라가기가 힘들었다.

이튿날, 비몽사몽간에 회사 업무 시간을 흘려보냈다. 심지어 푸페이 사장이 만화 출판 관련 논의가 다 끝났다고, 꽤 괜찮은 가격에 하기로 했다고 하는데도, 무지 기쁘지만 얼굴 표정이 도와주질 않는다는 뜻으로 입가를 살짝 추켜올리는 데 그쳤다.

퇴근길에 쟝천으로부터 전화를 받았다. 자기가 지금 갈 수가 없으니 공항에 가서 부모님을 좀 모시고 와달라고 했다. 이게 나한테는 너무나 불합리하게 느껴졌다. 불합리하게 느껴지는 지점은 바로 두 분을 모시러 가는 장소, 공항이었다. 어떤 사람들이 두 곳 거리가 '비행기가 이륙해서 유행가 한 곡 부르고 나면 착륙할' 정도 떨어진 상황에서 비행기 같은 교통수단을 선택할까? 답은 자기들이 돈이 있다는 걸 다른 사람들이 모를까 봐 걱정스러운 사람들이다.

아주 친절하게도 푸페이가 나를 공항으로 데려다주었다. 물론 나야 우리 사장이 내가 곧 만화계에서 서서히 떠오르는 샛별이 되리라는 예감이 들어서 그랬을 거라고 생각했다. 그러니 사장으로서는 지금 나한테 알랑방귀를 뀔 수밖에.

쟝천의 부모님을 뵙기 전까지 내내 엄청나게 긴장했다. 심지어 몇 번은 숨만 깊이 들이쉬어도 토하고 싶은 충동이 올라올 정도였다. 나는 도저히 안 되겠으면 임신한 척이라도 하자고 나 자신을 위로했다. 어머니가 며느리는 마다하셔도 손자를 마다하실 수는 없지 않을까? 혹은 뵙자마자 그 해 어린 마음에 저지른 무지에 대해 감동적인 참회의 발언을 한다든지……. 어쨌거나 나는 마인드 컨트롤을 많이 해두었다. 절대로 쟝천 어머니 때문에 상처받지 말자고, 비위를 맞춰드린다는 원칙을 지켜야 한다고, 어머니가 왼쪽 뺨을 때리시면 오른쪽 뺨이라도 내밀자고 내 자신에게 일러두었다…….

하지만 두 분을 뵌 순간, 근심 걱정이 싹 사라져버렸다. 비유를 하자면, 나에 대한 어머니의 혐오가 뺨 한 대 때리는 걸로 해결될 수 있으리라 기대했건만, 뜻밖에도 그건 어머니가 공중으로 날아올라 발길질이라도 해야 풀릴 정도의 원한이었다. 하지만 나도 발길질을 당하고 싶지는 않으니 그만두자 싶었다.

내가 이렇게 절묘한 비유를 해놓고도 구체적으로 무슨 일이 일어난 건지는 명확히 말하지 않았는데, 구체적으로 말하면 쟝천 부모님께서 한 여자를 데리고 오셨다. 공교롭게도 내가 아는 여자였고, 게다가 아주 오랫동안 내가 몹시 미워했던, 그녀의 이름은 바로 리웨이였다. 고등학생 시절 내내 리웨이는 떨어지지 않는 망령 같은 자태로 쟝천 곁을 어슬렁거렸다. 매번 내 눈에 띌 때마다, 아휴 저건 어떻게 나보다 더 내숭을 못 떠는지, 이런 생각이 들곤 했다……. 나는 쟝천 어머님이 내가 속으로 말없이 리웨이를 미워하고 있다는 걸 아실 정도로 대단한 신통력을 갖고 계신다고는 믿지 않았다. 하지만 쟝천 어머님이 리웨이를 데리고 도시를 참관하러 오실 정도로 할 일이 없으시다고도 믿지 않았다. 내 생각에 가장 중요한 건, 쟝천 어머님이 날 바라보시는 눈에 우리가 선의라고 부를 만한 것이 전혀 없다는 점이었다. 하지만 겉으로는 공손한 척해야 했다. 나는 아주 공손하게 말했다. "아저씨, 아주머니, 천샤오시입니다. 쟝천이 일이 있어서 저보고 두 분 모시고 병원으로 와달라고 해서요."

쟝천 아버님께서 고개를 끄덕이셨다. "안녕하신가."

샹천 어머님은 콧구멍으로 '오냐'와 '흥' 사이에 걸쳐 있는 미묘한 음을 내셨다.

오히려 리웨이가 아주 친절하게 내 손을 잡아끌었다. "샤오시, 오랜만이야. 너 예뻐졌다."

내가 쓴웃음을 지었다. "너야말로 여전히 예쁜데 뭐."

나는 은근히 리웨이가 '너 예뻐졌다'고 한 말이 내가 예전에는 못생겼었다는 말이라고 생각했다. 그렇다 보니 말할 것도 없이 리웨이가 더 꼴 보기 싫었다…….

리웨이를 미워하기는 하지만, 리웨이가 아주 예쁘다는 사실은 인정할 수밖에 없었다. 리웨이의 미모에는 총명함이 깃들어 있었다. 쓰투모는 자기 남편의 미녀 과학자 동료를 이렇게 평가했더랬다. "미모와 지혜를 겸비한 여자가 세상에서 제일 꼴 보기 싫다니까."

나는 택시 안에서 두 어르신과의 거리를 좁히고 싶어 단정한 화제 두 개를 찾아냈다. 단정한 화제 두 가지란 각각 비행기 멀미를 하시지는 않았는지와 기내식이 맛있으셨는지였다. 사실 화젯거리야 무수히 많다. 예를 들면, 스튜어디스는 예쁘던가요? 몸매는 좋던가요? 치마는 짧던가요? 하지만 앞에서 꺼낸 두 개의 화제에 대한 두 분의 참여도와 열정을 보고 나도 더는 말을 하지 않았다.

병원에 거의 다 도착했을 즈음, 샹천에게 전화를 걸어 홀에 나와 있으라고 했지만, 홀에 도착했는데도 그는 보이지 않았다. 그래서 다시 전화를 했더니 지금 오는 길이라고 했다.

1분 뒤, 하얀 가운을 입은 쟝천이 홀에 나타났다. 그의 시선이 리웨이에게서 멈춰 섰다. 쟝천은 무슨 일이냐는 듯 날 바라봤고, 나는 어깨를 으쓱했다.

쟝천은 부모님과 좀 거리가 있어 보였다. 하지만 그건 이해가 갔다. 걔가 성질이 좀 괴팍해야지. 그 집 두 어른은 더 괴팍하고.

간단하게 몇 마디 주고받은 뒤, 쟝천이 어머니에게 말했다. "어디 가서 식사 좀 하시죠."

쟝천이 하얀 가운을 벗어 내게 건넸고, 나는 그 가운을 접어 백에 넣었다. 그는 리웨이 손에 들려 있던 짐 가방을 건네받았다. 내가 들고튀기라도 할까 봐 무서운지, 리웨이가 오는 길 내내 죽어라고 꼭 안고 있던 가방이었는데, 크기도 커서 안에 시신이나 내 연남이라도 숨겨놨는지 수상쩍었다.

가는 길에 쟝천이 소리 죽여 내게 해명하기를, 리웨이의 아버님이 우리 진의 교육과 과장이신데, 아버님과는 절친한 친구 사이라고 하셨다. 그거야 나도 안다. 진장, 과장들끼리야 분명 친하겠지.

밥을 먹는데, 쟝천 어머님이 갑자기 내 존재가 생각났다는 듯 말씀하셨다. "천샤오시 씨는 지금 어디에서 근무하고 있나?"

"그냥 샤오시라고 부르시면 돼요." 쟝천이 고개를 들며 말했다.

내가 재빨리 대답했다. "디자인 회사에 있습니다."

"외국 기업인가 아니면 국유기업인가?"

나는 침을 꼴깍 삼켰다. "민간기업입니다."[22]

"오, 규모는 어느 정도인데?"

"세 사람이 일합니다."

그 자리에 있던 사람들이 쟝천을 제외하고 모두 젓가락질을 멈추고 날 이상하게 바라봤다. 내가 혹시 방금 또렷하지 않은 발음으로 "세 사람이 일합니다"를 "세 사신이 일합니다"로 말한 건 아닌지 의심스러웠다.

잠시 뒤 쟝천 어머님께서 다시 말씀하셨다. "천샤오시 씨는 직장을 바꿀 생각은 해봤나?"

나는 어머님이 묻고 싶으셨던 질문이 "천샤오시 씨는 남자 친구를 바꿀 생각은 해봤나?"라고 생각했다. 하지만 어르신 죄송한데요, 댁의 아드님한테 그렇게 여러 해 엉겨 붙어 있었는데, 중간에 포기하면 제가 사람이 끈기가 없다는 티가 나버리잖아요.

그래서 고개를 흔들었다. "없습니다." 잠시 생각해보다 설명을 좀 덧붙였다. "지금 하는 일을 아주 좋아하거든요."

어머님은 더는 경멸의 눈빛을 감추려고 애를 쓰지도 않으셨고, 날 무시한 채 곧바로 쟝천에게 말씀하셨다. "천아, 리웨이가 회사 그만두고 너네 학교 석사반 시험 보려고 준비 중이라서, 여기서 한동안 지낼 예정이다. 어차피 너 지금 사는 집에 방 하나 비어 있으니까, 리웨이 거기서 지내게 하자꾸나. 리 아저씨네도 그러면 마음이 좀 놓이실 거고."

쟝천은 고개도 들지 않았다. "불편해요."

"뭐가 불편해?" 어머님이 젓가락을 탁자에 탁 내리치셨다. 소리

---

22 많은 중국인이 안정성, 복지 등을 이유로 민간기업보다 국유기업을 더 선호한다.

가 어쩌나 큰지, 어머님이 단전의 힘이 보통이 아니신 것 같다는 의구심이 들었다. 심지어 조금 있다가 종업원이 탁자를 정리하러 와서 젓가락을 탁자 안에서 파내야 할 것 같다는 의구심까지 들었다. 쓸데없는 생각을 하다가 중재인 역할을 할 좋은 기회를 놓치고 말았는데, 그 기회가 속수무책으로 리웨이 손에 넘어가는 바람에 속이 엄청 쓰렸다.

리웨이가 웃으며 쟝천 어머님의 손을 잡아끌었다. "아주머니, 화내지 마세요. 사실 편하지 않기는 하거든요. 저는 호텔에 있으면 돼요. 어차피 엄청 오래 지낼 것도 아니니까요."

내가 탁자 아래로 쟝천의 발을 걸어차자, 쟝천이 나를 미심쩍게 바라봤다.

어…… 사실 나도 왜 쟝천의 발을 걸어찼는지 모르겠다. 그냥 뭔가 분위기가 조성되었다는 생각이 갑자기 드는 바람에…….

쟝천 어머님은 말을 듣지 않으셨다. "뭐가 불편하니? 너랑 리웨이 어려서부터 같이 자란 사이에, 어른들도 너희를 다 믿는데. 게다가 여자아이 혼자 호텔에 살면 너무 불안하지 않니."

나는 기회를 놓칠 수 없다는 정신으로 어머님 말씀에 알랑방귀를 뀌었다. "그래, 엄청 불안해."

하지만 내 신분이 이런 말을 하기에는 적합하지 않은 듯했다. 내가 말을 마치자마자 탁자 주변이 또 한 번 침묵에 빠져들었고, 나는 목을 움츠리며 때려죽여도 더는 말을 하지 않으리라 마음먹었다.

"너 그 집 누가 샀는지 생각도 안 하니?" 쟝천 어머님이 탁자를 내리치셨다. "아니 내가 가까운 사람 와서 살게 할 자격도 없단 말이니?"

쟝천은 더는 아무 말 없이 내가 의자에 걸어놓은 백을 가져가더니, 그 안에서 자기 집 열쇠를 꺼내 리웨이에게 건넸다. "어머니 말씀이 맞아. 여자 혼자 밖에 사는 거 안전하지 않은 게 사실이지. 이거 집 열쇠야."

상황이 급작스럽게 전개되었다. 쟝천이 갑작스레 사리에 맞는 행동을 하니, 화가 머리끝까지 난 연기를 하고 계셨던 쟝천 어머님도 그 자리에서 멍해지셨다.

쟝천이 또 주머니에서 차 열쇠를 꺼내 리웨이에게 건넸다. "너 운전 면허증 있었던 걸로 기억해. 여기서 차 있으면 외출하기 편해."

이번에는 리웨이가 넘겨받을 엄두를 내지 못했다. 리웨이가 살려달라는 눈빛으로 쟝천 어머님을 보자 어머님은 다시 아버님을 바라보셨고, 아버님은 가라앉은 목소리로 말씀하셨다. "천아, 이게 뭐 하는 짓이냐?"

쟝천이 열쇠를 리웨이 손 옆에 내려놓았다. 오히려 말투는 아주 평온했다. "원래 제 차도 아니었는데요 뭐."

나는 너무 긴장해서 심장이 목구멍으로 튀어나올 지경이었다. 탁자 아래에서 손으로 쟝천의 옷자락을 죽어라 잡아당겼다. 반항하고 싶어도 나 있을 때 골라서 하지 말라는 마음이었다. 그런데 뭣 모르는 이 인간은 내가 자기를 부추기는 줄 착각해버렸으니.

쟝천이 내 손을 잡고 날 바라봤다. 깊은 의미가 담긴 눈빛이었지만, 나는 무슨 뜻인지 알아채지 못했다. 내가 그 뜻을 알아챘을 때는 돌아올 수 없는 강을 건너버리고만 시점이었다.

"아버지, 어머니, 두 분한테 샤오시가 제 여자 친구라고 말씀드린 적 있죠. 저 지금 샤오시와 함께 살고 있어요. 저희 결혼하고 싶습니다. 두 분 허락받고 싶어요."

"나는 허락 못 한다." 쟝천 어머님이 말씀하셨다.

속으로 그건 나도 허락할 수 없다고 생각했다. 프러포즈도 아직 못 받았구만…….

쟝천이 내 손을 꼭 쥐었다. "허락하지 않으셔도 상관없어요. 예전에 대학 학과 선택할 때도 동의하지 않으셨잖아요. 게다가 제가 의사가 되는 것도 동의하지 않으셨고요."

내 마음은 '부탁인데 나한테까지 불똥 튀지 않게 입 좀 닫쳐줄래'와 '일어나서 손뼉 치며 너무 멋지다고 말하고 싶어' 사이에 끼어 있었다. 엄청난 모순이지.

보아하니 쟝천 부모님은 화가 머리끝까지 치밀어 올라 돌아가실 지경이었다. 그때 '똑똑' 문 두드리는 소리가 들리더니 종업원이 들어와서 물었다. "더 필요하신 것 있으십니까?"

나는 그제야 서비스 등이 켜져 있었다는 걸 알아챘다.

"계산해주세요." 쟝천이 종업원에게 신용카드를 한 장 내밀었다. 내 백에 있던 신용카드가 언제 쟝천 손에 들어갔는지 모를 일이었다.

종업원이 나가자, 쟝천이 말했다. "리웨이, 내가 열쇠는 췄고, 너도 우리 집 가는 길 알 테니까, 식사 끝나면 우리 부모님 쉬시게 좀 모시고 가줘. 난 오늘 밤에 수술이 있어. 내일 휴가니까, 내가 내일 다 같이 모시고 나갈게."

말을 마친 쟝천은 어머니가 탁자를 내리치시며 "앉아라." 이렇게 말씀하시는데도 상관하지 않고 날 잡아끌었다. "나 데리고 가서 지하철 좀 태워줘. 나 지하철 카드 없어."

나는 쟝천에게 질질 끌려가면서 고개를 돌렸다. "아저씨, 아주머니, 안녕히 계세요."

쟝천이 앞서가고, 나는 뒤에서 신용카드를 쥔 채 아무 생각 없이 쟝천을 쫓아갔다. 한 20여 분 걸어가고 있는데, 쟝천이 걸음을 멈췄다. 나는 걸음을 재촉해 쟝천 옆에서 어깨를 나란히 하고 걸었다.

쟝천이 내 손을 잡고 천천히 앞으로 걸어갔다. "샤오시, 나 어렸을 때 두 분 자주 싸우셨어."

나는 쟝천을 위로했다. "우리 엄마, 아빠도 자주 싸우셨어. 우리 엄마는 심지어 식칼로 아빠를 다져서 만두 속으로 넣고 만두나 빚어야겠다고도 하셨는데 뭐."

쟝천이 고개를 숙이며 날 흘끔거렸다. "너 소설 쓰는 거지?"

나는 목을 만지작거렸다. "그것도 눈치챘네. 하지만 너 아까처럼 행동하면 네 부담이 엄청 커진단 말야."

쟝천은 날 거들떠보지도 않았다. "보통 내가 피아노 방에서 피아노를 치고 있으면, 부모님은 밖에서 서로 저주를 퍼부으셨어. 서로 죽어라 상대방 조상까지 들먹이면서 욕을 해대거나, 상대의 생식 능력을 의심하면서 말로 죽어라 욕을 퍼부으셨지. 두 분과 조상이 같은, 게다가 그분들의 자손인 나로서는 스트레스가 이만 저만이 아니었어."

나는 손을 들어 그의 어깨를 토닥였다. "주절거리는 건 네 스타일 아냐. 그런다고 너한테 보헤미안 이미지가 생기는 게 아니라니까."

쟝천이 내 얼굴을 꼬집었다. "정말 짜증 나. 왜 이혼하지 않으시는 걸까?"

내가 실사구시적으로 분석해주었다. "이혼하면 상사한테 말하기 좀 그렇잖아."

쟝천이 웃었다. "그걸 네가 어떻게 아냐?"

"어렸을 때 우리 엄마가 엄청 사나워서, 내가 아빠한테 다른 여자한테 장가들라고 그랬더니, 우리 아빠가 그런 건 상사한테 말하기 좀 그렇다고 하시더라고."

쟝천이 또다시 손을 뻗어 내 얼굴을 꼬집었다. "어떻게 어마어마한 일이 너한테만 가면 코미디가 돼버리냐?"

그게 아마 바로 전설의 '천부적 재능'이라는 거겠지.

"가자. 지하철 타고 집에 가자." 쟝천이 잡고 있던 손을 풀어주더니 어깨를 끌어안았다. "나 돈도 없고, 지하철 카드도 없어……."

마침 퇴근 시간이라 지하철 안은 절인 생선 통조림처럼 꽉 막혀 있었다. 나는 등을 지하철 칸 벽에 대고 있었고, 쟝천은 내 앞에 서서 두 팔로 내 몸 양쪽을 받쳐가며 사람들 무리를 가로막아 주었다.

나는 고개를 들어 그를 쳐다봤고, 눈을 가늘게 뜬 채 계속 웃어댔다. 쟝천은 내 웃음에 영문을 모르고 어리둥절해했다. "왜 그래?"

"저기, 드라마 남녀 주인공이 엄청 비좁은 차 안에서 꼭 이런 자세를 취하잖아. 몸으로 다른 사람들 막아주고. 너 진짜 낭만적이다."

쟝천은 '정말 너 때문에 못 살겠다'는 표정을 지었다.

나는 똑바로 서서 쟝천에게 몸을 기울이며 싱글벙글 웃는 얼굴로 그를 껴안았다. 얼굴은 쟝천의 가슴에 붙이고, 두 손으로 쟝천의 허리를 껴안은 뒤 깍지를 끼웠다.

"쟝천, 나 내일 휴가 내서 너희 부모님 모시고 다니는 거 안 하면 안 될까? 내일 고객이랑 만화 내용 상의해야 하거든. 게다가 오랜만에 무시를 당했더니 회복을 좀 해야겠어."

사실 나는 내일 다시 그 자리에 있다가는 얼마나 또 민망한 지경까지 가게 될지 알 수 없어서, 분위기 깨지 않으려면 아예 나타나지 않는 편이 낫겠다고 생각했다.

쟝천이 고개를 끄덕였다. "그래도 돼." 그가 잠시 말이 없다가 다시 입을 열었다. "섭섭하지."

나는 고개를 흔들며 그의 눈을 올려다봤다. "쟝천, 나 너 정말 사랑해."

쟝천은 뭔가 좀 어색하게 눈을 피하며 낮게 "응"소리를 냈다.

5분 뒤, 쟝천이 돌연 고개를 숙이더니 물었다. "어떻게 하냐? 나 이제 집도 없고 차도 없는데."

나는 아주 진지하게 골똘히 생각에 잠기는 척하다가, 잠시 뒤에야 웃으며 말했다. "이렇게 하자. 네가 먹성 좋고 게으른 나 참아주는 대신, 나는 집도 없고 차도 없는 너 참아주는 걸로."

쟝천이 웃으며 고개를 숙이더니 보조개가 파인 뺨을 내 뺨에 살살 비볐다.

집까지 두 정거장 남았을 때, 쟝천의 휴대폰이 울렸다. 쟝천은 외투 주머니에서 휴대폰을 꺼내 흘끔 보더니 도로 집어넣었다. 나는 쟝천 주머니로 손을 뻗어 휴대폰을 꺼낸 뒤, 통화 버튼을 눌러 쟝천 귓가에 대주었다.

쟝천은 고개를 수그린 채 눈을 부릅뜨고 날 내려다보면서 달갑지 않다는 듯 휴대폰에 대고 말했다. "어머니."

그러고는 5분간 침묵이 이어졌다. 소란스러운 지하철 안에서 내가 간신히 알아들은 건 "죽일", "꺼져"처럼 발음은 간단하지만 풍부한 감정의 빛깔을 담은 단어들이었다. 초등학교 때 문장 만들기 숙제를 많이 했기 때문인지, 나는 쟝천 어머님의 평소 행동 스타일을 토대로 지금 내가 들은 한두 마디 말을 사용해 문장을 만들었다. "그 죽일 놈의 계집애 꺼지라고 해! 내가 죽든 그 계집애가 꺼지든!" 죽은 사람은 꺼질 수가 없는데……. 그래, 내가 어렸을 때도 문장을 좀 남다르게 만들어서 선생님께 혼나곤 했지.

마지막에 쟝천이 가라앉은 목소리로 하는 말이 들렸다. "전 어머니 말씀 안 들어요. 이만하죠. 제가 지금 일이 있어서요."

내가 우리 엄마한테 저렇게 말했다가는 엄마가 날 자궁으로 다시 집어넣어서 양수로 익사시킬 거고, 탯줄로 목을 졸라 죽일 거라는 생각이 들었다.

쟝천은 화가 났는지 전화를 끊고 나서 휴대폰을 내 외투 주머니에 쑤셔 넣었고, 더는 한마디도 하지 않았다.

주머니 속의 휴대폰을 만지작거리는데 가슴이 두근거렸다. 쟝천에게 이거 네 휴대폰이라고 알려줘야 할까? 쟝천이 열받아서 휴대폰 필요 없다고 하지 않을까, 그러면 안 그래도 휴대폰 바꾸고 싶었는데 내가 덕 좀 보게 되지 않으려나⋯⋯.

지하철이 역에 도착했을 때, 나는 쟝천을 밀며 도착했다고 말했다. 쟝천은 내 손을 잡아끌며 인파를 따라 밖으로 쏟아져나갔다. 한번은 하마터면 인파에 묻혀 서로 놓칠 뻔했는데, 나중에는 쟝천이 아예 날 가슴에 가둬놓고 앞으로 걸어나가다 간신히 입구에서 벗어났다. 쟝천이 풀어주며 한숨을 쉬었다. "보아하니 차 없이는 안 되겠다."

나는 쟝천을 비웃었다. "도련님, 얼마나 오래 지하철을 안 타신 건가요. 대학 때는 불평 한마디 없으시더니만."

쟝천은 개의치 않았다. "너 대학 때 나 아니었으면 지하철, 버스에서 몇 번을 울었겠냐."

나는 쟝천의 소매를 잡아당기던 손가락에 나도 모르게 힘을 꽉 주었다.

우리는 다 작은 동네에서 도시로 나와 대학을 다녔다. 우리 동네에서는 큰길로 나가면, 우직한 아저씨가 웃는 얼굴로 해체하면 부품 더미가 될 것 같은 오토바이를 몰고 가다가 묻곤 했다. "얘야, 너 어디 가니?" 그래서 대학 시절 나는 거미줄 같은 버스와 지하철 노선도를 보고 얼이 빠지고 말았다. 그러다 보니 어딜 가든 늘 장천을 따라다녔고, 장천은 날 데리고 그 복잡한 버스와 지하철 속을 책임지고 오가며 방향을 틀었다. 나는 어느 선을 타야 어디에 갈 수 있는지 단 한 번도 신경 써본 적이 없었고, 단 한 번도 잘못된 방향으로 가는 차를 탈까 봐 걱정할 필요가 없었다.

나중에 졸업하고 직장 생활을 시작하자, 장천은 특별히 날 데리고 여러 차례 버스와 지하철을 타가며 자기가 인턴으로 있는 병원에서 내가 사는 곳까지, 다시 내가 사는 곳에서 우리 회사까지, 다시 우리 회사에서 자기가 인턴으로 있는 병원까지 돌아다녔다. 나보고 기억해두라면서 라임까지 만들어주었다. "병원 회사는 길 건너 304, 집 회사는 길 건너 507, 집 병원은 길 건너 216." 장천은 나보고 잘 기억하라면서, 저기 나온 장소 순서를 바꿔 거꾸로 갈 때는 같은 차를 타면 되지만, 길을 건널 필요는 없다고 알려주었다. 나는 알았다고 알았다고, 내가 그렇게 멍청한 줄 아느냐고 대답했다. 알아듣기는 했지만 그래도 가끔 차를 잘못 타곤 했고, 잘못 탄 뒤에는 대충 아무 역에서 내린 다음, 뻔뻔스러운 얼굴로 장천에게 전화를 걸어 날 데리고 가게 했다.

장천과 헤어진 뒤 나는 회사와 집을 옮겼다. 노트에 모든 노선을 조심스럽게 그려 넣고 다녔지만, 그래도 자주 반대 방향으로 가는 차를 타곤 했다. 한번은 야근을 마치고 집에 가던 중에 버스에 오르자마자 버스 기둥을 안고 졸기 시작했다. 정신을 차리고 나서 버스가 내가 전혀 모르는 곳을 지나가고 있다는 걸 깨달았다. 다급한 마음에 휴대폰을 꺼내 장천에게 나 좀 살려달라고 전화를 걸고 싶은 참인데, 통화 버튼을 누르려다 순간 갑자기 정신이 들었다. 나는 버스 기둥을 잡고 미친 듯이 울기 시작했다. 모르는 사람이 봤으면 그 버스 기둥이 오랫동안 헤어져 지낸 내 생모라도 되는 줄 알았을 것이다.

그때 내 옆에 여름날 비 온 뒤 뜨는 무지개색으로 머리를 염색한 여자가 서 있었는데, 그 여자가 껌을 씹으며 날 가엽게 바라봤다. "괜찮으세요? 어디 아프세요?"

"차를 잘못 탔어요." 이 말을 듣고 어안이 벙벙해진 여자가 잠시 뒤 마찬가지로 곧 울 것 같이 말했다. "그쪽 때문에 껌이 목으로 넘어갔잖아요."

뒤이어 나도 어안이 벙벙해졌다. 나는 그 여자를 보며 계속 울어댔다. 눈물과 콧물이 범벅된 울음이었다. "미안해요. 제가 그쪽 껌 목으로 넘어가라고 일부러 그런 건 아니에요. 아니면 제가 껌 하나 배상해드릴게요. 미안해요. 제가 차를 일부러 잘못 탄 건 아니에요. 미안해요. 지금에야 내가 정말 의지할 사람이 없다는 걸 깨달았어요. 미안해요. 일부러 그쪽 울린 게 아니에요. 미안해요. 저 무서워하지 마세요. 저 정말 정신병자 아니에요."

그 무지개녀는 '정신병자' 이 네 글자를 듣고 나서 조용히 옆으로 몇 걸음을 옮겼고, 버스가 역에 도착하자마자 문이 열리지도 않았는데 문을 양쪽으로 잡아당겨 열고는 나는 듯이 뛰쳐나갔다.

한숨이 나왔다. 만일 시간을 그때로 되돌릴 수만 있다면, 정말로 차분하고 평온하게 그 무지개녀에게 해명하고 싶다. 내게 갑자기 찾아왔던 무력감을, 갑자기 찾아왔던 그리움을, 그리고 내가 정말 정신병자가 아니라는 사실을…….

인생아, 가끔 너란 놈은 참 판단하기가 어려워. 한 번도 얻지 못한 게 고통일까, 아니면 얻었다 잃은 게 고통일까. 나는 쟝천의 소매를 뇌주고는 그의 새끼손가락을 두어 번 흔들었다. 어쨌든 잃었다가 다시 얻은 게 더 행복하기는 해.

쟝천이 손을 뒤집더니 살짝 힘을 줘가며 내 손을 잡았다. "흔들지 마."

나는 입을 삐죽거렸다. 고개를 돌리니 길옆에서 군고구마 파는 사람이 보였다. "저기 봐, 군고구마다."

"어."

나는 걸음을 멈추고 갈 생각을 하지 않았다. "먹고 싶어."

"깨끗하지 않아. 구운 음식이 암을 유발하기도 하고."

군고구마 아저씨의 표정이 굳는 게 눈에 확 들어왔다. 벌겋게 타고 있는 숯을 뿌리기라도 할 기세여서, 하는 수 없이 쟝천의 팔뚝을 비틀어 꼬집어버렸다. "헛소리하네. 저렇게 향이 좋게 구웠는데. 지금 당장 가서 사 와."

어렸을 때 내가 다른 집 애를 때려서 그 집에서 따지러 오면, 엄마는 꼭 그 집 아줌마보다 먼저 선수를 쳐서 날 때리고 야단치곤 했다. 엄마는 그걸 '선수 쳐서 승기 잡기'라고 불렀다. 그렇게 하면 다른 집 아줌마도 미안해서 뭐라고 더 말을 못 한다면서. 하지만 나는 다른 집 아줌마가 입 한번 뗐다가 엄마 성질 건드릴까 봐, 엄마가 실수로 날 때려죽이기라도 할까 봐, 그게 무서워서 그런 거라는 생각이 들었다…….

장천은 도무지 믿을 수 없다는 얼굴로 날 내려다봤다. 나처럼 찌르면 물이 나올 것처럼 부드러운 사람도 가정 폭력을 행사할 수 있다는 걸 예상 못 해 그런 거라고 생각했다.

나는 눈을 매섭게 부릅뜬 채 장천을 노려봤다. "고구마 사 오라니까!"

"사면 사는 거지, 웬 신경질이야." 장천은 투덜대면서 지갑을 꺼냈다. "아저씨, 군고구마 두 개 주세요."

아저씨는 종이봉투에 고구마 두 개를 넣어 건네주시면서 마지막에 이 두 마디를 잊지 않고 강조하셨다. "내 고구마 먹으면 몸이 건강해져요. 무슨 암을 유발합네 마네 그런 거 다 헛소리야."

장천은 당황스러워했다. "죄송합니다. 아까는 여자 친구 겁 좀 줘본 거였어요."

뜨거운 고구마가 손에 들어온 뒤, 내가 걸으면서 먹겠다고 고집을 부리자, 장천은 먹을 거면 먹으라고, 대신 나한테서 멀리 떨어지라고, 다른 사람들이 너랑 나랑 아는 사이라는 거 알게 하고 싶지 않다고 말했다.

고구마 껍질을 까자 향이 가득 밴 김이 코를 덮쳤다. 한 입 베어 물었더니 끝도 없는 고구마 향이 입안 곳곳을 가득 채웠다.

나는 고구마를 장천의 입가에 가져다 댔다. "엄청 맛있어. 먹어봐."

쟝천이 몸을 피하며 손에 들고 있던 고구마를 내게 보여줬다. "나는 없냐?"

"한 입만 먹어보라니까." 쟝천에게 권해보았다. "향이 엄청나. 지금 안 먹으면 평생 후회하며 보내게 될 거야. 내 말 믿어."

쟝천은 내 성화에 못 이겨 결국 억지로 한 입 먹을 수밖에 없었다. 다만 그 한 입으로 내 고구마 반을 다 먹어치웠으니…… 이 언니의 가슴 찢어졌느니.

집으로 걸어가는 길은 걸어서 십여 분 정도밖에 되지 않는 거리였지만, 내가 고구마 두 개를 나눠 먹느라고 억지로 이십여 분을 걷고도 동네 입구까지도 가지 못하자, 쟝천이 화를 냈다. "혼자 길에서 드셔. 다 먹고 나면 집에 들어오는 거 잊지 마시고." 그러더니 씩씩거리며 집으로 가버렸다.

나는 행복한 미소를 지으며 아래층에서 고구마를 다 먹어치웠다. 그사이 3층 사는 황 씨 아주머니 딸아이가 바닥을 데굴데굴 구르며, "엄마, 나도 저 언니 먹는 고구마 먹고 싶어"라고 떼쓰는 일까지 일으키시었다는.

내 죄다, 내 죄야.

집에 갔더니 쟝천이 스포츠 중계를 보고 있었다. 쟝천에게 달려들어 때려주었다. "누가 나 떼어놓고 도망치래?"

쟝천은 피하지도 비키지도 않은 채, 웃는 얼굴로 내가 자기를 꼬집고 깨물게 내버려 두었다. "어쨌거나 죽어라 쫓아오면서 뭐."

……

　이렇게 꽉 잡혀 있는 느낌이 정말 사람 맥 빠지게 한다. 하지만 그렇다고 내가 또 무슨 방법이 있겠느냐구. 어쩌면 흔히 말하는 사랑이라는 것도 그런 마음에 지나지 않는 걸 거다. 행동이 마음을 따라주지 않는, 어쩔 도리가 없는 그런 마음 말이다. 운 좋으면 달달해지는 거고, 운 나쁘면 상처받는 거고.

　나는 장천의 허벅지를 베고 누워 그의 턱을 쓰다듬었다. 보기에는 깔끔해 보였던 턱에 뜻밖에도 수염 찌꺼기가 있었다. 만져보니 따끔따끔하기는 해도 손을 찌르지는 않았다. 어렸을 때 몰래 아빠 공구함을 열어봤다가 아빠가 오랫동안 쓴 사포를 만진 것 같은 느낌이었다.

　장천이 고개를 수그리며 텔레비전에서 내 얼굴로 시선을 옮기더니, 뭔가 생각에 잠긴 듯 잠시 날 내려다보다 그제야 말했다.

　"너 이렇게 누워 있으니까 얼굴 엄청 크다."

　이런 말이 기억난다. 남자가 여자를 정말정말 좋아하면 자기도 모르게 괴롭히고 싶어지고, 속상해서 울상이 된 여자를 보고 있으면 심리적으로 도대체 영문을 알 수 없는 변태적인 만족감을 느끼게 된다는 말 말이다. 앞으로 백 년은 이 말을 흔들림 없이 믿기로 마음먹었다. 안 그랬다가는 정말 살 수가 없으니.

21장

　이튿날 나는 평상시처럼 출근했고, 쟝천은 부모님 그리고 리웨이와 시간을 보내러 갔다. 그사이 쟝천은 내게 전화를 해서 무슨 공원에서 조형물을 봤다고 했다. '조형물'이라는 세 글자를 듣자마자 내 뼛속의 예술 세포가 미친 듯 아우성치기 시작했다. 내 예술 세포에 입이 달려 있다고 가정한다면 말이다.

　어떤 조형물이었냐고 물어봤다. 쟝천은 사람과 동물이었다고 말했다.

　어떤 재료를 쓴 조형물이었냐고 다시 물어봤다. 쟝천은 금속과 석고라고 말했다.

　선이 아름답더냐고 다시 물어봤다. 쟝천은 직선이었다고 말했다.

　마지막에는 정말 맥이 빠져서 가장 인상적이었던 조형물 하나만 이야기해보라고 말하는 수밖에 없었다. 쟝천은 고개를 들어 턱으로 하늘을 가리키고 있던 굴원屈原[23] 동상이 아주 인상적이었다고 했다. 색이 엄청 튀었다면서.

들자마자 신이 나서 색이 어떻게 튀어 보였느냐고 캐물었다. 쟝천은 동상은 금동색인데, 굴원이 쳐든 턱은 회백색이었다고 했다.

잠시 생각을 해보다가, 그건 굴원의 수염을 돋보이게 하려고 그런 거라고, 예술에서 도드라지게 표현하는 게 아주 중요한 수법인데, 우리가 보는 건 굴원의 전체 동상이지만, 그 예술가는 사실 굴원 동상 전체로 그 회백색 수염을 도드라지게 표현하고 싶었을지도 모른다고, 어쩌면 그게 진리는 세월의 풍상을 이겨낸다는 걸 보여주는 일종의 상징인지도 모른다고 설명해주었다.

"천샤오시, 네 덕에 예술은 정말 서로 통한다는 걸 알게 됐어."

나는 겸손하게 말했다. "뭘, 별말씀을."

"예술가 노릇 하기도 참 어지간히 힘들다. 네가 말한 그 주제를 상징적으로 표현하기 위해서 그 예술가라는 사람이 방법을 적잖이 생각했을 거 아냐. 그런 끝에 새와 비둘기가 매일같이 굴원 턱에 똥을 싸게 했겠지."

……

우리 예술가들이 얼마나 힘들게 사는지 한번 보시길. 새와 비둘기 화장실까지 챙겨줘야 하니.

오후에는 만화책 일로 내내 회의를 열었다. 내 평생 제일 싫어

---

23 중국 전국시대 초(楚)나라의 정치가이자 시인

하는 게 바로 회의다. 의심의 여지가 없다. 늘 이런 생각이 든다. 여러 사람이 바보처럼 둘러앉아 있으려면 중간에 모닥불이든 뭐든 피우기라도 하든가…….

우리 회사는 회의라고는 하지 않는다. 사람이 셋밖에 없으니, 사장도 "회의하자"는 네 글자를 내뱉을 염치가 없는 것이다. 하지만 상대 회사는 달랐다. 우리는 그 회사 회의실에 갔다가 깜짝 놀랐다. 긴 원형 탁자에 사람들이 빽빽하게 둘러앉아 있었고, 바깥쪽에는 검은 노트를 든 비서 같은 여자들이 듬성듬성 앉아 있었다.

회의는 구렸고 또 길었다. 만화에 대한 구상을 한 보따리 늘어놓으며 반나절을 보냈건만, 회의 참석자 중에는 스크린톤[24] 붙이는 방법을 아는 사람 하나 없었다. 그래도 구색은 맞춰주었다. 어쨌거나 맨 마지막에 그린 만화에 그 회사 태블릿이 들어가 있으면 되는 거니까.

회의를 마치고 나서, 사장이 먼저 내게 사무실 장비를 바꿔주겠다고 했다. 컴퓨터에, 스캐너, 그래픽 태블릿이니 뭐니 전부 다 새것으로 바꿔주겠다고 말이다. 나야 만화 그릴 때 습관적으로 먼저 펜으로 그린 뒤 스캔해서 컴퓨터에 올려 색을 입히기는 하지만, 회사 공금을 낭비할 수 있는 일이라면 내가 또 엄청 열중해드린다.

회의가 끝나니 얼추 퇴근 시간이 다 돼서 사장이 아예 집에 바래다주었다.

---

24 반복적인 망점 모양이 인쇄된 투명 필름으로, 만화 그림에 다양하게 사용되는데, 보통 쓸 크기만큼 잘라서 붙인다.

우리 집 앞에서 문에 기대 고개를 숙인 채 담배를 피우고 있는 우보쑹을 보게 되리라고는 생각하지 못했다.

걸음 소리를 들은 우보쑹이 고개를 들었는데, 그 모습에 놀라 두어 걸음 뒷걸음질 치고 말았다. 이삼일 전에 봤을 때는 온 얼굴에 웃음이 가득했는데 어떻게 순식간에 털북숭이가 되었는지, 활기라고는 없이 소금에 절인 무말랭이처럼 늙은 모습이었다.

무슨 일이 일어났는지 짐작이 가서 담담한 척하는 수밖에 없었다. "오래 기다렸어? 어쩌자고 미리 전화 안 했어?"

"했어. 네가 안 받았지."

휴대폰을 꺼내고 나서야 오후 회의 때 휴대폰을 무음으로 설정해뒀다는 걸 깨닫는 바람에 서둘러 해명했다. "무음으로 설정해놓고 설정 돌려놓는 걸 깜빡했어." 열쇠를 꺼내 문을 열면서 우보쑹에게 손짓했다. "들어오기 전에 담배부터 꺼. 근데 너 왜 이렇게 초췌해 보이냐?"

우보쑹은 들어오자마자 소파에 앉아 꼼짝도 하지 않았다. 차 티백을 찾아 컵에 뜨겁게 우려서 손에 쥐어주고는, 가장 지적이고, 가장 이해심 많으며, 가십과는 가장 거리가 먼 말투로 말했다. "왜 그래, 무슨 일 있어?"

우보쑹이 손안의 차를 뚫어지게 바라봤다. "란란이 나랑 헤어지겠대."

나는 입술을 깨물고 숨을 깊이 들이쉰 뒤 물었다. "그래서?"

"그래서는 무슨, 너 다 알지 않아?" 우보쑹이 고개를 들어 날 바라봤다. "넌 무슨 생각으로 내 이번 연애를 보고 있었던 거냐? 재미있는 쇼 같디?"

나는 화를 억눌렀다. "그렇게밖에 말 못하겠다면 나도 더 들을 거 없단 생각밖에 안 드네."

"미안하다." 우보쑹이 한숨을 쉬었다. "너 겨냥해서 한 말은 아냐."

내가 손을 휘저었다. "앞으로 어떻게 할 건데?"

"난 헤어지고 싶지 않아. 란란 말이 그 사람이 이미 의심하기 시작했다더라. 그 사람이 사실을 알고 나서 나한테 무슨 짓을 할까 봐 너무 두렵다고. 너 알지, 그 사람⋯⋯."

안다. 게다가 평범한 소시민인 나로서는 도와주고 싶어도 그럴 힘도 없고.

우리는 한동안 침묵에 빠져들었다. 마지막에 우보쑹이 눈을 반짝였다. "란란 데리고 뉴질랜드로 돌아갈래."

나는 그에게 가장 중요한 한 가지, 즉 후란란이 따라가지 않을 거라는 점을 빠뜨렸다며 지적해주었다.

"란란이 왜 나랑 같이 떠나지 않을 거라는 거야?"

"자기 집이 여기에 있고, 부모님이 여기에 계시니까. 자기가 너랑 떠난 뒤 가족들이 그 일로 무슨 일을 당하지 않을 거라고 장담할 수 없잖아."

우보쑹 눈빛이 서서히 어두워졌다. "여자 친구 하나 지켜주지 못하니, 나란 놈 참 아무 쓸모없다⋯⋯."

정말 어떻게 위로를 해줘야 할지 알 수 없었다. 평상시 장천에게 써먹는 골 때리는 방법을 여기서 쓰는 게 아주 적절할 것 같지가 않았다. 생각해보라. 이럴 때 내가 사실 네가 아무 쓸모없는 놈은 아니라고, 적어도 넌 영어는 할 줄 알지 않느냐고 하면, 손안에 있던 뜨거운 차를 내게 쏟아버리지 않겠느냔 말이지.

우보쑹의 끝없는 반성과 후회가 이어졌다. 나는 끝없이 아니라고, 아니라고, 쓸데없는 생각하지 말라는 말을 해댔고. 가장 비참했던 건, 이런 대화가 상황에 털끝만큼도 도움이 되지 않는다는 걸 우리 모두 알고 있다는 사실이었지만, 우리가 할 수 있는 일이라고는 그걸 되풀이하는 것뿐이었다.

장천이 들어오다가 두 눈에 기운이라고는 없는 사람 둘이 거실에 앉아 넋을 놓고 있는 모습을 보고 우보쑹에게 인사를 하더니, 이쪽으로 걸어와 내 어깨를 두드렸다. "전화 왜 안 받아? 밥 먹었어?"

나는 그제야 우리가 서로 말없이 두 시간가량 앉아 있었다는 걸 깨달았다. 하지만 우리는 해결 방법을 하나도 찾아내지 못한 터였다.

우보쑹이 일어나서 가보겠다고 하자, 장천이 그의 어깨를 툭툭 치며 말했다. "가자. 일단 밥이나 먹으러 가. 밥 먹고 가."

우리는 아래층 쓰촨 음식점에서 밥을 먹었다. 장천은 이미 부모님 모시고 밥을 먹은 참이었고, 나는 쏸차이위酸菜魚[25]를, 우보쑹은 맥주 열두 병을 시켰다. 나와 장천 모두 우보쑹과 함께 술을 마셔주었다. 이럴 때 우리가 할 수 있는 일이라고는 같이 있어주는 것

밖에 없으니까.

우보쑹은 맥주를 두 컵 들이켠 뒤 포기하겠다는 둥 풀 죽은 소리를 하기 시작했고, 심지어 실은 후란란을 그렇게 사랑한 건 아니었다느니, 후란란이 좋은 여자는 아니라느니, 이런 말들을 하기 시작했다.

속으로는 분노가 솟구쳤지만, 우리는 아무 말도 못 한 채 술만 계속 들이부을 수밖에 없었다. 쟝천은 위가 좋지 않으니 많이 마시지 못하게 했고, 우보쑹은 장황하게 떠드느라 바빠서 얼마 마시지도 못했으므로, 엉뚱하게도 내가 눈앞에 두 명의 쟝천과 두 명의 우보쑹이 나타날 때까지 마시고 말았다.

하지만 내 정신은 정말이지 또렷했다. 행동이 좀 둔해지기는 했지만 말이다. 나는 쟝천의 어깨에 기대면서 체중 대부분을 그에게 실은 뒤, 눈을 가늘게 뜨고 그 둘의 대화를 들었다.

쟝천이 우보쑹에게 말했다. "너한테 사랑하는 사람이 다시 생길 거라는 거 알아. 하지만 그 사람들이 지금 이 사람은 아냐. 네가 그렇게 살아갈 수 있을지 모르겠어. 내가 해봤는데 안 되더라. 그게 참 이상한 느낌이더라고. 너한테 어떻게 설명을 해줘야 할지 모르겠다. 가슴이 찢어질 것 같은 그런 고통이 오는 게 아냐. 그런데 힘이 들어. 의학에 '숫자 통증 등급'이라는 게 있어. NSR^Numeric Rating Scale이지. 통증을 0에서 10까지 총 11개의 숫자로 구분하는

---

25 쓰촨 지역 가정식으로, 산천어에 쏸차이라고 불리는 절인 채소를 넣고 매콤하고 새콤하게 끓인다.

데, 10이 가장 극심한 통증이고, 0은 통증이 없는 상태야. 내가 말한 힘든 상태란 이 숫자로 치면 영 점 몇 정도의 고통에 지나지 않아. 하지만 지속적인 통증에 속하지. 그 통증이라는 게 시시각각 너한테 자신의 존재를 알려와."

우보쑹이 울상을 지었다. "너 내가 좀 알아들을 수 있는 비유를 들 수는 없냐?"

나는 정말 죽어라 고개를 끄덕이며 말해주고 싶었다. 우보쑹, 우린 정말 마음을 나눈 참다운 벗이야. 대화가 전문적인 분야로 넘어가면 얼마나 곤혹스러운지 모른단 말이지.

장천이 자기 팔뚝에 삐딱하게 기대어 있는 내 머리를 받쳐주고는 그제야 말했다. "풀오버 니트 앞뒤 바꿔 입으면 알 듯 모를 듯 뭔가 부자연스럽고 목이 너무 조여지는 느낌이 들잖아. 별것도 아닌 아주 하찮은 그런 느낌인데 그걸 무시하고 넘어갈 방법이 없다구."

나는 장천이 이렇게 구체적으로 감정에 관해 이야기하는 걸 처음 들었다. 비록 숫자 통증 등급 비유든 풀오버 니트 비유든 다 엄청 썰렁하기는 했지만, 그래도 크게 감동했다. 나는 장천에게 내가 느낀 감동을 표현하고 싶다는 생각이 또렷이 들었지만, 알코올에 마비된 온몸은 내 감동을 받쳐주지 못했다. 내 입에서 나온 글자들은 죄다 술주정뱅이가 쏟아내는 불분명한 뇌까림에 불과했고, 장천을 안아주고 싶었던 내 동작도 마지막에 가서는 그의 몸에 녹초가 된 채 쓰러져 술기운을 내뿜는 걸로 변하고 말았다.

우보쑹이 헛소리를 한마디 했다. 장천도 우보쑹의 그 헛소리에 맞장구를 쳐주었다. 그 헛소리란 바로 "샤오시 취했네"였다.

샤오시, 그러니까 이 몸은 몸은 취해도 정신은 취하지 않은 상태였다. 사실상 나는 이상스러울 정도로 똑똑히 이 세계를 지켜보고 있었다. 그 둘만 몰랐을 뿐.

식당 입구를 나선 뒤, 우보쑹이 가보겠다고 하더니 가버렸다. 그림자가 가로등에 쓸쓸하게 길어졌다 줄어들었다. 친구야, 정말 미안해. 도와주지 못해서.

쟝천이 내 앞에 쭈그리고 앉아서는 내 손을 잡아당겨 자기 등에 걸쳤다. 그러더니 하는 말, "이 술주정뱅이야, 내가 너 업고 올라간다." 그렇게 부드러운 말투는 정말이지 들어본 적이 없었다.

집으로 돌아가는 길은 길지 않았다. 쟝천은 아주 느리고 평온하게 걸었다. 내가 자기 머리칼을 잡아당기고 목을 깨무는데도, 내가 아래로 미끄러질까 봐 걱정하면서 웃는 얼굴로 날 위로 받쳐 올리기만 했다. 집게손가락으로 그가 웃으면서 파인 보조개를 콕 찔러보고, 가운뎃손가락으로 바꿔서 다시 찔러보고, 넷째 손가락으로, 새끼손가락으로, 엄지손가락으로 바꿔서 찔러보았다. 쟝천은 피하지도 비키지도 않았다. 그냥 보조개가 더 깊게 파이도록 웃기만 했다.

가는 길에 바람을 쐤더니 술기운이 어느 정도 가셨다. 집에 도착했을 때는 이미 "집에 왔다"라는 행복 가득한 말을 똑바로 할 수 있을 정도가 되었다.

하지만 짐작건대 내가 술에 취하는 바람에 쟝천은 기분이 엄청 좋아진 것 같았다. 쟝천은 무슨 새로운 장난감이라도 손에 넣은 어린아이 같았다. 말에서 표정에서 흥분이 넘쳐흘렀다. 그가 조심스럽게 날 소파에 앉히더니 내 앞에 웅크리고 앉아 물었다. "천샤오시, 취했어?"

"으응." 나는 손발을 딱딱 맞춰주었다.

"너 내가 누군지 알겠어?"

"알징."

"누군데?"

"남친이징."

쟝천이 웃으며 내 얼굴을 꼬집었다. "남친 이름이 뭐야?"

"쟝천이징."

"말하면서 '징' 소리 좀 안 하면 안 돼?"

"돼징."

쟝천이 웃으며 내 입술에 입을 맞추더니, 입술에 입을 댄 채 말했다. "너 지금 무슨 말 하고 있는지 알기는 하는 거야?"

"알징."

쟝천이 또 크게 웃었다. 내 생각에는 쟝천도 어느 정도는 취한 상태였다. 아니면 우리가 얼마나 바보 같은 대화를 나누고 있는지 어떻게 알아채지 못했겠어?

좀 있다가 쟝천이 물었다. "졸려?"

"아닝."

"피곤하지 않으면 나랑 잠시만 앉아 있자."

"그랭."

쟝천이 바닥에 앉아 내 무릎에 머리를 기대고는 말했다. "넌 술만 취하면 유난히 말을 잘 듣더라."

"그랭."

쟝천이 또 웃었다.

"천샤오시, 내가 너 술 취한 틈에 프러포즈하면 너무 비겁한, 남 정신없는 틈 이용하는 행동인 걸까?"

나는 정신 멀쩡한 술주정뱅이였다고 말한 바 있다. 그래서 나는 내가 속으로 몰래 쟝천의 프러포즈를 오래도록 기대해왔다는 걸 똑똑히 알고 있었다. 엄마는 남자가 여자에게 해주는 최고의 찬사가 바로 결혼하자는 프러포즈라고 말했다. 그래, 우리 엄마가 한 말은 아니고, 누가 한 말인지는 잊어버렸다. 나 술 취했다니까. 나한테 비현실적인 요구 너무 많이 하지 말라구.

나는 긴장해서 토하고 싶은, 또는 많이 마셔서 토하고 싶은 기분을 억누르며 진지하게 말했다. "아닝."

쟝천이 고개를 끄덕였다. "오."

나는 귀를 만지작거리며 한껏 기대에 부풀어 쟝천의 다음 말을 기다렸다.

없었다. 다음 말이 없었다. 쟝천은 하품을 하더니 내 무릎에 엎어져 눈을 감고 말았다.

나는 알코올로 충혈돼 시선이 모호해진 두 눈을 깜빡였다. 정말이지 이해가 가지 않았다. 내 설정상, 쟝천은 지금 기회는 이때다 싶은 마음으로 내게 프러포즈를 해야만 했고, 그러면 나는 내 고귀한 머리를 쳐들고는 한번 고려해보겠다는 말을 던져야만 했다. 그러면 쟝천은 고려하고 말고 할 게 뭐가 있느냐고, 취한 김에 빨리 승낙하라고 말해야 했고. 그러면 나는 좋다고 하는 거지. 그러면 이 모든 게 좀 신중하지 못한 행동으로 보일지언정 다 알코올이 부린 수작이 되는 거고.

나는 쟝천이 앞뒤 대화의 논리에 맞지 않게 행동한다는 생각이 들었다. 그래서 술 딸꾹질을 하며 그의 얼굴을 토닥였다. "프러포즈해야징."

쟝천이 눈을 뜨고 날 바라봤다. "네가?"

"그랭."

"좋아, 승낙할게."

……

이상하게 화가 났다. 주어와 목적어가 마구 생략된 이 대화는 정신은 아주 말짱하지만 여전히 술에 취해 있었던 나로서는 도무지 이해할 방법이 없었다. 그래서 쟝천의 머리를 한 움큼 잡아당겨 버렸다. "뭔 소리인지 모르겠엉, 모르겠다궁."

그가 내 손을 치며 일어서더니, 소파 앞에 있던 차 탁자 앞에 앉아서 내 얼굴 가까이 다가왔다. 나 자신이 쟝천의 동공 속 자그마한 상으로 줄어든 모습이 보일 정도로 가까이 말이다.

"천샤오시, 너 방금 나한테 프러포즈했잖아. 너라서 내가 승낙한 거야. 알았어?"

갑자기 모든 걸 깨달았다. "알았엉."

쟝천이 환하게 웃었다. "기뻐?"

"기쁘징." 내가 따라 웃었다.

쟝천이 칭찬하듯 내 얼굴을 토닥였다. "똑똑하기도 해라."

어렴풋하게 뭔가 잘못됐다는 생각이 들었지만, 유치원 시절 작은 꽃송이 그리는 걸 가르쳐주신 선생님께서 퇴직한 뒤로, 다시는 이렇게 진실하고 성의 있는 칭찬은 들어본 적이 없는지라 더더욱 기쁘기만 했다.

다음 날 이른 아침, 잠에서 깬 뒤 침대에 누워 숙취 두통을 참아가며 어젯밤 일을 돌이켜보았다. 그러고 나서 고개를 돌려 한참 단잠에 빠져 있는 장천을 바라봤다. 집게손가락을 뻗어 그의 윤곽을 꼼꼼히 느껴보았다. 사람이 잠이 들면 많든 적든 다 평상시보다는 어린아이 티가 나는 법이다. 그 어린아이 티가 곤히 잠든 장천의 얼굴에 이렇게 잘 어울리는데, 그 모습을 보고 있으려니 나도 모르게 한숨이 나왔다. 이렇게 잘생기고 멋진 장천이 어리바리한 날 속여먹을 때는 어쩜 그렇게 무자비하게 이성을 잃고 날뛸까?

아침거리를 사 가지고 돌아왔을 때, 장천은 소파 위에서 아침 뉴스를 보고 있었다. 그는 무심하게 날 흘끔거렸다. "결혼하기 싫어서 도망이라도 친 줄 알았네."

나는 못 알아들은 척하며 손에 들린 아침거리를 흔들었다. "아침 먹어."

장천은 리모컨을 내려놓고 소파 등받이에 엎어지더니 기세등등하게 우쭐거렸다. "천샤오시, 너 어젯밤에 나한테 프러포즈했어. 시치미 떼지 마."

나는 그를 노려보고는 굳은 얼굴로 아무 말도 하지 않았다.

샹천이 웃으며 말했다. "서랍에서 네 호적부 본 적 있어. 내 것도 나한테 있고. 아니면 우리 둘 다 근무 시간 한 시간 정도만 비우고 민정국民政局[26] 가서 오늘 결혼하는 첫 커플이 되는 것도 괜찮지. 민정국 개시나 해줄까?"

나는 얼굴이 굳어버렸다. "뭔 소리 하는 거야? 아침이나 먹어."

샹천은 포기할 줄을 몰랐다. "아무 일도 없었던 것처럼 시치미 그만 떼시지. 너 기억하고 있다는 거 나 알아."

네가 알긴 개뿔을 알아.

넌 내 인생에서 프러포즈가 가장 중요한 대사라는 걸 몰라. 넌 내가 머릿속으로 음악과 꽃과 반지와 무릎 꿇기와 눈물이 있는 프러포즈를 상상했다는 걸 몰라. 넌 내가 마음속으로 표정, 동작, 목소리 톤, 말까지 하나하나 꼼꼼하게 생각해봤다는 걸 몰라. 내가 어떻게 상상을 하든, 프러포즈가 마지막에 가서 어떻게 이루어지든, 넌 프러포즈는 네가 해야 한다는 걸 모른다고, 네가!

우리가 걸어온 길을 돌이켜보면, 늘 뒤에서 샹천을 열심히 쫓아다닌 건 나였다. 주변 사람 중 좋게 보는 사람은 몇 되지 않았고, 사람들은 늘 내 귀에 "여자가 쫓아다니면 남자는 쉽게 받아줘." 이런 소리를 해댔다. 마치 샹천이 그래서 내 마음을 받아주기라도 한 것처럼. 사실은 그렇지 않다. 사람들은 내가 샹천에게 얼마나 많이 마음을 썼는지 모른다. 샹천과 같이 등교할 기회를 놓치지 않으려고 매일 아침 여섯 시에 일어나서 골목길 입구에서 기다렸

---

26 결혼 및 이혼 수속 담당 부서로, 지역마다 있다.

고, 예술 가산점을 받아 쟝천과 같은 대학에 가기 위해 매일같이 정말 열심히 그림을 그렸다. 우리 집 내 침대 밑에 보면 지금도 내 소묘 작품이 잔뜩 쌓여 있단 말이다. 쟝천과 만나기 위해 날 무시하는 쟝천 어머니의 눈빛을 모르는 척하기까지 했는데…….

그런데 쟝천은 내가 몹시 사랑받고 있다고 느끼게끔 해줄 프러포즈 하나 해주지 않는다.

생각하면 생각할수록 섭섭해서 눈가에 맺힌 눈물이 아래로 뚝뚝 떨어졌다.

쟝천은 날 보고 놀랐는지, 한 손으로 소파를 지탱한 채 소파 등받이 넘어 이쪽으로 달려와서는 날 안아주었다. "왜 그래, 무슨 일 있어?"

나는 눈물을 닦아주는 쟝천의 손을 피하며 그의 품을 밀쳐버렸다. "너랑 결혼 안 해. 안 할 거야."

쟝천이 눈살을 찡그렸다. "너 왜 그래?"

입을 열고서도 어떻게 말해야 할지 알 수 없어서 그냥 덮어놓고 울기만 했다. 쟝천의 그 풀오버 니트 이론은 여전히 기억하고 있고, 나도 그가 날 사랑한다고 믿는다. 하지만 갑작스레 찾아온 당황스러운 마음을 쟝천에게 설명할 길이 없었다. 두려웠다. 맨 처음 내가 먼저 좋아한다고 말했다는 이유로 영원히 내가 주동적으로 나가야 하는 상황이 될까 봐 두려웠다. 두려웠다. 내가 먼저 한 걸음 내디뎠다는 이유로 쟝천이 한 걸음 한 걸음 다 내가 내디뎌야 한다고 당연시할까 봐 두려웠다. 두려웠다. 쟝천이 날 사랑하는 것보다 내가 더 많이, 더 많이 쟝천을 사랑하는 것 같아서 두려웠다…….

장천이 다시 손을 뻗어 날 안으려고 했지만, 나는 고개를 저으며 문에 막힐 때까지 한 발 한 발 뒷걸음질 쳤다.

장천은 뭘 참기라도 하는 것처럼 숨을 깊이 들이쉬었다. "너 이러는 거 우리 어머니 때문이야? 우리 어머니 쪽은 네가 걱정할 필요 없다니까. 이미 어머니한테 똑똑히 말씀드렸어. 어머니, 말만 요란하게 하시지 실제는 별거 없다구. 내가 하겠다고 하면 어머니도 내 뜻 꺾지 못하신단 말야. 다시 한 번 말하지만, 결혼해서 두 분이랑 같이 살 것도 아니고 시간 지나면 관계도 서서히 좋아질 거야."

원래 내가 제일 걱정했던 문제가 이제는 도리어 내가 가장 관심 없는 문제가 되어 있었다. 내가 화가 나고 속이 상하는데, 너희 어머니가 너한테 누구랑 결혼하라고 하든 말든 무슨 상관이야…….
그래, 잠시 너희 어머니가 너한테 누구랑 결혼하라고 하는지 상관하지 않을 거야…….

사람이 속이 상하면 아주 쉽게 막다른 골목으로 파고들게 마련이다. 눈살을 찌푸리는 장천을 보며 장천은 분명 내가 꼴도 보기 싫을 거라고, 내가 공연히 트집 잡고 있다고 생각할 거라고 생각했다. 분명 헤어지자고 할 거라고 생각했다. 누가 한 말인지는 모르지만, 여자가 헤어지자고 백 번 얘기해봤자, 남자가 헤어지자고 한 번 얘기하는 것과는 비교도 안 된다는 말이 있다. 비록 이별 횟수로 여성의 감성 지수EQ를 얕잡아보려는 혐의가 있는 말이기는 하지만. 장천은 이제 날 원하지 않는 거다…….

여기에 생각이 미치니 프러포즈를 누가 하든 그건 중요하지 않다는 걸 깨달았다. 살다 보면 정말 순식간에 수많은 변화가 일어난다. 중요하다고 생각했던 것이 1초 뒤에는 그렇게 중요하지 않게 되기도 하고.

하늘과 땅이 빙빙 도는 것 같았다. 문에 막혀 있던 등이 서서히 아래로 미끄러져 내렸다. "나 헤어지기 싫어…… 화내지 마…….

장천은 날 따라 웅크리고 앉았다. 너무 곤혹스러워하는 모습이 역력했다. 장천이 쉴 새 없이 내게 물었다. "왜 그래? 왜 그러는데?"

"머리 아파." 이게 내가 의식을 잃기 직전에 한 마지막 말이었다. 만일 이 말을 마친 뒤 기절할 거라는 걸 미리 알았다면, "우리 결혼하자.", "너한테 시집갈게.", "나 지금 정말로 너한테 프러포즈하는 거야." 이렇게 말해줬을 텐데.

안타깝게도 '만일'이라는 건 없고, '미리 알 수도' 없고, '처음부터 다시 시작할 수도' 없고, '시간을 되돌릴 수도' 없다. 인간들은 아주 이상한 논리로 낱말을 고르고 문장을 만들어낸다. 사실을 바꾸지도 못하는, 그러면서 속절없기만 한 단어를 종종 써댄다. 그 말로 누구를 위로하기라도 할 수 있다는 듯이.

22장

깨어나서 보니 병원이었다. 무의식적으로 침상 주변을 둘러봤다. 너무나 실망스럽게도 텔레비전 드라마에서 흔히 보이는, 남자 주인공이 여자 주인공의 침상 곁에 엎어져서 피곤에 지쳐 잠든 풍경은 볼 수 없었다. 그래서 고개를 돌리며 사방에서 휴대폰을 찾아봤지만 찾지 못했다. 머리 몇 번 흔들었다가 현기증만 훨씬 심해졌다.

관자놀이를 문지르고 싶어서 손 한번 들었더니 손에서 은근히 통증이 느껴지기에 손을 앞으로 뻗었다가, 그제야 손등에 시퍼렇게 멍이 든 바늘 자국이 생겼다는 걸 알아챘다. 보아하니 링거를 맞은 모양이었다.

5분이 지났지만 나는 여전히 막 잠에서 깨어났을 때의 그 현기증을 극복하는 중이었다. 병실 문이 열리며 낯익은 간호사가 들어와 말했다. "쟝 선생님 여자 친구분, 정신 좀 드셨어요?"

눈을 뜨고 있으니 별다른 일 없으면 깨어난 거 아니겠냐고 생각했지만, 겉으로야 물론 고개만 까딱거리며 아주 협조적으로 말해주었다. "방금 깼어요."

"쟝 선생님은 회의가 있어서 가셨어요. 저보고 살펴봐 달라고 하시더라고요." 간호사가 설명해주었다.

"저 어떻게 된 거예요?"

"저혈당이시고, 임신하셨어요."

……

그 순간 얼이 빠지고 넋이 나가서 몸을 와들와들 떨며 간호사에게 물었다. "뭐…… 뭐라고요?"

"저혈당에! 임신하셨다고요!" 간호사가 톤을 높여 말했다.

마음이 너무 복잡했다. 쟝천과 막 싸우고 난 참인데 뒤돌자마자 쟝천의 아이를 가졌다니. 이놈의 배야, 너 너무 정신 못 차리는 거 아니니…….

"저기요, 엄마 되시는데 좀 기뻐하셔야죠. 웃으세요."

마음이 심란해죽을 지경인데, 내가 간호사를 위해 웃는 연기할 재주가 어디 있겠느냐고. "그이 좀 불러주세요. 그이한테 할 말이 있어요."

간호사는 몹시 내키지 않아 했다. "일단 아주 기쁘다는 뜻으로 한번 웃어주시면, 그다음에 제가 가서 쟝천 선생님 불러드릴게요."

나는 미심쩍게 그녀를 바라봤다. 이 언니가 생각하기에 너님 행동이 기괴하다는 뜻으로.

내 시선에 속이 좀 찔린 간호사가 두어 번 억지웃음을 짓더니, 갑자기 문밖을 향해 발을 구르며 외쳤다. "쑤 선생님, 들어오세요!"

문이 열리자, 유머 대마왕 닥터 쑤가 어슬렁거리며 천천히 들어와서는, 기대에 못 미쳐 아쉽다는 말투로 간호사를 나무랐다. "이 쓸모없는 친구야, 그거 하나 제대로 못 하나."

닥터 쑤가 웃으며 내게 인사말을 건넸다. "하이, 샤오시, 그냥 저혈당에 숙취, 거기에 가벼운 감기 온 정도예요. 그런데 우리가 아까 내기를 했거든요. 그쪽한테 임신했다고 속이면 그쪽이 울지 웃을지 말이에요. 이 간호사는 웃는다에 걸고 나는 운다에 걸었는데, 결과적으로는 그쪽이 울지도 웃지도 않는 바람에 너무 재미가 없어졌어요."

아하, 근데 닥터 쑤의 행동에 왜 속이 상하지도, 기분이 좋지도 않을까. 심지어 놀랍지도 않을꼬?

"그냥 농담한 거예요. 화난 건 아니죠? 너무 실망하셨나? 지금이라도 우실래요?"

나는 손에 든 명을 문질렀다. "뭘 걸고 내기를 하셨는데요?"

"당직 열 번이요."

"한 분은 의사이고 한 분은 간호사인데 어떻게 당직을 바꿔요?"

닥터 쑤의 대답은 간단명료했다. "저 간호사 남자 친구가 의사 거든요."

내가 잠시 망설이다가 싱글거리며 말했다. "반반, 어때요?"

"낙찰 완료." 닥터 쑤가 선수 쳤다.

간호사가 어리벙벙하게 우리를 바라보는데, 이마에 물음표가 잔뜩 떠 있었다.

나는 헛기침을 하며 손을 이불 아래로 뻗어 허벅지를 꼬집었고, 2초 뒤 눈물범벅이 된 얼굴로 말했다. "저…… 저 눈물이 나요……."

그제야 눈치를 챈 간호사가 발을 동동 구르며 성토했다. "두분…… 편먹고 그런 짓을 하시다니! 저주할 거예요……. 둘 다 저혈당이나 와라!"

나는 눈물을 닦았다. 정말 자랑스러웠다. 눈물 몇 방울 흘려서 장천 닷새 치 당직을 바꿔주었으니, 정말이지 현모양처가 따로 없다니까.

간호사는 자기는 이제 남자 친구한테 죽은 목숨이라는 둥 투덜대더니 훌쩍거리며 자리를 떴다.

"그냥 저혈당이면 저 언제 퇴원할 수 있나요?" 나는 당직 며칠 빠져도 될지 세느라 한창 신이 난 닥터 쑤의 흥을 깨버렸다.

"그건 모르는데, 닥터 장이 오면 그쪽한테 알려주겠죠."

"아." 나는 고개를 끄덕였다. 고작 저혈당으로 병원에 두다니 확실히 좀 과장이라는 생각이 들었다.

그렇지만 정오가 될 때까지도 장천을 보지 못했다. 무슨 회의를 그렇게 오래하는지 모를 일이었다. 점심은 닥터 쑤가 사 와서 둘이 같이 병실에서 먹었는데, 사 온 밥은 먹어도 아무 맛이 없었고, 닥터 쑤는 늘 그렇듯 그 기괴한 논리를 발휘한 농담으로 내게 융단폭격을 퍼부었다. 밥 한 끼 먹는데 정말 힘들어죽을 지경이었다.

점심을 먹고 났더니 뜻밖에 우보쑹이 날 보러 왔다. 아침에 나한테 전화를 했는데, 전화를 받은 장천이 내가 저혈당으로 쓰러져서 병원에 입원했다고 하더란다. 그래서 보러 온 거였다. 그 김에 저혈당으로 입원이나 하는 바보라며 날 놀려댔다.

우보쑹의 웃음에서 나약함이 살짝 묻어났다. 말을 하면서 계속 내 눈빛을 피했다. 내 마음은 조금씩 가라앉았고, 나는 결국 참다 못해 묻고 말았다. "도대체 무슨 일이야?"

"후란란이 떠났어. 그 사람과 함께 외국으로 휴가 갔더라."

"돌아오길 기다려봐. 아니면 찾아가든가."

우보쑹이 고개를 내저었다. "아니야. 뉴질랜드로 보내달라고 회사에 신청했어. 사실 본사에서는 계속 돌려보낼 생각이었는데, 내가 오케이 하지 않은 거였거든."

"그래서 오케이 했어?"

"응. 모레 떠나."

"그러니까 작별 인사하러 온 거야?"

"그래. 오늘 그대와 이별하면 언제 또다시 만날 수 있으려나?" 우보쑹이 또 마지못해 웃었다.

무시해주었다. "양코배기 귀신이 사람 따라 고상하게 말하면 안 되지."

그러고는 우리 둘 다 상대방 때문에 웃음이 터진 척했다.

우리는 잠시 말없이 서로를 바라봤다. 결국 참지 못한 건 역시 나 나였다. "나한테 했던 말 기억해? 모든 것과 싸워 이기지 못한다면 그걸 민망해서 어떻게 사랑이라고 부르겠느냐고 했던 말?"

우보쑹이 한숨을 쉬었다. "그럼 나와 란란은 사랑이 아니었던 거네. 쟝천이 한 말 밤새 생각해봤어. 란란에 대한 내 감정은 그녀가 아니면 안 된다는 건 아니었다는 생각이 들더라. 사실 난 누구한테도 이 사람이 아니면 안 된다는 느낌을 받아본 적이 없어. 내가 이래. 사랑이 이렇게 어려운 거라면 사랑하지 않는 거지. 그게 아쉽지도 않아."

어떤 단어가 떠올랐다. '애정 불능'

우보쑹의 눈에 뭔가가 스치고 지나가는 듯했지만, 녀석은 잽싸게 눈을 내리깔며 그 무언가를 숨기더니 자조적으로 말했다. "넌 분명히 모르겠지만 고등학교 때 나 너 좋아했었어. 하지만 단 한 번도 너 때문에 남아야겠다는 생각은 해본 적 없어."

나는 너무나 놀라서 주먹을 쑤셔 넣어도 될 만큼 입을 벌리고 말았다.

우보쑹이 내 머리를 툭툭 쳤다. "놀라는 것 좀 봐. 농담이야. 내일 공항 나오지 마. 후란란 부추겨서 뉴질랜드로 쫓아오게 하는 멍청한 장면도 만들지 말고. 난 더 단순한 사랑을 하고 싶어."

……

하나도 웃기지 않았다.

원래는 이를 부득부득 갈며 이렇게 욕해줄 생각이었다. "우보쑹, 넌 남자도 아냐!"

하지만 고쳐 생각해보니, 얘가 남자인지 아닌지는 생물학적으로 X염색체와 Y염색체가 할 말이지, 내가 말한다고 될 일은 아니었다. 그래서 입을 다물었다. 더군다나 우보쑹은 내 친구지만 후란란은 내 친구도 아니니. 나란 사람 약점 감춰주는 사람.

　마지막에 녀석에게 말했다. "돌아가서 후회되거든 무슨 체면 떨어진다 이런 것 때문에 돌아오지 않을 생각은 절대로 하지 마."

　우보쑹이 몸을 숙여 날 살짝 안아주고는 말했다. "결혼할 때 잊지 말고 청첩장 보내."

　나는 창가에 엎어져서 아래층으로 내려간 우보쑹이 차츰 내 시선을 벗어나는 모습을 내려다봤다. 지난번에 차 태워 보내고 8년을 헤어져 있었는데, 이번에는 또 얼마나 길어질지. 이런 친구들이 있다. 각자 서로의 어떤 시기를 함께해주다가 헤어지고 그리워하게 되는 그런 친구.

　침대에 돌아가 누워서 한동안 천장을 쳐다봤다. 쟝천을 만나고 싶은 마음이 너무 간절해서 침대에서 내려와 찾아 나섰다.

　병원을 한 바퀴 돌고 진료실에도 가봤지만 찾을 수 없었다. 돌연 무서운 기분이 들었다. 이렇게 작은 병원인데 쟝천을 찾지 못하다니. 전에 쟝천이 어쩌다 해준 말이 있다. "천샤오시, 세상이 너희 집 화장실처럼 그렇게 작지 않아. 너 찾아낸 거 나로서는 정말 쉽지 않은 일이야"라고 했었다.

　이 인간이 어디서 뻔뻔하게 큰소리야, 그때 정말 이렇게 생각했다. 우리 집 화장실이 정말 크지는 않다만, 그래도 그쪽을 먼저 찾아낸 건 분명히 이쪽이거든요.

　화장실 이야기가 나온 김에 화장실 가서 볼일이나 봐야겠네.

수많은 이야기에서 액운은 늘 전조와 함께 찾아온다. 하늘이 이상할 정도로 파랗다든가, 새가 처량하게 운다든가, 천둥번개가 내리친다든가, 또…… 어쨌든 이상해진다. 사실상 억지로 끼워 맞추려고 하면, 매일매일 평상시와는 다른 일이 일어난다. 이를테면, 오늘 화장실 타일에서 이상할 정도로 빠르게 기어 다니던 개미 두 마리를 본 일처럼.

문을 열고 나가려는데 문밖에서 말하는 소리를 들었다. 그래서 문을 열려던 손을 도로 뒤로 빼버렸다. 나한테 나쁜 버릇이 하나 있는데, 화장실에서 누구 만나는 걸 싫어한다는 거다. 민망하니까. 어쨌든 화장실이 우호적인 만남을 갖기에 적합한 장소는 아니잖아.

그래서 자그마한 화장실 칸에서 멍하니 개미 두 마리가 다급히 뛰어가는 모습을 관찰했다. 기어 올라가는 속도가 너무 빨라서, 이 둘이 하나는 수컷이고 하나는 암컷이 아닌지, 둘이 한창 사랑의 도피 중인 건 아닌지 좀 의심스러웠다.

밖에 있는 사람은 전화 통화 중인 모양이었다. 수도꼭지 물 흐르는 소리에 섞여 무슨 말을 하는지 똑똑히 알아들을 수 없었다. 하지만 목소리가 아주 귀에 익었다. 오늘 내내 나를 융단폭격했던 닥터 쑤 목소리를 닮은 것이.

십 몇 초가 지난 뒤 갑자기 물소리가 끊기자, 여자가 하는 말이 들렸다. "쑤 영감님, 쑤루이 출국 수속 좀 밟아두시라고 했는데 안 하셨으니, 이제 어떻게 하려고 그러세요? 걔 성격이 괴팍해서 옥상에서 뛰어내리고 말 거라니까요."

일단 반사적으로 속으로 툴툴거렸다. 괴팍한 걸로 말할 것 같으면, 쑤 영감님과 닥터 쑤가 이른 경지야말로 국제무대에서 선두를 이끌고 있는 중국 다이빙, 중국 탁구와 다름없는 수준이구만.

그러고 나서 이상한 생각이 들었다. 쑤루이가 왜 뛰어내린다는 거야. 설마 나에 대한 사랑이 너무 깊어 오래도록 잊을 수가 없다는 거야? 사람이 매력이 철철 넘치는 것도 정말 괴로운 일이라니까…….

닥터 쑤가 이어서 한 말이 내 뻔뻔스러운 추측을 만족시켜주었다. "쑤루이가 샤오시 얼마나 좋아하는지 아시잖아요. 계속해서 샤오시랑 놀고 싶다고 난리예요."

이미 타일에서 황급히 뛰어 문으로 넘어간 그 개미 두 마리를 보며 듣고 있는데 얼굴이 다 붉어졌다.

"걔가 알게 해서는 안 돼요." 그녀가 가벼운 탄식을 섞어 한 다음 말은 이러했다. "샤오시 상황이 잠시 안정되기는 했는데, 점점 더 심해질까 걱정이에요."

별안간 전선이 잘려나가기라도 한 듯, 화장실 전체를 환하게 비추던 백열등이 순간 꺼지더니 끝없는 어둠으로 변해버렸다. 눈앞이 캄캄했고 또 흔들거렸다. 발로 목화솜을 밟고 있기라도 한 것 같았다. 부드러워서 땅 위에서 허물어지고 싶었다. 다행히 문을 부여잡고 몸을 단단히 세웠다. 나한테서 난 소리에 닥터 쑤가 대화를 멈췄다. 그녀가 잠시 조용히 있다가 물었다. "안에 계신 분 괜찮으시죠?"

나는 숨을 깊이 들이쉰 뒤 입을 막고 낮은 소리로 대답했다. "괜찮습니다."

닥터 쑤는 "네" 한마디 하더니 계속 통화를 이어갔다. "걔한테
는 절대 알리지 마세요. 어쨌든 빨리 움직여야 해요. 외국 가서 공
부 몇 년 하고 돌아오면 걔도 잊을 거예요. 프랑스로 보내지 마시
고요. 비자 잘 나오는 나라 어디인지 살펴보고 거기로 보내자고
요……. 음, 도대체 머리에 노화가 오신 거예요, 아니면 무기력해
지신 거예요?[27] 머리 좀 쓰시면 안 될까요. 영국은 비자 받기 힘들
단 말예요……."

그녀의 목소리가 또각또각 발걸음 소리와 함께 차차 멀어졌다.
문을 부여잡고 있던 손이 심하게 떨렸다. 그 손을 풀었다가 손바
닥에 자그마한 검은 점 두 개가 눌려 있다는 걸 깨달았다. 방금 황
급히 달아나던 개미가 내 손에서 참혹하게 죽어 있었다.

다 생명이었다. 그리고 생명의 정의 중 하나는 무상無常하다는
것이다.

삶과 죽음이라는 이야깃거리를 소설, 드라마에서 천 번 만 번을
봤건만, 단 한 번도 어느 날 그게 내게 닥치리라고는 생각해본 적
이 없었다. 나는 쟝천과 내 얼굴에 첫 번째 주름이 가고, 두 번째,
세 번째, 그러다 결국 셀 수 없이 많은 주름이 가는 모습을 서서히
지켜보다, 세월이라는 거미가 서로의 얼굴에 그물을 쳤다며 서로
를 비웃게 되리라고 착각했다.

---

27 닥터 쑤는 여기서 노화라는 의미의 '老', 무기력하다는 의미의 '酥'를 사용했다. 닥
터 쑤의 아버지 별명이 老酥頭('쑤 영감님'이라는 의미)인데, 이 별명에 들어간 '老'와 '酥'를
사용해서 아버지를 질책하고 있어 살짝 코믹한 느낌이 묻어난다.

하지만 운명이라는 게 이렇다. 운명은 당신 앞을 가로막고 서서 당신 코를 냅다 걷어찬다. 당신으로서는 손등으로 코피를 훔치며 이를 악물고 나갈 수밖에.

나는 침대에 앉아 눈을 감았다. 공포, 망연자실, 갈팡질팡, 죽음, 사전상 부정적인 뜻을 가진 단어로 분류되는 어휘들이 흉악한 괴수처럼 이를 드러내고 발톱을 치켜세우며 날 집어삼키려고 했다.

얼마나 오랫동안 멍하니 앉아 있었는지 모르겠다. 온 세상을 뒤덮을 공포가 지나가자 뜻밖에도 평온이 찾아왔다. 대단할 것 없어. 그래봤자 주사 맞고 약이나 먹는 거고, 아름답게 묘사되는 그곳에 가서 수십 년 동안 장천 기다리는 건데.

텅 빈 정적 속에 갑자기 '삐꺽', 문 열리는 소리가 들렸다. "쟝 선생님 여자 친구분 어디 가셨었어요? 여기저기 찾아 돌아다녔잖아요."

눈을 떴다. 방금 나와 닥터 쑤에게 속은 그 간호사가 내 앞까지 다가와 눈앞에서 손바닥을 흔들었다. "괜찮으신 거죠? 어째 좀 창백해 보이시네요?"

고개를 저었다. "무슨 일로 절 찾으셨어요?"

그녀가 말을 좀 더듬었다. "병…… 병실 좀 바꿔드리려고요."

"왜 병실을 바꿔요?" 내가 멍하니 물었다.

그녀는 말을 더 더듬었다. "어…… 저도 모르겠어요……. 쟝 선생님이…… 바꾸라고 하셨거든요."

그녀를 괴롭히고 싶지 않아서 고개를 끄덕였다. "가죠."

간호사는 나를 이끌고 기나긴 복도를 지나갔고, 가는 내내 기이한 눈빛으로 날 훔쳐봤다. 몇 번인가 물어보고 싶었지만 결국 묻지 못했다. 쟝천이 알려주어야만 했다. 쟝천이 필요했다.

나는 아주 이기적이다. 위대한 여주인공처럼 무슨 병에 걸렸다는 소리 듣자마자 핑계 대가며 헤어지자고 말해놓고, 혼자 숨어서 병 치료하는 건 못 한다. 난 쟝천과 평생 함께하고 싶고, 쟝천이 나와 함께 모든 걸 마주해주길 바란다. 쟝천이 나와 함께 모든 걸 마주해줄 수 있을 거라고도 믿는다. 쟝천이 할 수 없다면 나도 하고 싶지 않다.

간호사가 나를 이끌고 복도 끝 병실에 도착했다. 문은 잠겨 있었고, 그녀도 문을 밀지 않았다. 그저 손을 들어 몇 번 문을 두드린 뒤 날 문 앞으로 밀기만 했다. "들어가세요."

나는 영문도 모른 채 문을 열고 들어갔다. 쟝천이 침상 둘 사이에 서 있었다. 두 손에 거대한 종이 상자를 든 채로. 자세가 사극 드라마에서 황제에게 사람 머리를 가져다 바치는 자객과 좀 비슷했다.

나는 그 자리에 서서 꼼짝하지 않았다. 쟝천은 날 주시하고 있었다. 눈빛이 따뜻했다. "천샤오시."

"응?" 나는 울먹임이 깃든 한 글자를 토해냈다. 사실 지금은 그냥 쟝천 품에 안겨 펑펑 울고만 싶었다.

쟝천이 보조개가 깊이 파이도록 웃었다. "나랑 결혼해줄래?"

나는 곤혹스럽게 눈을 깜빡였다. 속눈썹에 맺혀 있던 눈물이 아래로 굴러떨어졌다. 쟝천이 청혼을 하리라고는 예상하지 못했다.

내 제한된 상식으로 분석해보건대, 보통 사람들은 종이 상자를 품에 안고 청혼을 하지는 않는다. 정말 종이 상자를 품에 안고 청혼을 한다고 해도, 종이 상자에 '일회용 무균 주사기'라고 쓰여 있지도 않고…….

나는 이런 제멋대로 청혼 앞에서 한참을 넋이 나가 있었다. 어떻게 반응해야 할지 알 수 없었다. 눈물이 나보다 재빨랐다. 끝도 없이 굴러떨어졌다.

"다들 내가 청혼을 하지 않아서 네가 운 거라고 하더라고." 쟝천은 여전히 그 종이 상자를 받쳐 들고 있었다.

나는 눈물을 훔치며 물었다. "다들이 누군데?"

"닥터 쑤를 위시한 여권주의자들."

"하지만 나 아프잖아."

쟝천이 눈살을 찌푸렸다. "그래서? 너 어물쩍 넘길 생각 마. 우리 일단 이 청혼부터 해결하자구."

"나 죽으면?" 내가 고개를 숙인 채 조용히 말했다. "아프면 죽기 쉽잖아."

"말도 안 되는 소리 하지 마!" 쟝천이 갑자기 톤을 높이는 바람에, 놀란 나는 두 발짝 뒷걸음질 치고 말았다.

쟝천이 긴 탄식을 내뱉은 뒤, 손에 있던 종이 상자를 침대에 밀쳐놓고 걸어와 내 앞에 섰다. 그러더니 허리를 굽히고 머리를 기울이며 아래로 늘어뜨린 내 시선에 눈을 맞췄다. "그래도 상관없어. 우린 수많은 이들이 찾지 못하는 사랑을 찾았으니까."

나는 가까이 다가온 그의 얼굴을 밀어버렸다. "어떻게 그렇게 신파조 발언을 할 수 있어?"

장천이 웃으며 내 손을 잡아끌었다. "여자들이 청혼할 때는 이렇게 말해야 한다고 가르쳐주더라고."

나는 계속 눈물을 닦았다. "하지만 나 무섭단 말야."

"내가 있는데 무서울 게 뭐가 있어." 장천이 눈을 문지르던 내 손을 잡아당겼다. "자, 더 문질렀다가는 눈동자 다 떨어져나가겠다."

장천은 내게 신앙 같은 존재다. 장천이 무서울 게 뭐가 있냐고 하면 난 정말 무서울 게 없어진다. 다만 장천이 묘사한 장면을 상상해보니 눈동자가 떨어진다는 게 엄청 무서웠다.

장천은 한 손으로 내 두 손을 잡고, 다른 한 손을 들어 손목시계를 보여주었다.

"자, 어서 대답해. 나 조금 있다가 수술 있어."

나란 사람은 재촉하면 안 되는 고질병이 있다고 말한 게 처음도 아니다. 그래서 장천이 재촉하자마자 고개를 끄덕였다. "어, 좋아. 그럼 반지 빨리 줘."

장천이 고개를 돌려 그 '일회용 무균 주사기' 상자를 안아 들고 내 앞까지 걸어왔다. "열어봐."

잠시 망설였지만 그래도 입을 열었다. "반지 안 샀으면 됐어. 주삿바늘에 반지 묶어서 주고 그러지 마. 나는 그런 피비린내 나는 낭만은 안 좋아해."

장천은 날 노려봤고, 나는 얌전히 종이 상자에 붙어 있는 접착 테이프를 떼어냈다.

상자가 열리자 상자 안에서 손바닥 모양의 유백색 풍선 세 개가 천천히 떠올랐다. 크기는 사람 머리만 했고, 모두 다섯 손가락을 세우고 있었다. 정말이지 너무너무 기이했다. 아래에 달린 긴 끈에 막대기 모양으로 돌돌 만 종이쪽지와 반지가 하나 매여 있었다.

나는 얼이 좀 빠져서 풍선이 천천히 천장으로 올라가다 멈춰 서는 모습을 올려다봤다. 끈에 매인 반지와 종이쪽지가 나와 장천 사이의 허공에서 살며시 흔들렸다.

마음으로야 일단 가서 반지를 풀고 싶은 마음이 굴뚝같았지만, 그러면 너무 속물처럼 보일 거라는 생각에 일단 종이부터 풀어봤다.

펼쳐놓고 보니 연이은 처방전 여러 장을 뜯어낸 종이였다. 뒤집어봤지만 글자 하나 없이 텅 비어 있었다. 이해가 가지 않아 장천을 올려다봤다. "빈 거야?"

"아니면?"

화가 났다. "아무것도 안 쓴 걸 뭐 하러 위에 묶어놔?"

"균형 유지하려고. 안 그러면 풍선이 너무 빨리 올라가거든." 장천이 웃었다. 성공한 장난질에 우쭐해진 마음을 담아.

……

이어서 장천이 반지를 풀어 손가락에 끼워주었다. 아주 단순한 스타일의 백금 반지로, 고리는 물결 모양이었고, 중간에 다이아몬드 조각이 세 개 박혀 있었다.

반지를 낀 뒤 장천을 쳐다봤다. 장천도 날 내려다봤다. 갑자기 좀 부끄러워서 장천을 살짝 밀쳤다. "수술 있지 않아?"

샹천이 고개를 흔들었다. "거짓말한 거야. 너 재촉하는 거 못 견디잖아."

"아하." 나는 고개를 숙여 왼손 넷째 손가락에 끼워진 반지를 살짝 돌려보았다. 왼손 넷째 손가락에 심장으로 이어지는 혈관이 있다고 하던데. "이런 건 언제 준비했어?"

"오늘 아침에." 말을 하면서 날 침상으로 잡아끌어 눕히더니, 샹천이 날 품에 안았다. "피곤해죽겠네. 반지 사야 해, 로맨틱 놀이까지 해야 해."

"그러니까 넌 이런 걸 로맨틱하다고 하는구나." 이렇게 툴툴거리고 싶었지만, 꾹 참고 아직도 천장에 떠 있는 기괴한 풍선 셋을 가리키며 말했다. "풍선은 어디 가서 사 왔어?"

사실 내가 묻고 싶었던 건 이거였다. "저렇게 흉측한 풍선은 어디 가서 사 왔어?" 하지만 내가 지금 병중이라 덕을 쌓을 필요가 있는 상태임을 고려해 수식어를 좀 생략해주었다. 알록달록 저마다 다른 모양으로 생긴 이 세상 그 많은 풍선 중에 이렇게 흉측한 걸 찾아낸 것도 참 기특한 일이라 생각했다.

"내가 풍선 사러 갈 시간이 어디 있어. 아침에 회의 들어가야지, 외래진료 봐야지. 점심이나 돼서야 겨우 시간 내서 반지 사러 나갔는데, 돌아오는 길에 마침 리李 간호사를 만났어. 방금 너 데리고 온 그 간호사 말야. 그 간호사 말이 여자들은 다 로맨틱한 청혼을 기대한다는 거야. 한참 생각하다가 하는 수 없이 위생 장갑 몇 켤레 가져와서 임시변통으로 헬륨 가스를 집어넣었지."

처음 들을 때는 어쩜 이렇게 대충대충 했나 싶었는데, 몇 초가 지나니 그제야 정신이 들었다. 세상에, ''헬륨' 가스를 집어넣었지'가 무슨 말이지?

그래서 쟝천에게 물었다. "헬륨이 무슨 가스야? 왜 무독 가스를 넣지 않은 거야? 그리고 풍선이 왜 떠올라?"

쟝천은 어처구니없어했다. "천샤오시, 너 고등학교 화학 시간 내내 졸았냐? 헬륨은 공기보다 가벼운 불활성기체야." 쟝천이 말하면서 내 손을 잡아끌더니, 집게손가락으로 손바닥에 글자를 써주면서 다시 말했다. "헬륨의 한자 표기氦를 보면, 위에는 공기 기 '氣'의 '气', 아래는 신해혁명辛亥革命의 '亥' 자가 들어가 있다구. 무섭다는 뜻의 '害' 자가 아니라."[28]

나는 천장을 이고 있는 그 뚱뚱한 손바닥 셋을 쳐다봤다. "쟝천 학생, 이 색다른 가스를 꼭 그렇게 냉담한 말투로 소개해야겠어? 게다가 헬륨 가스는 어디 가서 찾아온 거야?"

"병원 MRI 설비에 헬륨 가스를 써."

나는 "오" 소리를 냈다. 더 캐물을 생각은 없었다. 말한 적 있는데, 대화가 전문 분야로 넘어가면 내가 알아듣지를 못해서 말이지.

쟝천이 하품을 했다. "나 좀 잘게. 2시에 일하러 가게 깨워줘."

정오의 햇빛이 블라인드 틈을 비집고 들어와 쟝천의 얼굴에 반점을 드리웠다. 얼굴 위에서 말라버린 눈물 자국이 좀 가려워서

---

28 중국어로 헬륨 가스를 '하이치(氦氣)'라고 부르는데, 천샤오시가 이를 유독가스라는 뜻의 '하이치(害氣)'로 알아듣는 바람에 생긴 해프닝이다. 유독가스라는 표현에 들어간 '害' 자에는 '무섭다'는 뜻도 있다.

그의 팔뚝에 얼굴을 묻고 두어 번 문질렀다. 쟝천이 몸을 뒤집어 날 품에 안았다. "그만 건드려. 나 자고 있잖아."

쟝천은 물론 '자고 있지' 않았고, 나도 물론 물어보고 싶은 말이 엄청 많았다. 하지만 나는 그럼에도 그의 품에 고분고분 안겨 조용히 움직이지 않는 쪽을 택했다. 얌전히 그의 말을 듣고 있을 기회가 얼마나 더 남아 있을지 알 수 없었기에.

그러다 잠이 들었고, 또 그러다 쟝천 손에 흔들려 잠에서 깼다. 쟝천이 너무 가까이 다가와 있었던 까닭에 얼굴이 엄청 확대되어 보였다. 심지어 두 눈썹 사이에 드리운 '川' 자에 난 가느다란 솜털이 다 보일 지경이었다.

"무슨 꿈꿨어? 아니면 어디 아파? 왜 울어?"

"아니야." 입을 열고 나서야 목소리가 심하게 잠겼다는 걸 알았다. 손을 뻗어 얼굴을 만져봤더니 글쎄 손 전체가 눈물범벅이었다. 하는 수 없이 입에서 나오는 대로 떠들어댔다. "청혼하는 꿈꿨어."

정말이지 꿈에서 뭘 봤는지 기억이 나지 않았다. 다만 잠에서 깨어났는데도 말로 표현할 수 없을 정도로 서러운 마음은 남아 있었다.

쟝천이 한숨을 쉬며 눈물을 닦아주었다. "예전에는 네가 이렇게 잘 운다는 걸 왜 몰랐지? 청혼 안 해도 울고, 해도 울고. 도대체 뭘 어쩌고 싶은 거야?"

뭘 어쩌고 싶은 게 아니었다. 건강해지고 싶었다. 쟝천이 더는 멋진 모습이 아니게 될 때까지 곁에 있고 싶었다.

장천은 내 눈물을 닦은 뒤 자기 옷 앞섶에 난 커다란 눈물 자국을 어이없이 바라봤다. "천샤오시, 너 수도꼭지떠냐?"

나는 코를 훌쩍이며 대답했다. "십이간지에 수도꼭지는 없는데."

장천은 나 때문에 더 부릴 성질도 닳아 없어졌다는 듯 쓴웃음을 지으며 말했다. "넌 이 병실에서 기다리면서 쉬어. 내가 너 대신 휴가 내놨어. 나 일하러 가야 하니까 일 끝나면 데리러 올게."

장천은 나가면서 얼굴까지 찡그리며 천장에 있던 그 위생 장갑 풍선 셋을 가지고 나갔다. 그의 해명은 이러했다. "처리해둬야 해. 다른 사람이 보면 안 좋아." 장천이 나직한 목소리로 중얼거리는 소리까지 들렸다. "로맨틱하기는 개뿔, 뭐가 로맨틱하다는 건지."

나는 오후에도 계속해서 잠이 들었다 깼다를 반복했다. 꿈도 많이 꿨고, 울면서 깬 꿈도 있었다. 유난히 무섭게 느껴진 꿈이 있었다. 그 꿈이 유난히 무섭게 느껴졌던 이유는 내용이 기억나지 않기 때문이었다. 기억나지 않는 꿈이 분명 제일 무서운 꿈이다. 기억이 자동으로 가려버린 거니까.

여기서 언급해야 할 일이 하나 있다. 내가 잠든 사이 닥터 쑤가 날 보러 왔었다는 것이다. 급하게 들어오는 모습이 뒤에 무슨 귀신이라도 쫓아오는 것 같았다.

"빨리 내 목소리 좀 들어봐요."

나는 침대에서 튀어 올랐다. 닥터 쑤의 목소리가 날카로우면서도 가늘었다. 무슨 애니메이션의 여자 악역을 맡은 성우라도 되는 것 같았다.

"하하하, 내 목소리 엄청 재미있죠. 내가 방금 바늘로 쟝 선생이 만든 위생 장갑 풍선을 콕 찔렀어요. 기류가 바늘 크기 구멍에서 콧구멍으로 불어 들어올 때의 느낌을 엄청 좋아해서 말이죠. 그런데 쟝천이 안에 집어넣은 게 헬륨이었더라고요. 하하하하."

나도 닥터 쑤의 목소리가 웃긴다는 생각은 들었지만, 그래도 이해가 가지 않았다. "목소리가 왜 이렇게 된 거예요?"

"사람이 헬륨 가스를 들이마시면 목소리가 날카롭고 가늘어져요. 목소리를 전하는 매개물이 변하고, 목소리 진동 주파수도 달라지니까요. 하하하. 내 목소리 너무 웃긴다." 닥터 쑤는 설명하면서 배를 부둥켜안고 크게 웃어댔다. "아이고, 웃겨죽겠네. 특별히 여기까지 달려와서 들려주는 거예요. 내가 그쪽한테 얼마나 잘하냐구요. 하하하하……."

나는 입꼬리를 씰룩거렸다. "그렇네요. 고마워요."

닥터 쑤가 떠나고 한참이 지나서까지도 귓가에 그 날카롭고 가는 웃음소리가 맴돌았다. 백설 공주의 계모가 내 귓가까지 달려와 죽어라 웃어대기라도 하는 것 같았다.

쟝천은 5시가 되기 전에 돌아왔다. 팔뚝에 외투를 걸고 슬그머니 들어오는 모습이 너무 귀여웠다. 쟝천이 우리 빨리 집으로 줄행랑치자고 했다. 과장이 엄청 따분한 회의를 열자고 했다면서.

나는 멍하니 쟝천에게 물어봤다. "집에 가도 돼?"

쟝천이 흰 가운을 벗으면서 말했다. "가도 돼. 양력설 파티 관련

회의야. 별일 없어."

"나 입원해 있지 않아도 돼?"

그가 옷을 벗다 말고 날 수상쩍게 흘끔거렸다. "네가 왜 입원을 해?"

나도 수상쩍게 쟝천을 쳐다봤다. "나 병난 거 아니야?"

"물 좀 많이 마시면 나아질 약한 감기 정도로 입원을 하나? 병원이 그렇게 좋아?"

나는 눈을 힘껏 깜빡였다. 너무 많이 자서 심하게 우둔해진 머리를 열심히 돌려보다가 갑자기 그의 옷을 붙잡았다. "닥터 쑤! 닥터 쑤 퇴근했어?"

"몰라. 나랑 같은 과도 아니잖아." 쟝천이 내 손을 툭 치고는 흰 가운을 벗었다.

나는 두말 않고 다급히 밖으로 내달렸고, 종횡무진 돌진한 끝에 정형외과를 찾아냈다. 닥터 쑤는 마침 책상에 엎어져 뼈 몇 개를 만지작거리던 중이었는데, 날 보고는 뼈를 휘두르며 아는 척을 했다. "샤오시, 이거 봐봐요. 이게 경골脛骨이에요. 정강이뼈 말이에요. 죽은 지 얼마나 오래된 사람인지 모르겠네. 자, 만져봐요."

나는 말없이 두어 걸음 뒷걸음질 쳤다. "물어볼 게 있어요."

"뭔데요?" 닥터 쑤가 집게손가락을 구부려 그 뼈를 두드렸다. "탕으로 고면 맛이 날지 모르겠네?"

나는 또다시 말없이 두어 걸음 뒷걸음질 쳤다. 이렇게 움직이면 분명히 그녀가 "하하" 크게 웃으며 "농담이에요"라고 할 거라는 걸 알고 있었지만, 도무지 견딜 수가 있어야지…….

아니나 다를까 닥터 쑤가 "하하" 크게 웃으며 말했다. "아이고, 이거 플라스틱이에요. 내가 이걸 어떻게 가져가서 고겠어요?"

분위기 맞춰 입꼬리를 살짝 올렸다가 단도직입적으로 물어보자고 마음먹었다. "점심때 화장실에서 닥터 쑤가 아버님께 전화하는 걸 들었어요. 쑤루이 출국시켜야 한다면서."

"그랬죠." 그녀가 머리를 긁적였다. "왜 그러는데요?"

"왜 출국시켜야 한다는 거예요?"

"샤오시가 곧 죽게 생겨서, 걔가 너무 괴로워할까 봐요."

그래! 이게 핵심이지.

"샤오시가 누군데요?" 캐묻는데 말 속도가 너무 빨라서 하마터면 혀가 비틀릴 뻔했다.

닥터 쑤는 곤혹스러운 빛이 역력했다. "쑤루이가 키우는 애완동물 도마뱀 샤오시요. 본 적 있지 않아요? 쑤루이 말로는 그쪽이랑 샤오시가 성격이 엄청 잘 맞았다고 하던데."

아! 야! 와! 오! 하! 캬!

나는 닥터 쑤를 힘껏 껴안아 준 뒤, 뒤를 돌아 아까 그 병실로 내달렸다. 장천은 이미 외투로 갈아입고 침상 위에 책상다리를 하고 앉아 뭔가를 먹고 있었다.

내가 "꺅" 소리를 지르며 달려들었다. "장천, 장천!"

장천은 나한테 눌려 캑캑거렸고, 뒤로 넘어지지 않으려고 손에 있던 걸 바닥에 떨궜다.

"너 뭐 하냐? 대추 다 떨어졌잖아."

그의 목을 껴안고 있으니 웃고도 싶고, 소리도 지르고 싶었다. 마지막에 가서는 도무지 기사회생했다는 그 흥분을 어떻게 표현해야 할지 알 수 없어서, 어쩔 수 없이 쟝천 목을 제대로 한 입 깨물어 주었다…….

택시 안.

나는 노래를 흥얼거리며 대추를 먹었다. 대추는 쟝천의 환자가 보내온 선물이었는데, 직접 심어 키운 거라고 하더란다.

쟝천은 목을 가린 채 내 곁에서 멀찍이 떨어져서, 이따금 원망스러운 눈빛으로 날 두어 번 바라봤다. 나는 겸연쩍어하며 쟝천에게 사과했다. "아이, 일부러 그런 거 아니라니까. 이리 좀 와봐. 다시는 안 깨물게."

쟝천은 날 상대도 해주지 않고는 목을 가린 채 고개를 돌려버렸다. 내가 다가가서 그의 팔뚝을 끌어안았다. "미안하다니까. 아니면 너도 나 깨물래?"

쟝천이 눈을 흘겼다. "너 개띠지."

집에 돌아온 뒤, 내가 일으킨 황당무계한 생쇼를 자조적으로 쟝천에게 읊어주었다. 쟝천은 다 듣고 나서도 내 예상대로 바보라고 욕을 하거나 비웃기는커녕, 한동안 잠자코 있다가 자기 목을 끌어안고 있던 내 손을 밀쳐버렸다. "나 샤워하러 간다."

샤워를 하고 나와서도 쟝천은 날 상대해주지 않았고, 컴퓨터 앞에 앉더니 키보드를 '탁탁탁탁' 엄청 시끄럽게 두드려댔다. "내

키보드 망가뜨리지 마." 한마디 해주었더니 서슬 시퍼런 눈빛이 돌아왔다.

샤워를 마치고 나오자, 쟝천이 침대 가장자리에 앉아 있었다. 뭔가 아주 골똘히 생각하는 듯한 표정이었다. 눈빛이 어디에 떨어져 있는지 모를, 뭔가 생각에 잠긴 듯한 모습이 꼭 세심하게 공들여 찍은 영화 속 장면처럼 아름다웠다. 하지만 저런 표정이 나한테서 나오면 좀 통속적이고 쉬운 단어로 설명이 된다. 멍 때리기.

침대에 기어 올라가서 등 뒤에서 쟝천을 감싸 안았다. "무슨 생각해?"

쟝천이 고개를 옆으로 돌려 날 바라봤다. "네가 없으면 어떨까 하는 생각."

순간 당황했다가 억지로 히죽히죽 웃는 척했다. "그럼 나보다 키 크고 날씬하고 예쁘고 똑똑하고 부드럽고 어른스러운 여자 찾으면 되지."

말을 다 하고 나니 후회가 밀려왔다. 내가 업그레이드해야 할 게 너무 많다는 티를 냈다는 생각이 드는 바람에.

쟝천이 손을 뻗어 자기 어깨를 누르고 있던 내 머리를 두드렸다. "그렇지."

쟝천이 뱉은 이 세 글자가 내 눈물샘을 완전히 초토화하고 말았다. 온종일 조마조마하게 보낸 오늘 하루가 생각났다. 쟝천 곁에서 같이 나이 들어가지 못할까 봐, 더는 사랑해주지 못하게 될까 봐, 이 세상에 쟝천 혼자 외롭게 남게 될까 봐 무서웠는데……. 쟝천은 그냥 "너 없어도 난 더 좋은 사람 만날 수 있어"라는 말뿐이라니.

"왜 또 울어?" 쟝천이 어이없다는 말투로 말했다.

나는 쟝천의 등에 엎어져서 눈물이며 콧물을 그 옷에 문질러댔다. 문지르면서 욕을 퍼부어 주었다. "이 양심도 없는 나쁜 놈아. 나는 귀신이 돼도 너한테 평생 들러붙을 거야, 나쁜 놈아."

일어나려는 쟝천을 목을 꽉 조이며 놔주지 않았다. 쟝천은 그래도 상관하지 않았고, 나는 그 바람에 주꾸미마냥 반은 걸리고 반은 끼인 자세로 그의 등 뒤에 달라붙은 꼴이 되었다.

"어디 가려고?" 울먹이며 그에게 물었다. 쟝천의 몸에서 떨어지지 않으려고 애쓰면서.

쟝천은 날 거들떠보지도 않고 날 반은 매달고 반은 질질 끌며 곧장 욕실로 걸어 들어갔다. 칫솔에 치약을 짜더니 내게 내밀었다. "이 안 닦아?"

나는 그의 등에 매달려 당당하게 거절했다. "안 닦아, 이 나쁜 놈아."

쟝천은 눈을 치켜뜨고는 거울 속에서 날 곁눈질했다. "욕 다 했냐?"

"아니." 말을 하는데 또 눈물이 났다. 울고 욕하면서 머리로 그의 등을 들이받았다. "이 양심 불량아. 넌 사람도 아냐. 더 좋은 여자 찾으려거든 지금 가서 찾아. 가서 찾아보라고, 찾아보란 말야, 찾아보라니까. 나 죽기 기다리고 자시고 할 것도 없이."

쟝천이 칫솔을 입에 문 채 입술 가득 거품을 머금고 불분명하게 말했다. "마나님, 이러다 저 골병들겠습니다요."

"이 나쁜 놈, 난 울고 있는데." 말하면서 눈을 비비고 싶은 생각에 무심코 손 하나를 풀었다. 그 손을 푸는 바람에 다른 한 손으로 내 전체 몸무게를 지탱할 수 없게 되자 허둥지둥 쟝천의 목을 졸라댔다.

쟝천은 자기가 내 손에 목이 졸려 죽거나 내가 떨어져 죽는 일을 방지하기 위해, 칫솔을 던져놓고 나를 손으로 떠받칠 수밖에 없었다. 한바탕 허둥지둥 난리를 치긴 했지만, 나한테 목이 졸리는 바람에 쟝천 목에 빨갛게 줄이 간 걸 빼면 우리 둘 다 생명의 위협은 느끼지 않았다.

이런 난리를 치고 나니 쟝천이 화를 낼까 봐 좀 무서워서 얌전히 내려갔는데, 그러고 나서 보니까 아까 쟝천 몸에 매달려서 화장실에 온 터라 내가 맨발이라는 걸 깨달았다. 겨울에 타일 바닥을 밟았더니 냉기가 보통 냉기가 아니라서, 까치발을 들고 살금살금 방으로 휙 돌아와 침대로 뛰어들었다. 이불을 두르고 침대 위에서 한 바퀴 굴러 쫑쯔粽子[29] 싸듯 몸을 싸버렸다.

쟝천이 손에 젖은 수건을 들고 방에 들어왔다. 내 머리를 돌돌 말린 이불 속에서 강제로 빼내더니, 말아둔 수건을 내 얼굴에 덮어놓고 한동안 꼭꼭 문질러댔다. "눈이 호두가 되게 우니까 기분 좋냐."

나는 돌돌 말린 이불 속에서 꼼짝할 수가 없어서, 쟝천이 내 이

---

29 중국 사람들이 단오에 먹는 음식으로, 대나무 잎이나 갈대 잎에 찹쌀 등 여러 가지 음식을 싸서 쪄 먹는다.

목구비를 문지르다 못해 납작하게 만들고도 남을 힘으로 얼굴을 힘껏 닦게 내버려 두는 수밖에 없었다.

그가 다 쓴 수건을 대충 휙 던지자 수건이 의자에 걸렸다. 나는 쟝천이 아파죽도록 문질러댄 얼굴을 두 손으로 받쳐 들고 불평을 늘어놓았다. "피부 다 벗겨지겠네. 새 여자 만나고 싶다 해도 그렇지, 얼굴을 이렇게 만들어놓을 필요는 없잖아."

쟝천이 이불을 확 잡아 빼는 통에 나는 이불을 따라 데굴데굴 몇 바퀴를 구르다가 이불을 놓치고 말았고, 그 즉시 찬 공기가 머리부터 발끝까지 나를 둘러싸 버렸다. 나도 모르게 몸을 웅크렸다가 때마침 쟝천과 한 덩이가 되어 쟝천이 잘 털어놓은 이불 속으로 들어가고 말았다.

미처 제대로 눕기도 전에 쟝천이 불을 꺼버렸다. 나 아직 이 안 닦았다고 하니까, 쟝천은 너 이 닦는 거 항상 잊어버리잖아, 이렇게 말했다. 나는 하지만 지금은 잊지 않았다고 항의했다.

쟝천은 그럼 내가 널 엄청 사랑한다는 건 왜 만날 잊는 거냐고, 나 너 정말 사랑한다고, 그러니까 세상에 정말 너보다 키 크고 날씬하고 예쁘고 똑똑하고 부드럽고 어른스러운 여자가 있다고 해도, 그건 나와는 아무 상관없는 일이라고 했다.

나는 어둠 속에서 눈을 깜빡이다 눈가에 어린 눈물을 억지로 삼키며, "쟝천 학생, 다음에는 제일 중요한 건 맨 처음에 말씀해주시겠어요?" 이렇게 말해주었다. 오래 우는 것도 힘들단 말이야. 그리고 이 세상에 나보다 키 크고 날씬하고 예쁘고 똑똑하고 부드럽고 어른스러운 여자는 말이지, 없다 이 말이야.

에필로그

장천 아버님은 여전히 날 좋아하지 않으신다. 쟝천 어머님은 아버님보다 날 더 싫어하시고. 리웨이 역시 여전히 쟝천 집에 방 하나 얻어 살면서 대학원 시험을 준비 중이다. 쟝천은 재직 중에 박사반 시험을 칠지 고민 중이고, 나는 매일 출근하고 만화 작업에 정신이 없다. 살다 보면 울적하고 초조해서 여기저기서 미쳐 날뛰고, 욕을 퍼붓고 싶을 때가 있기는 하다.

하지만 난 쟝 사모님이라구!

**

샤오시 : 아들 낳고 싶어, 아니면 딸 낳고 싶어?

쟝천 : 내가 말한다고 되는 게 아니잖아. 의학적으로 보면…….

샤오시 : 입 다물어. 의학이니 뭐니 그런 소리 또 했다가는 남자도 아니고 여자도 아닌 애 낳아줄 테니까.

장천 : 그럼 네가 키워.

샤오시 : ……

샤오시 : 내가 불임이면 어떻게 해?

장천 : 의학적으로 보면 치료 가능성이 아주 높아.

샤오시 : 못 고치면?

장천 : 그럼 못 고치는 거지 뭐.

샤오시 : 그럼 나랑 이혼할 거야?

장천 : 바보야, 뭐 하러 너랑 이혼하냐?

샤오시 : 오오오, 너 정말 날 엄청 사랑하는구나, 그렇지?

장천: 아니. 나 애 싫어해.

샤오시 : ……

번외

- 그들의 첫 만남

천샤오시는 아마 자신이 태어나자마자 쟝천과 알게 되었을 거라고, 엄마가 개구멍바지를[30] 입은 자신을 안고 역시나 개구멍바지를 입은 쟝천 앞을 지나갔을 거라고 생각했다.

하지만 사실 그건 쓸데없는 생각이었다. 천샤오시는 애기 때 대부분을 외갓집에서 보냈다. 세 살이 되고 나서야 정식으로 부모님과 함께 살게 되었고, 천샤오시네 집도 원래는 쟝천네 맞은편이 아니었다. 아버지는 샤오시가 다섯 살이 되어서야 사택을 분배받았다. 방 둘에 거실 하나짜리 분양 주택이었다. 아버지 회사에서

---

30 '풍차바지'라고도 부르는데, 어린아이가 편하게 용변을 볼 수 있도록 엉덩이 부분을 터놓은 바지를 말한다.

지은 직원 복지 주택이 진장 가족이 사는 호화로운 양옥 주택 맞은편에 있었다. 작은 동네에 사는 사람들은 운명을 받아들이고 사는 소박한 면이 있어서, 이렇게 보기 좋고 커다란 진장네 집이 평범한 민가들 사이에 군계일학마냥 서 있어도 분개하거나 고발할 필요를 단 한 번도 느끼지 못했다.

사택을 분배받은 날은 아직 세상 물정 잘 모르던 천샤오시도 집안에 흘러넘치던 기쁨을 느낄 수 있었다. 그래서 그 기회를 틈타 축하용으로 그릇을 하나 깨주셨고, 아버지는 그 기회를 틈타 축하용으로 매타작을 하시었다. 그러고는 자전거에 오르시더니만, 아내와 샤오시를 태우고 새로 분배받은 사택 외벽을 구경하러 가셨다. 다섯 살이던 쟝천은 집 앞에서 폭죽놀이를 하다가, 멀리서 앞쪽 가름대에 콧구멍 양쪽으로 콧물을 질질 흘리는 꼬마 여자아이를 태우고 오는 자전거 한 대를 봤다. 쟝천은 세상에서 제일 더러운 게 콧물 흘리는 어린아이라고 생각했다.

천샤오시로서는 사실 꽤 억울한 것이, 샤오시가 유달리 더러운 아이는 아니었다. 적어도 길에서 아무거나 주워서 입에 넣는 그런 아이는 아니었다. 먼지 부는 척하면서 입으로 가져가기는 했지마는. 그리고 평상시에는 콧물도 흘리지 않았다. 그날 흘린 콧물은 아빠한테 맞은 뒤에 울다가 나온 것이다. 콧물이라는 게 눈물 나올 때 같이 나오게 마련이란 말이다. 번개가 천둥소리 따라 번쩍치는 게 자연현상이듯이. 사람이 자연현상을 무시해서는 안 되는 거라구.

하지만 억울해도 상관없다. 살면서 억울한 일 당하는 거야 일상

다반사지.

이후 둘은 제각각 성장했다. 우연히 만나도 서로의 부모가 친구 사이가 아니라서 같이 놀 일이 없었다. 유일하게 깊은 교류를 하게 된 때가 대략 초등학교 1, 2학년 여름방학 때였을 것이다. 천샤오시는 골목길 입구에서 구슬치기를 하고 있었고, 쟝천은 피아노 교습을 마치고 돌아오는 길이었다. 천샤오시가 쟝천에게 물었다. "반장, 구슬치기할 줄 알아? 구슬 있어?"

쟝천은 평상시 거의 오가지 않는 같은 반 친구이자 이웃에게 말했다. "못해. 없어." 천샤오시 어린이는 속으로 쟝천이 너무 가엾다는 생각이 들어 곧바로 말했다. "너무 불쌍하다. 그럼 우리 같이 놀자. 내가 가르쳐줄게."

가엾다는 건 참 묘한 감정이다. 누구나 남을 가여워하길 즐기지만, 누구도 남이 자기를 가여워하는 걸 좋아하지는 않는다.

그래서 어린 쟝천은 분개했고, 천샤오시의 코를 가리키며 말했다. "가여운 건 너지. 산수 시험 28점 맞았으면서."

이 28점이라는 점수로 말할 것 같으면, 사실 그게 천샤오시의 진짜 실력은 아니었다. 시험 전날 이불 속에 숨어서 밤새도록 『도라에몽』을 보는 바람에 다음 날 시험 시간에 문제 몇 개만 풀고 잠이 들어버리고 말았던 것이다. 하지만 한 대범 하시는 천샤오시 어린이는 자기가 시험 쳐서 받은 점수가 28점이니 변명하고 자시고 할 것도 없다고 생각했다.

서로 말은 통하지 않았지만, 둘은 그래도 같이 쭈그리고 앉아 구슬치기를 하며 놀았다. 그날 구슬치기 업계의 새로운 별이 된 쟝천은 천샤오시의 모든 구슬을 다 따버렸다.

집에 돌아간 뒤, 쟝천은 비눗물에 구슬을 하룻밤 동안 담가두었다. 이튿날 옷 안에 넣고 신이 나서 천샤오시와 '우연히 만나고 싶어' 골목길로 나갔는데, 가서 보니 천샤오시는 어디서 왔는지 모를 조무래기와 땅따먹기를 하고 있었다.

고개를 돌려 집으로 가려는데, 천샤오시가 이를 보고는 죽어라 손을 흔들어댔다. "반장, 반장, 같이 놀자아."

천샤오시 마음속에서는 쟝천이 자기와 구슬치기를 하고 논 적이 있으니, 이제 둘은 친한 친구였다. 정말 신이 났다. 처음 사귄 학급 간부 친구였다.

"나 시간 없어." 쟝천은 하는 수 없이 바깥쪽으로 발걸음을 재촉했다.

"잠깐 기다려." 천샤오시가 한 발로 땅따먹기 칸에서 뛰어나오더니 같이 놀던 조무래기에게 말했다. "이건 끝난 걸로 치면 안 돼. 조금 있다가 다시 여기서부터 뛸 거야."

천샤오시는 이미 골목길을 벗어난 쟝천을 종종걸음으로 뒤쫓아 왔다.

"어디 가?"

"피아노 배우러."

"피아노 엄청 재미없잖아. 같이 놀자!"

"네가 재미없는지 어떻게 아나? 해보지도 않았으면서."

어린 천샤오시는 어깨를 으쓱거리더니 어른들 말투를 따라 말했다. "돼지고기는 본 적 없어도……"[31] 어떻게 말해야 할지 까먹는 바람에 말을 바꿔버렸다. "나도 그림 배우는데, 어떤 때는 엄청 재미없단 말야!"

장천은 변명하기가 귀찮아서 곧장 앞으로 가버렸다.

천샤오시가 장천 뒤에서 소리쳤다. "그럼 피아노 다 치고 와서 같이 놀자!"

장천은 씩씩거리며 피아노 선생님 댁 입구에 도착하고 나서야 오늘이 피아노 치러 올 필요 없는 날이었다는 게 떠올랐다. 집으로 돌아가고 싶었지만, 그렇다고 천샤오시를 만나고 싶지는 않았다. 큰길을 몇 번이나 뺑뺑 돌았더니 더워서 죽을 것 같아서, 책방에 틀어박혀 책이나 뒤적여야겠다고 생각했다. 문을 열고 들어서자마자 운도 없다는 생각이 들었다. 평소 책 뒤적이는 아이들 내쫓기 선수인 점원이 테트리스를 하다가, 문을 열고 들어오는 장천을 나른하게 흘끔거렸다.

더워서 몸이 휘어버리고 말 것 같은 바깥 공기와 비교하면, 이곳 책방에서는 천장 선풍기가 천천히 돌아가며 시원한 바람이 불었으므로, 이곳에서 버티다가 집에 가서 저녁밥이나 먹기로 마음먹었다.

책방에는 사람이 별로 없었다. 좋은 일이었다. 눈에 띄지 않는 장소에서 버티고 있으면, 점원도 귀찮아서 쫓아내지 않을 것 같았다. 몇 걸음 걸어가는데, 그제야 책방 안에 사람이 별로 없는 게 좋

---

31 원래는 '돼지고기를 먹어보지는 못했어도 돼지가 뛰는 건 본 적 있다'는 속담으로, '어떤 일을 직접 해본 적은 없어도 본 적은 있어서 조금은 알고 있다'는 뜻이다.

은 일도 아니라는 걸 깨달았다. 주머니 속에 있던 구슬이 한 발 한 발 걸을 때마다 부딪치면서 맑은 소리가 울려 퍼졌다. 테트리스 블록을 천장까지 다 쌓았을 때 나는 전자음이 들렸다. 쟝천은 손으로 주머니를 꼭 쥔 채 천천히 구석으로 걸어갔다.

집에 돌아갈 무렵, 해는 이미 서쪽으로 기울어져 있었다. 골목 길 입구로 돌아 들어간 쟝천은 몇 초간 멈춰 섰다.

사람은 이미 보이지 않았고, 분필로 땅바닥에 그린 땅따먹기 칸도 발자국과 자전거 바퀴 자국에 흐릿해져 있었다.

쟝천이 주머니를 뒤집자, 구슬이 한 알 한 알 밖으로 튀어나가며 누런 흙길로 떨어져 통통 소리를 냈다. 쟝천은 고개를 숙인 채 집 앞 입구까지 걸어갔다.

"반장!"

고개를 돌리니 천샤오시가 그릇을 들고 계단에 앉아 밥을 퍼먹고 있었다.

천샤오시가 쟝천 앞으로 뛰어왔다. "왜 이제야 돌아와? 같이 놀자고 했으면서. 우리 집 저녁밥 먹을 때까지 기다렸잖아."

천샤오시가 쟝천 앞에서 젓가락을 휘둘렀다. "못 놀게 돼서 너한테 말해주려고 기다렸어."

천샤오시 얼굴에는 아직도 검은색 간장이 흐릿하게 묻어 있었다.

"알았어." 쟝천은 고개를 끄덕이고는 문을 열고 집으로 들어갔다.

어린 쟝천은 난생처음 누군가가 기다려줄 때의 기분을 알게 됐지만, 어린 천샤오시는 앞으로 자기가 이 인간을 얼마나 오래, 얼마나 여러 번 기다려야 하는지 아직은 알지 못했다.

- 그들의 어린 시절

(1)

쟝천은 어떻게 맞은편 사는 여자애와 얽히게 된 건지 도무지 알길이 없었다. 천샤오시라는 그 아이에 대해 쟝천에게 남아 있는유일한 인상이라고는 어렸을 때 목청이 엄청 컸다는 것뿐이었다.쟝천이 집에서 아무리 '딩당딩당' 피아노를 시끄럽게 쳐도, 천샤오시가 맞은편 집에서 엄마에게 쫓기면서 처맞아 내지르는 비명을 덮어버릴 수가 없었다.

조금 더 크니, 맞은편에서 천샤오시의 목소리가 거의 들리지 않았다. 별안간 세상이 엄청 조용해졌다. 창문으로 천샤오시네 집거실을 보고 있으면 천샤오시가 텔레비전 보는 모습을 볼 수 있었는데, 소파에서 데굴데굴 구르며 웃는 모습이 보일 때도 있었다.

집에는 쟝천의 아버지를 찾아오는 손님들 발걸음이 끊이질 않았다. 쟝천은 그 사람들이 자신에게 "귀공자, 귀공자" 소리를 하는게 정말 싫었다. 이런 칭호가 위선적으로 느껴졌다.

집에 손님이 올 때마다 쟝천은 방에 숨어 책을 보고, 붓글씨 연습을 하고, 잠을 자는 등, 어떻게든 사람들이 자신의 존재를 알아채지 못하게 했다. 천샤오시가 쟝천에게 고백을 한 뒤, 손님이 올때 하는 일이 하나 더 늘어났다. 그것은 바로 커튼 뒤에서 맞은편의 천샤오시를 지켜보는 거였다.

쟝천은 천샤오시가 왔다 갔다 하는 모습을, 물건을 뒤집어엎는모습을, 연필 꼭대기를 입으로 문 채 책상에 엎드려 뭔가를 그리는 모습을 지켜봤다. 날이 더울 때면 천샤오시가 바닥에 드러누워 바비큐 그릴에 올라간 소시지처럼 이리로 뒤집어졌다가 저리로 굴러가는 모습도 볼 수 있었다……. 따분한 팬터마임을 보고 있는 것만 같았다. 하지만 인생이라는 게 엄청 따분한 거니까, 좀 더 따분하게 지낸다고 뭐가 어떻게 되겠나 싶었다.

고백한 다음 날, 천샤오시가 골목길 입구에서 살짝 떨리는, 그러면서도 죽어라 아무 일 없었던 척하는 목소리로 말했다. "장천, 진짜 기막힌 우연이다. 너도 학교 가?"

당황한 장천이 천샤오시에게 물었다. "몇 시인데?"

천샤오시는 손에 들린 전자 손목시계를 내려다봤다. 눈금치인 천샤오시는 숫자로 시간을 표시하는 전자시계를 차고 다녔다. "일곱 시야."

장천은 고개를 끄덕이더니 혼잣말로 중얼거렸다. "지각한 줄 알았네."

천샤오시는 식은땀이 흘렀다. 전에는 학교 종소리와 함께 교실 문을 밟는 게 다였으니 말이다.

둘은 앞서거니 뒤서거니 학교로 걸어갔다. 천샤오시는 재잘재잘 말을 쉬질 않았다. 텔레비전 드라마에, 만화, 선생님, 친구들……. 장천은 천샤오시를 거들떠보지도 않고 무표정하게 앞으로 걸어갔다. 천샤오시로서는 도대체 장천이 말을 하지 않는 이유가 원래 말이 많지 않아서인지, 아니면 자기 마음을 알고 나서 갑자기 냉정해진 건지 알 수가 없었다. 장천 역시 알지 못했다.

어린 마음의 가장 묘한 지점이 자기도 자기가 무슨 생각을 하고 있는지 모른다는 것이다.

둘은 교실에 도착한 첫 학생들이었다. 쟝천은 교실 열쇠 보관 담당이었다. 쟝천이 문을 열었을 때 샤오시는 쟝천 뒤에 서 있었다. 문이 열리자 진흙 냄새가 났다. 원래 새벽 교실에서는 막 흙을 뒤엎고 모내기를 앞둔 논밭에서 나는 냄새가 난다는 걸 이제야 알았다.

쟝천은 자리에 앉아 좀 두꺼운 교과서 몇 권을 꺼내더니, 책상 위에 잘 쌓아놓고 그 위에 엎어져 잠을 청했다.

천샤오시는 눈이 휘둥그레졌다. 어째 자신이 상상한 것과 달랐다. 전형적인 모범생이 일찌감치 교실에 들어와서 잠을 잔다구?

천샤오시의 자리는 쟝천의 자리에서 대각선 뒤쪽에 있었다. 천샤오시는 3조, 쟝천은 4조였고, 천샤오시는 3조 조장, 쟝천은 반장이었다.

천샤오시는 잔뜩 쌓인 책 사이에서 영어 교과서를 끄집어내 펼치기 시작했다. 그러더니 책 뒤에 머리를 묻고 고개를 한쪽으로 기울여 쟝천을 훔쳐봤다. 새카만 머리와 머리 중간의 하얀 정수리를 바라봤다. 뭐 볼 게 있는지는 모르겠지만 저도 모르게 뚫어지게 바라봤고, 저도 모르게 심장박동이 뒤죽박죽이 돼버렸다. 하얀 두피 하나 보고 심장박동이 뒤죽박죽이 됐다니, 이런 사람은 전에도 없었고 앞으로도 다시는 없을 것이다.

고요하고 아름다운 시간에는 늘 눈치 없는 훼방꾼 한둘은 끼게 되는 법. 훼방꾼은 바로 왕다좡王達莊, 부반장, 죽일 놈의 뚱땡이 녀석이었다. 이 인간이 교실 문을 열고 들어오면서 한 첫 번째 일은 바로 호들갑 떨기였다. "천샤오시, 내가 뭘 잘못 본 거 아니냐?"

천샤오시는 어리바리하게 물었다. "뭘 잘못 봐?"

"뭐긴 뭐야 너지. 네가 이렇게 일찍 오다니!"

천샤오시가 쓴웃음을 두어 번 지었다. "영어 아직 못 외운 단락이 있다는 게 떠올라서."

왕다챵이 갑자기 크게 웃었다. "하하…… 너…… 너 영어 교과서 거꾸로 집었다."

고개를 돌려 왕다챵을 노려봐 주려는데, 때마침 쟝천 역시 베개 삼아 베고 있던 팔뚝에서 살짝 고개를 드는 바람에, 공교롭게도 약간 호기심이 깃든 쟝천의 탐구하는 듯한 눈빛과 부딪치고 말았다. 머리가 뜨거워지더니 세상에 얼굴이 다 붉어졌다.

쟝천은 말도 안 되게 새빨개진 천샤오시의 얼굴을 바라보며 종잡을 수가 없었다. 고백하면서도 얼굴 하나 안 빨개진 애가 지금 얼굴이 빨개지는 건 또 뭐야?

같은 반 애들이 하나둘 도착했다. 교실에 들어온 아이들 대부분이 천샤오시가 종소리가 울리기 전에 교실에 나타난 기괴한 현상에 저마다 정도가 다른 놀라움을 표시했다. 천샤오시는 그제야 원래 자기도 꽤 사람들의 이목을 끄는 사람이라는 걸 깨닫게 되었다.

이튿날 천샤오시는 어제보다 10분 늦게 일어났다. 서둘러 골목 입구에 가보니, 마침 책가방을 멘 쟝천의 뒷모습이 보였다. 샤오시는 걸음 속도를 늦추고 숨을 힘껏 들이쉬어 호흡을 진정시킨 다음 성큼성큼 쫓아갔다. "안녕!"

쟝천은 천샤오시의 고함에 심장이 떨어질 뻔했다. 천샤오시가 정말 기운이 넘치는 아이라는 걸 인정하지 않으려야 않을 수가 없었다. 귀청이 떨어질 것 같은 그 '안녕' 소리가 그에게 이 사실을 충분히 밝혀주었다.

이번에는 둘이 제일 먼저 도착하지 못했다. 왕다창 학우께서 난간에 기대 둘을 보고 웃고 계시었다. "천샤오시, 오늘도 영어 외우려고?"

천샤오시는 이 인간 왜 이렇게 재수 없게 구나 싶어서 퉁명스럽게 대답했다. "너랑 뭔 상관이냐?"

왕다창 역시 화는 내지 않고 싱글벙글 말했다. "내가 가끔 학우 사랑을 실천하는지라 말이지."

이번에도 교실에서 진흙 냄새가 났다. 쟝천은 책상에 엎드려 잠을 청했고, 왕다창은 계속해서 책상 서랍을 이리저리 뒤지며 뭘 찾았다.

천샤오시는 영어 교과서를 꺼내 겨우 "왓 아유 두잉What are you doing?"이 한 줄 읽고 났는데 목이 텁텁한 느낌이 들어서, 재빨리 국어 교과서로 바꿔 "산불재고, 유선즉령山不在高, 有仙則靈"[32] 이 줄을 외우기 시작했다. "태흔상계록, 초색입렴청苔痕上階綠, 草色入簾

---

32 중국 당나라 때 시인 유우석(劉禹錫)의 「누실명(陋室銘)」에 나오는 시구를 잘못 읽은 것이다. 천샤오시가 읽은 대로 번역하면 "산이 높지 않아도 신선이 있으면 신성한 산이요"라는 뜻이 되지만, 실제 유우석의 시구는 이러하다. '산이 높지 않아도 신선이 있으면 이름 있는 산이요, 물이 깊지 않아도 용이 있으면 신령한 물이로세(山不在高 有仙則名, 水不在深 有龍則靈).'

靑"[33]에 이르러서는 몰래 한숨을 쉬었다……. 영어가 별로여서 쟝천 앞에서 읽어낼 낯짝이 없었다. 어쨌거나 자기 발음은 정확하지도 않은 데다 촌스럽다고 생각했다.

쟝천은 좀 짜증이 났다. 천샤오시가 교과서를 더듬더듬 읽어대는 통에 아침 수면에 심각한 영향을 받았으니 말이다.

셋째 날, 천샤오시는 특별히 새벽같이 일어났다. 골목 입구에서 오래도록 쟝천을 기다리다가, 지각하겠다 싶을 때가 되어서야 학교로 내달렸다. 가는 길 내내 쟝천이 어디 아픈 건 아닌지 걱정스러웠다.

교실 입구에 도착했을 때는 이미 수업이 시작된 뒤였다. 샤오시는 고개를 수그린 채 단상 위의 선생님에게 왔다고 보고했다. 선생님은 퉁명스럽게 들어오라고 하셨다.

고개를 들자마자 창가에 앉아 있는 쟝천이 보였다. 쟝천은 고개를 숙인 채 교과서를 읽으면서 손으로는 무심하게 볼펜을 돌리고 있었다. 금속의 펜 뚜껑이 아침 햇살 속에 살며시 빛을 반사해 그의 기다란 손가락 사이를 빙빙 돌다 튀어올랐다.

멀찌감치 떨어져 있었지만, 샤오시는 그 반사된 빛에 자신의 눈동자가 찔린 아픔이 아스라하게 느껴졌다.

---

33 역시 유우석의 「누실명」에 나오는 시구로 뜻은 다음과 같다. "이끼 흔적에 계단까지 푸르러지고, 풀빛은 가리개로 들어와 푸르르구나(苔痕上階綠, 草色入簾靑)."

넷째 날, 천샤오시는 더 일찍 일어났다. 희끄무레하게 동이 틀 무렵 일어나 비몽사몽 흐리멍덩한 정신으로, 골목 입구를 밝히고 있는 가로등에 기대 꾸벅꾸벅 졸았다.

장천은 저 멀리 가로등 아래 보이는 그림자를 보고 집으로 돌아가 버려야 할지 잠시 고민했지만, 그래도 결국 그쪽으로 걸어갔다. 장천이 곁을 지나쳐 가는데도 천샤오시는 알아채지 못하고 깊은 잠에 빠져 있었다. 장천이 한참을 걸어가는데도 천샤오시는 따라오지 않았다.

장천은 교실에 도착해서 책상에 엎어져 잠을 청했다. 그런데 눈을 감았더니, 글쎄 천샤오시가 고개를 수그리고 꾸벅꾸벅 졸던 모습이 떠오르는 거였다. 귀까지 내려온 단발머리가 양 뺨에 늘어져 있었고, 정수리에는 제멋대로 난 머리칼이 동쪽 한 올, 서쪽 한 올 아주 고집스레 우뚝 서 있었다. 머리부터 발끝까지 누르스름한 가로등 불빛으로 목욕을 한 듯 따스한 오렌지색이 감돌았다.

개 머리칼 참 엉망이야, 장천은 잠들기 전 흐리멍덩하게 생각에 잠겼다.

천샤오시의 일찍 일어나기 계획은 닷새째 되는 날 완전히 끝나 버렸다. 날이 너무 추웠다. 두려움에 빠진 천샤오시의 작은 심장과 간이 더는 뛰지도 못할 정도로. 천샤오시는 이불 속에서 손을 뻗어 알람을 끄고 자신에게 재차 일깨워주었다. 됐다고, 사랑은 인연이 있어야 하는 거라고, 억지로 들이댄다고 얻어지는 게 아니라고.

천샤오시는 엄마가 자신을 깨울 때까지 안심하고 잠을 잤다. 그런데 급히 서둘러 집을 나섰는데 뜻밖에도 쟝천을 만나고 말았다. 그 기쁨이라니. 그건 시험을 망친 뒤 시험은 인생에서 조금도 중요하지 않다고, 점수라는 건 뜬구름 같은 거라고 온 마음으로 자신을 위로했는데, 시험지를 받고 보니 반에서 1등 했을 때와 같은 기쁨이었다.

천샤오시는 '이게 웬 떡이냐'는 미소를 머금은 채 쟝천을 따라 학교에 갔다.

쟝천은 천샤오시의 웃음에 등골이 다 서늘할 지경이었다. 밥알이라도 붙어 있는 건 아닌지 얼굴을 몇 번이나 만져보았고, 바지 지퍼는 채워져 있는지 몇 번이나 고개를 숙여 살펴보기까지 했다.

교실에 들어가기 전, 천샤오시가 저도 모르게 쟝천의 교복 끝단을 잡아당겼다. "구겨졌다."

쟝천이 눈살을 구겼다. 얘, 설마 이것 때문에 오는 길 내내 기분이 붕붕 떠 있었던 거야?

(2)

고등학교 입학시험이 끝나고 여름방학 7월 말에 성적이 나왔다. 천샤오시와 쟝천 모두 진에 있는 고등학교 두 곳 중 좀 더 좋은 학교에, 즉 제1 고등학교에 붙었다. 이렇게 말하니까 뭔가 좀 포스가 없어 보이는데, 그럼 이렇게 말해볼까. 천샤오시와 쟝천 모두 진에서 가장 좋은 고등학교에 붙었다. 제1 고등학교 말이다! 음, 훨씬 낫네. 과연 어떤 때는 관형어를 빼줄 필요가 있다 이 말씀이야.

쟝천은 시험이 끝나자마자 외할머니댁에 가서 여름방학을 보냈다. 성적은 찾아보지도 않았지만 찾아볼 필요도 없었다. 진장 아들이 진 전체에서 첫째가는 학교에 붙었다는 소식이 영광스럽게도 "장 씨네 셋째 아들이 리 씨네 넷째 아들 자전거를 훔쳤대.", "왕 씨네 다섯째 딸이 어린 나이에 연애하다가 애를 뗐다는구만." 이런 소식과 함께 시장 소문 차트 3위권에 들었기 때문이다. 보름이 다 되도록 쟝천과 같은 학교에 다니지 못하게 될까 봐 걱정에 휩싸여 있던 건 오히려 천샤오시였다. 걱정을 하다 하다 살이 다 빠졌을 지경이었으니.

천샤오시는 성적을 안 뒤 아무 걱정 근심 없는 나날을 보내기 시작했다. 여름방학 숙제도 없고, 쟝천과 같은 학교에 붙기까지 했으니, 사는 게 어쩜 이렇게 아름답단 말인가?

방학은 늘 삽시간에 지나가 버린다. 비록 한 달이 넘게 쟝천을 보지 못했지만, 그렇다고 특별히 쟝천이 보고 싶지도 않았다. 아마도 여름방학에 방영한 드라마가 너무 막강해서 그랬을 것이다. 〈도라에몽〉에서 〈풀 하우스〉까지 천샤오시는 하루하루 아주 공사다망하시었다.

이날 천샤오시가 한창 〈도라에몽〉에서 진구가 퉁퉁이 발에 걸어차여 냄새나는 수로에 빠지는 장면을 흥미진진하게 보고 있는데, 엄마가 와서 누가 전화로 샤오시를 찾는다면서 목소리가 선생님 같다고 했다. 샤오시는 어느 선생님이 전화를 한 거냐고 중얼거리면서 전화를 받으러 걸어갔다.

"여보세요. 안녕하세요. 누구…… 어, 어느 분이신가요?"

"나야." 살짝 잠긴 목소리가 들렸다.

샤오시는 눈살을 찌푸렸다. "리 선생님이세요?"

리 선생님은 학교 미술 선생님으로, 이 분이 이룬 가장 큰 업적은 예전에 진 정부에서 전시회를 연 거였다. 골초로 유명한 분이셨는데, 안 좋은 목소리로 말끝마다 이렇게 말씀하시곤 하셨다. "내가 담배 피우고 있다고 생각하니? 사실은 아니야. 선생님은 예술 인생이 내뿜는 연기와 아득한 허무를 감상하고 있는 거야." 그래서 선생님 별명이 '예술 인생'이었다. 선생님은 최근 여름방학을 맞아 미술 특별 지도반을 열고 싶으신 모양이었다. 아침부터 밤까지 온종일 학생들 집에 전화해서 예술의 층위를 논하셨는데, 세상에서 제일 할 일 없는 중학교 졸업생이 당연히 예술의 층위를 배양해야 할 핵심 대상이 되었다.

전화 속에서 한동안 침묵이 이어졌다. 천샤오시는 침묵이 이어지는 틈을 타, 어떻게 하면 '예술 인생'을 거절하되, '예술 인생'의 예술적 영혼에 상처를 입히지 않을 수 있을지 죽자고 생각해봤다.

하지만 샤오시가 미처 완곡하게 거절할 방법을 생각해내기도 전에 전화에서 또 목소리가 들렸다. "나 장천이야."

"어?" 당황한 천샤오시는 무심결에 입에서 나오는 대로 지껄이고 말았다. "장천 목소리가 어떻게 그렇게 안 좋을 수가 있어?"

또다시 침묵이 이어졌고, 천샤오시는 참지 못하고 이렇게 말했다. "너 도대체 누구야? 진짜 장천 아니지?"

"진짜 장천인데."

……

천샤오시는 소 잃고 외양간이라도 고치고 싶은 마음에 서둘러 말했다. "아니, 나는 네 목소리가 안 좋다는 게 아니라, 아주 성숙하고 아주 특색 있게 들린다는 말이었어……."

"알았어. 더 말할 필요 없어."

천샤오시는 초조해졌다. "아니, 우리 엄마가 그러는데, 그 나이 또래 남자아이는 변성기를 겪는데. 네 목소리가 유난히 듣기 싫고 그런 건 정말 아냐. 뚱땡이 부반장은 귀신한테 목이 졸린 것 같은 목소리인데, 너는 그래봤자 오리 같은 정도잖아……."

한바탕 침묵이 이어진 뒤, 수화기에서 탄식이 들렸다.

천샤오시는 울적해서 죽을 지경이었다. "내가 무슨 말을 하고 있는지 나도 모르겠다. 너 나한테 무슨 용건 있는지나 말해봐."

"나 아직 외할머니댁에 있어. 내일 학교 가서 성적표랑 졸업장 가져올 때 내 것도 좀 가져다줘."

천샤오시가 머리를 긁적였다. "내일이 성적표 가지러 가는 날이었구나……."

"너 설마 잊어버린 건 아니겠지?"

천샤오시가 억지로 웃었다. "지금은 기억해."

"그래, 그럼 내 것 좀 가져다줘. 그럼 끊는다. 안녕."

"잠깐만!" 천샤오시가 소리쳤다. "그거……."

"뭐?"

천샤오시가 숨을 깊이 들이쉬었다. "내 말은 네 목소리가 정말 뭣같이…… 그렇게 변해도 안심하라는 거야. 난 절대 너 싫어하지 않을 테니까!"

......

"난 너 싫은데!" 쟝천이 기괴한 수컷 오리 목소리로 소리를 치니 정말 웃겼다.

전화는 '찰칵' 소리와 함께 끊겨버렸지만, 천샤오시는 전화기를 붙든 채 포기를 모르는 자신의 위대한 사랑에 여전히 빠져 있었다.

쟝천은 전화를 끊은 뒤 저도 모르게 벽을 걸어찼다. 누구 목소리가 오리 같다는 거야? 누가 누굴 싫어한다고?

마침 쟝천의 외할머니가 외손자에게 가져다주려고 다 깎은 과일을 들고 들어오시다가 방문 앞에 서서 이 광경을 보고는, 어찌된 영문인지 아리송해하셨다. 온화하고 기품 있는 우리 외손자가 어쩌자고 갑자기 벽을 걸어차나?

보름 후, 쟝천은 골목에 서 있었다. 옆에 있던 돌멩이를 무심코 발로 차면서 천샤오시가 성적표를 가져다주기를 기다리는 중이었다. 샤오시네 집 건물의 방범용 철문에서 '철컥' 소리가 나자, 쟝천은 입안에 있던 목캔디를 돌연 삼켜버렸다.

천샤오시가 싱글벙글 웃으며 성적표가 끼어 있는 졸업장을 쟝천에게 넘겨줬다. "외할머니댁에서 재미있었어?"

"그냥 그랬어." 쟝천은 머리를 수그리고는 졸업장을 넘겨봤다.

천샤오시는 그 뒤에 서서 몰래 까치발을 들고 자신과 쟝천의 키를 비교해봤다. 못 본 새에 쟝천이 자기보다 키가 한참은 더 큰 것 같았다.

장천은 곁눈으로 샤오시가 계속 옆에 서서 발레라도 추듯 까치발을 드는 모습을 힐끔 봤다. 장천이 곁눈질로 천샤오시를 슬쩍 바라봤다. "뭐 하나?"

천샤오시가 바보처럼 웃었다. "너 더 큰 것 같다."

장천이 졸업장을 접었다. "나 간다."

천샤오시가 고개를 끄덕였다. "안녕. 맞다. 너 목소리 돌아왔구나. 예전보다는 좀 가라앉은 것처럼 들리지만 말야. 축하해."

"정상적인 사람이라면 다 내가 1등 했다고 축하하지, 내 목소리가 돌아왔다고 축하하지는 않을 텐데 말이지." 장천이 참지 못하고 말해버렸다.

천샤오시는 아주 태연했다. "너야 원래 1등이잖아. 본래 그런데 축하할 게 뭐 있어." 샤오시는 잠시 말을 멈췄다가 갑자기 아주 우쭐해하며 웃었다. "오히려 네가 날 축하해줘야지. 너한테 하는 얘긴데, 나도 제1 고등학교 붙었어. 어쩌면 너랑 다시 같은 반 될지도 모른다구."

장천이야 벌써 알고 있었다. 실은 성적이 나오자마자 담임선생님께 전화해서, 겸사겸사 물어보는 듯한 말투로 누가 누가 제1 고등학교에 붙었는지 물어봤는데, 그 안에 천샤오시의 이름이 있다는 걸 들은 순간, 어쩐 일인지 몰라도 한시름 놓이는 느낌이 들었다.

장천은 축하한다는 말은 하지 않고 말했다. "제1 고등학교 올해 입학 커트라인 점수가 낮아졌나 보네."

천샤오시는 조금도 굴하지 않았다. 오히려 아직도 두려움이 가시지 않은 얼굴로 고개를 끄덕였다. "맞아, 맞아. 작년보다 5점 내

려갔어. 5점 떨어져서 다행이지, 안 그랬으면 나 1점 차이로 떨어
졌을 거 아냐. 정말 운이 좋았다니까."

……

비꼬는 말을 하는데도 알아듣지를 못하니, 부럽도다.

천샤오시는 아직도 시험지 내기 직전에 수학 객관식 문제 두 개
를 잘못 고쳤다고 장황하게 떠들고 있었다. 하나는 5점짜리였고,
다른 하나는 10점짜리였다며……. 장천은 방금 삼켜버린 목캔디
가 가슴에 걸려 욱신욱신 서늘해지는 느낌이 들었다. 샤오시 말
을 끊고 집으로 돌아가 물 한 컵 마셔서 목캔디를 아래로 넘겨버
리고 싶었지만, 어쩐 일인지 몰라도 희색이 만면해서 떠들어대는
샤오시를 보고 있자니 말이 입까지 나왔다가 들어가고 말았다. 됐
다. 계속 떠들게 두지 뭐. 보통 애완동물이 주인을 너무 오랫동안
못 만나다가 만나면, 처음에는 유난히 반가워하게 마련이라는 보
도를 본 적이 있었다. 천샤오시가 애완동물은 아니지만, 정이라는
건 다 같은 거니까.

천샤오시는 지쳐서 자꾸만 침이 넘어갈 때까지 떠들다가, 장천
이 자기 말을 끊을 의사가 조금도 없어 보인다는 걸 알아챘다. 그
러니 숨을 깊게 들이쉬고 계속 신이 나서 날뛰는 수밖에. "이번 여
름방학 때 바다에 갔었어. 조개껍데기를 엄청 많이 주웠는데, 그
걸 이어 붙여서 조개껍데기 그림을 만들려고 생각 중이야. 다 붙
이면 너 줄게……."

아이고, 피곤해죽겠네. 장천, 너 왜 아직 집에 안 가는 거뉘…….

(3)

고등학교 1학년 개학 첫날.

천샤오시는 순식간에 반 아이들과 친해졌다. 본래 작은 진이다 보니 크지가 않아서, 반에는 전부터 알고 지내던 아이들이 적지 않았다. 수업이 끝나자, 아이들 무리가 교실 뒤에 둘러서서 어젯밤 드라마 내용을 재잘재잘 떠들어댔다.

하지만 쟝천은 임시로 배정받은 자리에 앉아 방금 받은 새 교과서를 훑어보고 있었다.

왜 그런지는 몰라도 천샤오시는 이 순간 쟝천의 뒷모습이 너무 외로워 보인다는 생각이 들었다. 물론 '외롭다'가 오그라들기는 해도 교양 넘치는 단어다 보니, 천샤오시처럼 대뇌가 아직 다 개발되지 않은 사람이 여기까지 생각할 수는 없는 법. 샤오시는 그저 이런 생각만 들었다. 쟝천은 왜 혼자 저기에 앉아서 아이들과 말도 하지 않고 놀지도 않고 있을까, 너무 따분하잖아. 그래서 콩콩콩콩 뛰어가 절친이라도 되는 양 쟝천의 어깨를 툭툭 치며 뻔뻔스럽게 말했다. "쟝천, 쟝천, 쟤네 아직도 내가 너 짝사랑하는 거 떠들어대는 거 있지. 지금이 어느 때인데. 창의력이라고는 1도 없어가지고."

쟝천은 곁눈질로 샤오시를 쌀쌀맞게 힐끔거리더니, 한쪽으로 살짝 돌아앉으며 천샤오시가 등을 치던 손을 피해버렸다.

쟝천은 기분이 좋지 않았다. 어젯밤 아버지가 접대를 하고 곤드레만드레 취해서 돌아오셨는데, 엄마는 죽어도 아빠를 방으로 들이려고 하지 않으셨다. 그 바람에 두 분이 방문을 사이에 두고 싸우기 시작하더니만 우당탕탕 물건을 던져댔다. 정말 웃겼다. 밖에서는 온갖 체면 다 차리고 도덕군자인 양 점잖을 떠는 분들이 한번 싸움이 붙으면 온갖 듣기 민망한 말들을 쏟아냈으니 말이다.

아직 사람 안색 살필 줄 몰랐던 천샤오시는 아이들이 쟝천과 자기를 도매금으로 엮어놓고 떠드는 바람에 쟝천이 화가 났다고 착각하고는, 쟝천을 위로했다. "쟤들도 그냥 농담하는 거야. 우리가 얼마나 순수하고 당당한데."

쟝천이 코웃음을 쳤다. "당당하시다 그거지. 너 그럼 앞으로 하트 모양 클립 내 책에 껴두지 마. 나한테 별이니 종이학이니 접어서 보내지 말란 말야. 우리 집에 둘 데 없으니까."

안 그래도 천샤오시가 쟝천에게 뛰어가서 말을 거는 바람에 이 둘을 뚫어지게 지켜보는 눈들이 이미 한둘이 아니었는데, 쟝천이 이런 말을 내뱉으니 다들 웃음보를 터뜨렸다.

순간 난처해진 천샤오시는 억지웃음을 쥐어짜내며 되레 큰소리를 쳤다. "하하, 싫다면 됐지 뭐. 난 그냥 종이접기 연습하다가, 네가 가까이 사니까 그 김에 가져다준 것뿐인데."

"그럼 다음에는 그 김에 나나 주면 되겠네." 갑자기 교실 뒤에서 괴상한 목소리가 들렸다. 천샤오시는 그제야 왕다창 역시 두 사람과 같은 반이 됐다는 걸 깨달았다. 왕다창이 검은색 티셔츠 차림으로 쓰레기통 옆에 서서 입을 비뚜름히 쪼개며 더할 나위 없이 사악하게 웃었다.

천샤오시는 녀석이 할 일 없이 쓰레기 더미 속에 핀 사악한 블랙 로터스black lotus[34] 같다고 생각했다.

남학생들 대부분이 따라서 놀려댔다. "나 줘. 나 달라니까. 내 방 넓어서 아무리 많이 줘도 다 가져다 둘 수 있어."

상황이 좀 걷잡을 수 없게 되었다. 쟝천 옆에 멍하니 서 있던 천샤오시는 망연자실 당황해서 어찌해야 할지 갈피를 잡지 못했다.

다행히 수업 시작 종소리가 때맞춰 울려 퍼지기 시작했고, 쟝천이 무표정하게 말했다. "얼른 자리로 돌아가 앉아."

모든 게 평온을 되찾았다.

미술 선생님은 앞에 놓인 아주 예쁜 칠판에 자기 이름을 썼다. 선생님은 수업 종소리가 울리기 전, 한 여학생이 아이들의 떠들썩한 웃음 속에 어찌할 바를 모르겠다는 듯 애써 억지웃음을 지었다는 사실을 결코 알지 못했다.

천샤오시는 이번 수업 시간에 유난히 집중했다. 젊은 미술 선생님이 열정 넘치는 목소리로 소개해주시는 음양 처리 방법과 각도 조준, 화면 분할을 감사한 마음으로 들었다……

쟝천과 왕다촹은 마음이 좀 딴 데 가 있었다. 자기들이 좀 너무했던 건 아닌지 그런 생각이 슬그머니 들었지만, 그러다 또 천샤오시 쌤통이라고, 그러게 누가 성질 돋우라고 했냐고 당당하게 자기 자신을 위로했다.

학교가 파하고 나서 천샤오시는 쟝천과 같이 가겠다고 들러붙지 않았다. 그렇다고 아직도 그 일에 앙심을 품고 있는 건 아니었

---

34 현실이 아닌 게임 속에 존재하는 가상의 꽃이다.

다. 천샤오시가 남은 건 담임선생님 때문이었다. 반 간부 관련해서 할 말이 있다고 하셨다. 선생님들은 다 샤오시처럼 열정적이고 낙관적이면서도, 같은 반 친구들을 위해 앞장서서 최선을 다하는 학생을 좋아하신다.

쟝천은 교실 문을 나서면서 슬쩍 고개를 기울여 천샤오시를 유심히 살펴봤다. 샤오시가 허둥지둥 책상 위의 문구를 챙기는 모습을 보면서, 입꼬리를 흔적도 남지 않을 정도로 살짝 올리고는 계속 앞으로 걸어갔다. 쟝천은 계단 입구까지 걸어갔다가 그만 참지 못하고 걸음을 멈춰버렸다. 쯧, 아직도 안 따라오고 뭐 하는 거야, 책가방 챙기는 데 그렇게 오래 걸리나?

"쟝천, 시간 몇 분만 내줄래?"

어깨까지 머리를 늘어뜨린 여자아이가 책 한 권을 들고 미소를 지으며 쟝천의 대답을 기다리고 있었다. 머릿속으로 쭉 검색을 돌려본 결과, 같은 반 아이인 것 같았다. "용건이 뭔데?"

"오늘 선생님께서 설명해주신 이 수학 문제 잘 이해가 안 가. 좀 가르쳐줄 수 있을까?" 목소리가 아주 달달했다. 고개를 들고 있는데 얼굴에 기대가 가득했다.

쟝천의 눈길이 교실 방향으로 한 2초 정도 날아갔다가 다시 눈앞의 여자애에게 돌아왔다. "어느 문제가 이해가 안 가는데?"

쟝천은 설명을 끝내고 나서 눈앞의 이 여자아이가 리웨이라는 걸 알았다. 지금은 자기와 같은 반이고 전에는 XX중학교 3반이었는데, 이 아이 아버지와 쟝천 아버지가 아는 사이였다. 고양이와 개를 좋아하는 아이였다.

천샤오시는 아직도 나오지 않고 있었다.

반장 같은 높은 자리라도 만들어주실 줄 알고 한껏 기대에 부풀어 있었건만, 담임선생님은 주야장천 잔소리를 하시고 나서 손 한 번 크게 휘두르시더니, 천샤오시에게 앞으로는 네가 반 홍보 위원이라면서, 홍보 위원의 특징이 일은 많고 힘은 없어서 애들이 다하기 싫어한다는 점이라고 하셨다. 샤오시는 맥이 풀렸지만 천리마가 백락伯樂을 만난 척할 수밖에 없었다.[35] 선생님이 펼치시는 앞날에 대한 상상의 나래를 귀로 듣고 그 넙데데한 얼굴과 주근깨를 바라보면서, 샤오시는 속으로 참깨 부침개를 떠올렸다.

무심결에 창밖을 봤더니 해는 이미 서쪽으로 기울어 있었고, 학생들은 대부분 다 떠난 뒤였다. 운동장이 세상천지 누군가 커다란 주스 병을 엎기라도 한 듯 오렌지색 빛줄기에 뒤덮여 있었다. 뒤이어 낯익은 그림자가 보였다. 얼마나 많은 낮과 밤을 힘든 줄도 모르고 부지런을 떨어가며 저 그림자를 좇아다녔는데, 재가 되어도 알아볼 저 그림자 옆에 지금 한 여자아이가 나란히 걸어가고 있었다. 폭포수처럼 까맣고 긴 머리칼을 늘어뜨린 채, 작은 얼굴을 들어 쟝천을 쳐다보며 말을 하는 중이었다. 여자아이의 자그마한 얼굴이 발갛게 물든 이유가 노을 때문인지, 아니면 쟝천 때문인지 알 수 없었다.

---

35 백락은 춘추전국시대 진(秦)나라 사람으로, 말 보는 일을 맡아 보았는데, 천리마를 알아보는 재주가 있었다고 한다. 이후 인재를 잘 알아보고 등용하는 사람을 뜻하게 되었다.

(4)

쟝천은 이상할 정도로 짜증이 났다. 어젯밤에 개판 5분 전인 꿈을 몇 개 꿨는데, 꿈마다 개판 5분 전인 인간이 하나 등장했다. 이 개판 5분 전인 인간이 지금 전신주에 기대 투명한 일회용 플라스틱 컵을 손에 들고 생글생글 웃으며 컵 안에 든 더우쟝豆漿[36]을 빨대로 들이키고 있었다.

"안녕." 천샤오시가 빨대를 문 채 손짓했다. "평상시보다 좀 늦었네. 늦잠 잤어?"

쟝천은 샤오시를 힐끗 보더니만 아무 표정 없이 앞으로 걸어갔다.

천샤오시가 부랴부랴 쫓아오면서 꼴깍꼴깍 더우쟝을 마셨다.

"길거리 돌아다니면서 뭐 좀 안 먹으면 안 되냐?" 쟝천이 앞에서 걸으면서 싫은 티를 내며 말했다.

"어." 뒤에서 쫓아오던 천샤오시는 입을 삐죽이면서 요구 사항도 많다고 생각했다. 더우쟝 마시는 것도 안 된다니. 자기 때문에 이 몸이 길거리에서 하드도 못 먹고 있구만, 이제는 더우쟝도 마시지 말라니. 이렇게 나가다가는 영양 불량으로 죽을 판이었다.

속으로야 이렇게 생각하면서도, 샤오시는 더우쟝을 길옆 쓰레기통에 고분고분 던져버렸다.

3교시가 끝나기도 전에, 날 듯 말 듯 향기로운 냄새가 식당 쪽

---

36 중국식 두유. 아침 식사용으로 많이 마신다.

에서 천샤오시의 코로 전해졌다. 뱃가죽이 등에 붙을 정도로 배가 고파지자, 천샤오시는 고개를 돌려 작은 소리로 쟝천을 원망했다. "다 너 때문이야. 지금 아주 배고파죽을 것 같단 말야."

쟝천은 천샤오시를 거들떠보지도 않았다. 도리어 단상 위에 계시던 영어 선생님께서 소리를 치셨다. "천샤오시, 이 문제 대답해 봐."

천샤오시는 울상이 된 얼굴로 자리에서 일어나, 책상 아래에서 손으로 짝꿍 징샤오^{靜曉}의 교복을 힘껏 잡아당겼다. 징샤오도 어리벙벙하기는 매한가지였다. 끝날 시간 다 돼가는데 누가 수업을 열심히 듣고 있겠냐고. 그래서 나지막이 속삭였다. "워 메이 팅(나 못 들었어)."

천샤오시는 별생각 없이 이렇게 대답했다. "왓 메이 티What may T?"

그나마 영어 선생님이 유머 감각을 발휘해서 웃으며 물어보셨다. "티 세이?(누굴 차?)"

멍해진 천샤오시가 웅얼웅얼 반복했다. "티 수이?(물을 들어 올리다?)" 그러고는 갑자기 뭔가를 깨달았다는 듯 말했다. "캐리 워터Carry water."[37]

반 전체가 약속이라도 한 듯 멍을 때리다가 웃음보를 터뜨렸다.

선생님은 천샤오시를 한참 야단치셨다. 내용이야, 수업 시간 방해하는 학생은 다른 친구들에게 미안해해야 하고, 부모님께 죄송한 마음을 가져야 하며, 다른 친구들 부모님께도 죄송한 마음을 가져야 한다는 걸 벗어나지 못했고, 마지막에 가서야 겨우 천샤오시에게 앉으라고 하셨다.

천샤오시는 붉어진 얼굴로 자리에 앉아 징샤오를 꼬집었다.
"웃음이 나오냐."

뒷자리에 앉은 장천이 책상 밑에서 발로 천샤오시 발을 툭 치자, 샤오시는 똑바로 자세를 고쳐 앉았고, 불쌍하기 짝이 없는 모습으로 영어 선생님의 서릿발 같은 눈빛을 받들었다.

어쨌거나 샤오시는 열심히 공부해서 나날이 발전하겠다는 표정을 얼굴에 걸어놓고, '딩동딩동' 수업 끝나는 종소리에 그 표정이 산산조각날 때까지 버티기는 했다. 선생님의 앞발이 겨우 교실 문을 나섰을 즈음, 샤오시가 뒤를 돌아 장천에게 말했다. "정말 배고파."

"나랑 뭔 상관인데?" 장천이 천샤오시에게 눈을 부릅떴다.

"너 먹을 거 있잖아." 천샤오시가 간절하게 장천을 바라봤다.
요즘 밸런타인데이에 초콜릿을 선물하는 그릇된 풍조가 성행하는 탓에, 장천 서랍 안에는 늘 부끄러움이라고는 모르는 여성 동포들이 보낸, 천샤오시의 용돈 2주 치에 맞먹는 페레로 로쉐Ferrero Rocher, 도브Dove 같은 이름의 듣기만 해도 허영 넘치는 초콜릿들이

---

37 짝꿍이 '선생님 말씀을 제대로 듣고 있지 않았다'는 뜻으로 "워 메이 팅"이라고 말했는데, 천샤오시는 이게 선생님이 물어본 질문에 대한 답인 줄 알고 비슷하게 "왓 메이 티?(What may T?)"라고 따라하며 엉뚱한 답변을 내놓았다. 영어 선생님이 이 발음을 흉내 내어 "티 세이?"라고 묻는데, 중국어에서 '티(踢)'는 '뭔가를 발로 차버리다'라는 뜻이다. 그런데 천샤오시가 이 말을 또 중국어로 발음이 비슷한 "티 수이?(提水?, 물을 들어 올리다?)"로 잘못 알아듣고는, 이걸 영어로 바꿔 "캐리 워터(Carry water)"라고 생뚱맞은 답변을 내놓은 것이다.

들어 있었다.

장천은 서랍 안을 더듬어 정말 금박 초콜릿 열여섯 개가 들어 있는 상자를 하나 찾아냈다. 고개를 숙여 좀 더 찾아봤는데, 이름 적힌 종이쪽지 하나 없었다. 방식이 참 마음에 들었다. 사람은 그 저 레이펑雷鋒[38]처럼 좋은 일 하고도 이름을 남기지 않고, 기억해 야 할 건 일기에 쓰고 그런 걸 배워야 한다 이 말씀.

장천이 느릿느릿 포장을 뜯더니, 초콜릿 한 알을 꺼내 옆에 앉 아 있던 베이유신貝游新에게 건넸다. "안 먹을래?"

베이유신이 고개를 내저었다. "누가 이런 달아빠진 걸 먹냐, 내 가 여자애도 아니고."

천샤오시가 손을 들었다. "나 여자애야, 여자애. 나 먹게 줘."

장천은 초콜릿의 금박 포장을 뜯으면서도 말은 여전히 이랬다. "왜 너한테 줘야 하는데?"

천샤오시는 기세가 등등했다. "아침에 네가 나 길거리에서 뭐 못 먹게 했잖아. 더우장 버리는 바람에 지금 배고파죽겠단 말야. 다 너 때문이라구."

"아하, 네가 쓰레기통에 버린 컵, 비어 있었던 걸로 기억하는 데?"

"너 어떻게…… 헛소리하지 마!" 천샤오시는 제 발이 저려 반박 하면서도 "너 어떻게 알았어?" 이 소리는 억지로 삼켜버렸다. 이

---

38 어려운 환경에서도 선한 마음을 잃지 않고 자기희생적으로 살았다고 알려진 인물 로, 중국에서 영웅으로 추앙받는다.

인간이 뒤통수에 눈이 달렸나, 이 생각을 하면서.

장천이 초콜릿을 입에 넣었다. 한번 씹어보니까 정말 너무 달아서 눈살이 다 찌푸려질 정도였다. 하지만 부러워하며 질투하는 천샤오시 표정 구경하는 값은 톡톡히 했다. 이게 도대체 무슨 심리래? 하여튼 장천은 천샤오시 놀려먹는 게 좋았다.

천샤오시는 이렇게 오만불손한 태도로 초콜릿을 입에 넣는 장천을 보고 있자니, 이 인간에게 달려들어 그 입안에 있던 초콜릿을 파낸 다음, 장천이 이 위대한 초콜릿에 사죄하게 하고 싶은 마음이 간절했다.

장천은 결국 뼈다귀 쳐다보는 떠돌이 강아지 같은 천샤오시의 불쌍한 꼴을 보다 못해 초콜릿 상자를 통째로 들이밀었지만, 그 와중에도 저도 모르게 이 말은 덧붙였다. "살 뒤룩뒤룩 찌지 않게 조심하셔." 그제야 속이 좀 편해졌다.

천샤오시는 뒤를 돌더니 징샤오와 머리를 맞댄 채 너 한 알 나 한 알 초콜릿을 나누었다. 장천은 물을 꿀꺽꿀꺽 몇 모금 마시고 나서, 그제야 베이유신에게 말했다. "저거 뭐냐, 달아빠져 가지고."

베이유신이 웃으며 말했다. "뭐 하려고 천샤오시 앞에서 유치한 장난질이래?"

장천은 대수롭지 않아 했다. "쟤 수준에 맞춰준 것뿐이야."

"장천." 베이유신이 돌연 목소리를 낮췄다. "그 소설 다 봤냐?"

깜짝 놀란 장천이 앞자리에 앉은 천샤오시를 흘끔거리며 속삭였다. "가지고 오는 거 잊어버렸어. 내일 돌려줄게."

"잊어버린 척 작작하시지. 학교 끝나고 너희 집으로 가지러 갈 거야. 그거 빌리려고 줄 선 애들이 한둘이 아니란 말야." 베이유신이 속셈 다 안다는 듯 웃었다.

누가 잊어버린 척한다는 거야? 그 소설 때문에 밤새 개판 5분 전인 꿈만 꿨구만. 쟝천은 그 책이라면 1초도 더 갖고 있고 싶지 않았다.

"쟝천." 천샤오시가 갑자기 뒤를 돌아 보조개 핀 얼굴로 꽃같이 웃었다. 눈이 햇빛 반짝이는 수면처럼 반짝거렸다.

놀란 쟝천이 저도 모르게 뒤로 몸을 움츠렸다. 꿈에서 본 천샤오시가 딱 이렇게 웃고 있었다. 강시 얼굴에 붙은 부적마냥 자기 눈앞에 딱 붙어서는 방실방실 웃으며 큰 소리로 "쟝천, 쟝천" 불러대다가, 또 작은 소리로 "쟝천, 쟝천" 불러대는데, 정말 짜증이 나 죽을 뻔했더랬다.

"왜?" 그러니 말투에 당연히 짜증이 묻어날 수밖에.

쟝천이 뜬금없이 사납게 구는 바람에, 천샤오시는 하려던 말도 까먹고 말았다. 하는 수 없이 잠자코 '내가 방금 무슨 말 하려고 했더라.' 이런 생각을 하며 다시 뒤를 돌아버렸다.

신나게 초콜릿을 먹어치운 징샤오가 오히려 의리 한번 제대로 과시하며 샤오시 편을 들어주었다. "왜 그렇게 사납게 구냐?"

쟝천이야 물론 자기가 도대체 왜 그렇게 사납게 구는지 설명할 수 없었고, 다른 여자아이와는 딱히 할 말도 없고 그래서, 아예 그냥 픽 웃어버리고는 고개 숙여 다음 시간 교과서나 찾아봤다.

징샤오가 샤오시 어깨에 엎어져 귀를 깨물더니, 크지도 그렇다고 작지도 않지만 뒷자리에서 알아듣고도 남을 목소리로 말했다. "샤오시, 할 말 있는데 말야. 너 지난번에 우리 집 놀러 왔을 때 우리 오빠가 너 엄청 귀엽다고 그러더라."

샤오시가 어깨를 들썩이며 징샤오를 피하고는 웃으면서 짝꿍을 툭툭 쳤다. "소설 쓰네. 너희 오빠 나 거들떠보지도 않더구만."

"너, 너 거들떠보지도 않는 사람 좋아하잖아." 징샤오는 말을 하면서 일부러 쟝천을 힐끔거리기까지 했다.

쟝천은 징샤오의 비웃음은 아랑곳하지도 않고, 천샤오시를 몇 번 노려봤다. 귀가 다 빨개지도록 웃는 게 보였다. 아주 좋아서 죽는구만.

점심 식사 시간, 천샤오시가 젓가락질을 몇 번 하다가 말고 멈추더니 옆에 있던 징샤오에게 물었다. "초콜릿 너무 많이 먹고 나니까 엄청 느글거리지 않냐?"

"느글거려." 징샤오가 젓가락을 한쪽에 치우고는 앞에 있던 베이유신 얼굴에 식판을 들이밀었다. "나 젓가락도 안 댔어."

베이유신은 '이게 웬 떡이냐'는 표정을 지으며 징샤오 식판을 받아가는 것도 모자라 천샤오시에게도 물었다. "내가 너 부담 좀 덜어줄까?" 청소년기 남자아이들 식사량은 영원한 수수께끼다.

천샤오시가 고개를 내저었다. "난 안 먹으면 오후에 쉽게 배고파져."

"먹는 양 한번 어마어마하시구만." 쟝천이 결론을 지었다.

"너 왜 오늘 나한테 사사건건 시비야?" 천샤오시가 젓가락을 문 채 억울해서 죽으려고 했다. 평상시에도 쟝천이 좋은 내색을 보여주진 않았지만, 오늘은 꼬투리를 잡는다는 느낌이 들었다.

당황한 쟝천이 재빨리 화제를 돌려버렸다. "너 그렇게 젓가락 물고 있으면 입안에 나무 톱밥 가득 든 느낌 안 드냐?"

쟝천의 이 말에 천샤오시는 별안간 정말 입안에 톱밥이 있는 것 같은 느낌이 들어 혀를 내밀고 두어 번 퉤퉤 토했다. 그 바람에 놀란 베이유신이 두 팔을 펼쳐 식판 두 개를 가렸다. "이쪽으로 침 뱉지 마시지."

오후에 학교가 끝나고 베이유신은 쟝천, 천샤오시와 함께 집에 갔다. 천샤오시가 이상한 생각이 들어 캐물었더니, 쟝천이 베이유신을 집에 놀러 오라고 초대했다는 것이다. 그 말에 천샤오시는 속이 뒤틀렸다. 자기는 쟝천과 이웃으로 산 지 십여 년이 되도록 걔네 집 정원이 어떻게 생겨먹었는지도 모르는 판에, 베이유신 저게 뭐라고 쟝천네 집에 놀러 가느냔 말이다. 그래서 아주 완곡하게 자기도 바쁘기는 하지만 그래도 짬을 좀 내서 쟝천네 집에 놀러 가고 싶다는 의향을 전했으나, 둘 다 환영하지 않는다는 의사를 밝혔다.

가여운 천샤오시는 크게 낙심했다.

베이유신은 책상다리를 하고 쟝천네 집 거실 소파에 앉아 칭찬을 늘어놨다. "너희 집 비디오 장비 엄청 고급이다. 다음에 애들 데리고 DVD 보러 올게. 헤헤……."

'헤헤' 두 글자가 백 번, 천 번을 돌고 또 돌았다. 베이유신은 자기 머릿속에서 뭐가 돌아가고 있는지 쟝천이 알아듣지 못할까 봐 걱정이었다.

쟝천이 방에서 걸어 나오며 책을 건넸다. "꿈도 꾸지 마. 나 우리 엄마 손에 죽어."

"헤헤" 베이유신은 받은 김에 책을 훑어봤다. "지난번에 왕다챵한테 빌려줬는데, 그 자식이 죽어도 돌려줄 생각을 안 하는 거야. 나중에 돌려받고 보니까 글쎄 몇 장을 찢고 돌려줬더라니까."

쟝천은 물을 마시느라 말을 받아주지 않았는데, 베이유신은 이야기보따리라도 푸는 듯 떠들어댔다. "왕다챵이 천샤오시 좋아하는 거 알지?"

쟝천이 저도 모르게 컵을 쥔 손에 힘을 꽉 줬다. 갑자기 분노가 불타올랐다.

(5)

바닷가에 있는 쟝천과 천샤오시의 고향은 태풍이 자주 발생하는 구역에 속한다. 여름에는 수업 중에 긴급히 수업을 중단하고 학생들을 해산시켜 집으로 돌려보내는 경사가 자주 일어난다.

대략 고2 여름 아니면 고1 때였을 것이다. 똑똑히 기억나지는 않지만, 하여튼 우보쑹이 전학 온 지 얼마 안 되었을 때였다. 초강력 태풍 '비췌'였는지 '진주'였는지 쟝천도 기억이 나지는 않는다. 어쨌거나 매번 태풍 이름을 들을 때마다 저도 모르게 예상을 뛰어넘는 당국의 천재天災와 인재人災 이름 짓기 철학에 감탄하곤 한다. 그 논리라는 게 천샤오시 이 인간처럼 제멋대로니 말이다.

그날 겨우 2교시 수업을 마치고 났는데 밖에서 바람이 획획 불었다. 라디오 방송 체조에서 흘러나오는 목소리에 바람 소리가 끼어 꽤 스산하게 느껴졌다. 바람이 이렇게 심하게 부니 선생님도 학생들에게 나가서 체조하라는 소리는 못 하고, 그저 나가지 말고 통지나 기다리라고 하셨다. 그래서 반 아이들은 교실에서 서로 멀뚱멀뚱 바라보고 있었다.

천샤오시가 죽을상을 하고 뒤돌아 쟝천에게 말했다. "어떻게 하지? 무서워죽겠어."

쟝천은 눈 하나 깜짝하지 않았다. "태풍 처음 보는 것도 아니고, 무섭긴 뭐가 무섭냐? 게다가 아직 비도 안 내리는데."

말이 끝나자 콩알만 한 빗방울이 톡톡 유리창을 내리쳤다.

3~4분이 지나자 학교 라디오 방송에서 교장 선생님 목소리가 흘러나오기 시작했다. "교사 및 학생들은 집중하기 바랍니다. 태풍이 온 관계로 학교에서 긴급하게 수업을 중단하기로 했으니, 학생들은 바로 집으로 돌아가기 바랍니다. 학교나 길에 남아 있어서는 안 됩니다. 학생들은 귀갓길 안전에 주의하기 바랍니다."

학생들이 학교를 나설 무렵, 비는 멈췄지만 바람은 점점 더 심해지는 추세였고, 유난히도 무거운 책가방을 멘 천샤오시는 쟝천의 걸음을 따라잡기 위해 씩씩거리며 숨을 몰아쉬었다.

쟝천이 걸음을 멈추고 고개를 돌려 천샤오시를 바라보다 결국 못 참고 말했다. "너 바보냐?"

천샤오시는 아니라고 말하고 싶었지만 그렇다고 내놓을 만한 유력한 증거도 없었다. 그래서 그 자리에 멍하니 서서는 갑자기 날벼락을 맞았다는 태도를 보이며 소극적으로 눈살을 찌푸렸다.

쟝천이 손을 뻗어 천샤오시가 양어깨에 멘 가방을 들어 올렸다. 천샤오시는 책가방 무게가 가벼워지자 등 뒤의 어깨뼈 두 개를 잠시 뒤로 꺾었다.

2초 뒤, 쟝천은 무표정하게 손을 풀었고, 천샤오시는 별안간 새롭게 어깨에 더해진 무게와 앞에서 불어오는 광풍에 하마터면 거꾸로 넘어질 뻔했다. 다행히 쟝천의 교복을 허둥지둥 붙잡았다.

"무겁다는 거 알겠지? 그런데도 바보처럼 교과서를 잔뜩 메고 왔으니."

천샤오시는 몸을 똑바로 한 뒤 손에서 쟝천의 교복을 놓았다. "우보쑹이 나 너무 가벼워서 바람에 날아갈까 봐 걱정된다고 했단 말야."

방금 둘이 교실 문을 나설 때 우보쑹이 갑자기 뛰어와서 천샤오시 가방에 교과서 몇 권을 쑤셔 넣었다. 무게를 늘려야 바람에 날아가지 않을 거라면서.

"너 어려서부터 지금까지 태풍 겪은 게 몇 번인데 바람에 휩쓸려간 적 언제 있기는 했어?" 쟝천은 정말 어이가 없었다. 어떻게 이렇게 멍청한 애가 있을 수 있나 싶어서 말이다.

"나야 물론 내가 바람에 휩쓸려갈 일 없다는 건 알지." 천샤오시가 당당하게 말했다. "하지만 우보쑹은 몰라. 걘 다른 지역에서 왔잖아. 걔네 동네는 태풍이 안 분대. 걔도 좋은 마음으로 그런 건데 찬물을 끼얹을 수는 없단 말야."

쟝천은 천샤오시의 이런 해명이 꽤 뜻밖이었다는 걸 인정할 수밖에 없었다. 순간 뭐라고 대답해야 할지 알 수 없어 콧방귀를 뀌었다. "마음대로 해라."

천샤오시가 돌연 눈을 반짝였다. "아니면 너는 내 책가방 메고, 나는 네 책가방 메고 우리 둘이 손잡고 걸어갈까?"

한번 물어본다고 뭐 어떻게 되겠냐구, 이런 마음으로 던진 질문이었다. 어쨌거나 이 요지경 같은 세상에 일어나지 못할 일이 뭐가 있겠느냔 말이지. 사람이 하늘에 올라가고, 사람이 만든 별도 하늘로 올라가고, 사람들에게 에워싸여 구경거리가 된 펑 언니까지[39] 인기몰이를 하는 판인데……. 일어나지 못할 일이란 없다 이 말씀이야.

쟝천이 불가사의하게 천샤오시를 내려다봤다. "좀 더 뻔뻔하게 굴어보시지."

"그래?" 천샤오시가 바람에 말라붙은 눈을 부릅떴다.

쟝천이 손가락 두 개를 뻗어 천샤오시의 눈을 찌르려는 시늉을 하자, 천샤오시가 방실거리면서 고개를 한쪽으로 기울이며 피해 버렸다.

"가자, 바보야." 쟝천이 천샤오시 책가방의 어깨끈을 앞으로 잡아당기며 질질 끌었다.

천샤오시는 쟝천이 잡아당기는 바람에 비틀거리며 걸었다. "아

---

39 1권의 각주 39 참조

이, 천천히 해."

기나긴 길 위로 사람 흔적이라고는 없이, 두 아이가 바람 속에서 서로의 책가방 끈을 잡아당겼다. 말소리가 '쉭쉭' 바람 소리에 산산조각이 되어 흩어졌다.

(6)

천샤오시는 리웨이를 좋아하지 않았다. 리웨이도 쟝천을 좋아하기 때문이었고, 리웨이가 예쁘고 똑똑한 데다 피아노까지 칠 줄 알기 때문이었다. 고2 때 새해 첫날 저녁 행사에서는 쟝천과 함께 반 대표로 피아노 듀엣 프로그램에 이름을 올리고 교내 경기까지 참여했다.

천샤오시는 지금도 기억한다. 그날 무대 아래에 서서 두 사람이 나란히 피아노 앞에 앉아 눈빛을 주고받고 나서 네 개의 손, 스무 개의 손가락이 피아노의 검고 흰 건반 위를 날아다니던 광경을. 둘은 교복을 입고 있었지만, 천샤오시의 눈에는 환히 빛나는 조명 아래 둘이 어느새 결혼 예복을 입고, 찾아와 준 손님들을 위해 둘의 결혼행진곡 〈용사진행곡勇士進行曲〉을 연주하는 것처럼 보였다.

그 공연으로 둘은 우등상을 탔다. 수상 이유는 연주가 훌륭하고 수준도 높다는 것이었는데, 마지막에는 교장 선생님께서 "아주 잘 어울리는 선남선녀"라는 표현까지 써가며 둘을 칭찬하셨다.

무대 아래에서 다른 사람을 우러러 바라보고 있자니 괴로웠다. 둘은 반짝반짝 빛나는 세상에 있는데, 자기 혼자 어두운 세상에서 둘을 바라보고 있는 것 같았다. 너무 멀어서 다가갈 수 없어 보였다. 정말 외로웠다.

천샤오시는 그날 쟝천과 함께 집에 가지 않았다. 사실 쟝천과 함께 집에 가지 않은 지 2주가 지난 참이었다. 그즈음 쟝천은 리웨이와 함께 학교에 남아 피아노를 연습했는데, 둘이 어두워질 때까지 연습을 하는 바람에 천샤오시는 쟝천과 함께 리웨이를 집에 바래다주기까지 했다. 가는 길 내내 둘은 어딜 잘못 쳤는지, 어느 4분의 1박자는 그냥 넘어가도 되는지 이야기를 나눴다. 천샤오시는 알아들을 수가 없었다. 아는 거라고는 파리채밖에 없었다. 이름 그대로 파리 잡는 그 파리채 말이다.[40] 어떻게 해도 다른 사람 대화에 끼어들 수 없는 느낌을 받아본 사람들은 그게 얼마나 괴로운 건지 안다. 게다가 이런 괴로움을 겪고 집에 돌아왔건만, 늦게 들어왔다는 이유로 엄마한테 쫓겨 죽을 뻔하기까지 했으니, 그야말로 양날의 칼보다 더 양날 같은 무시무시한 일이었다. 그래서 천샤오시는 쟝천에게 밥 먹으러 일찍 가야 한다고 했고, 그 뒤 일찍 집에 돌아가 밥을 먹었다.

쟝천은 상을 받은 뒤 곧장 교실로 향했다. 교실은 사람 하나 없이 텅 비어 있었다. 집에 간 아이도 있고, 강당에서 시상식을 보는 아이도 있었다. 쟝천은 상장을 책상 서랍에 대충 쑤셔 넣은 뒤 아무 참고서나 꺼내 뒤적이기 시작했다. 참고서를 뒤적거리다 갑자기 뭐가 생각이라도 난 듯 고개를 들어 천샤오시의 책상을 봤는데

---

40 박자를 뜻하는 '파이(拍)'는 벌레 잡는 '채'를 뜻하기도 한다.

책가방이 없었다. 자세히 돌이켜보니, 방금 무대 위에서 책가방을 멘 채 무대 아래 서 있던 천샤오시를 본 기억이 났다. 무대 아래에 사람이 그렇게 많았는데 어떻게 천샤오시를 알아봤을까? 모를 일이었다. 인파 속에서 천샤오시를 한눈에 알아볼 수 있게 된 게 이미 아주 오래전이었다. 그래, 한눈에 알아보지는 못한다 해도 몇 번 둘러보면 언제나 실수 없이 정확하게 천샤오시의 위치를 찾아내곤 했다. 다른 사람보다 좀 더 엉망으로 흐트러진 짧은 머리칼을 떠받친 채 어리바리하게 인파 속에 뿌리내린 무라도 되는 듯 서 있으니 눈에 확 띄었다.

그러니까 가방 메고 강당에 나타났다는 건 상 주는 거 보고 바로 집으로 향했다는 뜻인가? 다시 돌이켜보니 방금 교장 선생님으로부터 상장을 건네받고 무대 아래를 훑어봤을 때, 그때는 천샤오시를 보지 못했다.

장천은 책을 서랍에 쑤셔 넣고는 가방을 들고 교실 밖으로 걸어나왔다. 학생 대부분이 다 강당에 있는 까닭에 하굣길에는 애들이 얼마 보이지 않았다. 특별히 걸음을 재촉했지만 집에 도착하고서도 천샤오시를 볼 수 없었다.

방문을 열고 들어오자마자 가방을 책상으로 던지고는, 커튼을 열어젖히고 맞은편의 천샤오시를 바라봤다. 집에 있었다. 소파에 앉아서 그릇을 들고 밥을 퍼먹으며 텔레비전을 보고 있었다. 장천은 커튼을 세게 치고는 침대에 드러누워 멍을 때렸다. 문밖에서 노크 소리가 두 번 들리더니 리 씨 아주머니 목소리가 들렸다. "샤오천, 아버지, 어머니 오늘 밤에 집에서 저녁 못 드셔. 식탁에 저녁

밥 차려놨으니까 먹고 나서 그릇만 개수대에 넣어두면 돼. 나 먼저 집에 갔다가 조금 있다가 다시 올게."

"예, 안녕히 가세요." 쟝천은 말해놓고 잠시 생각하다 자리에서 튀어 올라 문을 열었다. "아주머니, 조금 있다 일부러 다시 오실 필요 없어요. 설거지 제가 알아서 할게요."

"그래, 알았다."

쟝천은 혼자서 저녁밥을 먹고 혼자서 그릇을 씻었다. 커튼을 손톱만큼 열어놓고 맞은편에서 엄마와 억지를 부리고 있는 천샤오시를 지켜봤다. 천샤오시는 밥만 먹으면 저런 쇼를 벌였다. 누가 설거지를 할지를 놓고 엄마와 서로 말도 안 되는 억지를 부렸는데, 이기는 쪽은 늘 샤오시네 엄마였지만, 샤오시는 그래도 희희낙락 힘들어하는 법이 없었다.

앞으로 자신에게도 분명히 저렇게 억지를 부릴 터였다. 역시나 자신이 이기겠지만, 어쩌다 가끔 한두 번 져주면 실눈을 뜨고 의기양양 웃는 천샤오시의 모습을 보게 될 터였다.

이튿날 쟝천이 수업을 마치고 교실 문을 나서는데, 천샤오시가 따라붙지 않았다는 걸 알아챘다. 살짝 고개를 기울여서 보니, 샤오시는 뒷자리에 앉은 여자아이와 신이 나서 뭔가를 떠들고 있었다. 걸음을 잠시 멈췄지만, 쟝천은 결국 고개 한번 돌리지 않고 나가버렸다.

천샤오시는 곁눈질로 쟝천이 이미 나가버린 걸 보고 나서야 환하게 웃으며 손에 있던 만화책을 뒷자리에 찔러 넣었다. "어쨌든 엄청 재미있다니까. 너 보고 싶으면 빌려줄게."

천샤오시는 느릿느릿 물건을 챙겨 가방에 넣고 느릿느릿 교실을 걸어 나왔다. 학교를 나서는데 학교 앞 매점에서 하드를 팔고 있었다. 예전에는 학교 끝나고 집에 갈 때 자주 사 먹었다. 엄마한테 들키지 않으려고 다 먹고 난 뒤에는 꼼꼼하게 입가와 손가락을 닦기까지 했다. 그 뒤 매일 장천과 같이 집에 가게 되면서부터는 창피해서 사지를 못했다. 어쨌든 가끔이라도 이미지를 좀 고려하기는 해야 하니까.

그런데 글쎄 집 근처 길가에서 장천과 마주치고 말았다. 장천은 자전거를 몰고 가다가 천샤오시를 보고 브레이크를 밟더니, 크게 커브를 돌아 얼굴 앞에 자전거를 세웠다. 자전거 바퀴가 땅과 마찰을 일으키면서 거친 소리를 냈다.

하드를 입에 물고 있던 천샤오시는 어떻게 반응해야 할지 감이 잡히지 않았다.

"천샤오시, 나 자전거 사서 시험 삼아 타보는 중이야."

사실 산 지 보름도 넘은 자전거였다.

천샤오시가 억지웃음을 지었다. "하하, 자전거 엄청 멋지다."

말을 마치고 장천과 자전거를 돌아가려는데, 장천이 불러 세웠다. "야, 어디 가고 싶은 데 없어? 태워 줄게." 장천이 잠시 말을 멈췄다가 다시 말했다. "사람 태우면 몰기 편할지 어떨지 시험 좀 해 보고 싶어서 그래."

흥분한 천샤오시가 손에 들고 있던 하드를 길옆 하수구에 내던지고는 대답했다. "나 바닷가 가고 싶어."

"바닷가 가서 뭐 하게?" 쟝천이 손목시계를 흘끔거렸다. 아직 괜찮았다. 갔다 와도 그렇게 늦지는 않을 터였다.

"그냥 가고 싶어서." 천샤오시가 방실거리며 말했다. "바닷가 가본 지 엄청 오래됐거든."

쟝천이 어깨를 으쓱거렸다. "타."

바닷가 근처 작은 마을의 바람에서는 약한 생선 비린내 냄새가 났다. 미각이 예민한 사람은 심지어 앞에서 불어오는 바람이 입으로 들어올 때 짠 내까지 맡을 수 있었다. 천샤오시는 쟝천 등 뒤에 숨어 있었다. 바람에 쟝천의 교복 셔츠가 빵빵하게 부풀어 올랐다. 천샤오시는 한 손으로 자전거 뒷좌석을 잡은 채, 다른 한 손으로는 쟝천 등 뒤로 부풀어 오른 옷을 콕 찔렀다. 살짝 누르면 부풀어 오른 옷이 찌그러졌다가 손을 떼면 다시 부풀어 올랐다.

"자전거 샀으니까 앞으로 자전거 타고 학교 갈 거야?"

"아니."

"왜?"

"그냥."

"어."

"천샤오시." 쟝천이 별안간 샤오시를 불렀다.

"응?" 신이 나서 쟝천의 옷을 찔러대고 있던 천샤오시가 고개를 들었다. 샤오시는 쟝천의 표정을 보고 싶어서 열심히 그 옆구리로 머리를 내밀었다.

쟝천이 고개를 기울여 천샤오시를 흘끔거렸다. "똑바로 앉아."

"어." 천샤오시는 고개를 뒤로 빼며 똑바로 앉았다. "방금 나 왜 불렀어?"

"아니, 자전거 몰 줄 아냐고 물어보려고."

"알지."

갑작스러운 급정거에 천샤오시는 쟝천의 등에 머리를 박고 뺨을 그 등뼈에 부딪히고 말았다. 젊은 남자의 살짝 마른 등에 부딪히니 광대뼈가 은근히 얼얼했다.

쟝천이 고개를 돌려 광대뼈를 문지르는 천샤오시를 웃으며 바라봤다. "네가 나 태우고 몰아봐."

"나 사람 태울 줄 모르는데." 천샤오시가 기가 죽어서 말했다.

"멍청하기는."

자전거는 다시 앞으로 나아갔다. 천샤오시는 아직도 부딪혀서 아픈 광대뼈를 문지르고 있었다. "너한테 부딪혀서 얼굴 삐뚤어졌잖아."

"원래 삐뚤어져 있었으면서."

"삐뚤어진 건 너지." 천샤오시는 쟝천의 등을 한 대 쳐주었다.

바닷가. 바다와 하늘은 오렌지 빛깔을 살짝 머금고 있었고, 바닷물에서는 황금빛으로 반짝이는 불빛이 넘실거렸다. 모래사장도 황금빛이었다. 천샤오시는 꺅꺅 비명을 지르며 자전거에서 뛰어내렸다. "아……바다야……나 왔어……."

쟝천은 자전거를 길옆에 세워놓고 허리를 굽혀 열쇠를 채웠다. 허리를 구부리는 바람에 왼쪽 뺨의 보조개가 평소보다 더 깊게 파인 듯 보였다.

쟝천이 모래사장으로 걸어갔을 때, 천샤오시는 이미 모래사장에 앉아 신발 끈을 풀고 있었다. 쟝천이 물었다. "뭐 하냐?"

"신발 벗지. 안 그랬다가는 이따가 집에 가서 신발 안에 죄다 모래뿐이라고 엄마한테 혼난단 말야."

그런데 천샤오시가 신발 한 짝을 벗고 나서 돌연 동작을 멈추더니만 벗은 신발을 다시 신으려고 했다. 쟝천은 이해가 가지 않아서 천샤오시를 바라봤다. "왜 안 벗어?"

천샤오시가 고개를 죽어라 흔들었다. "그냥 좀 아닌 것 같아서. 됐어. 나……앗!"

고함을 친 이유는 쟝천이 천샤오시가 정신을 딴 데 팔고 있을때 갑자기 발에서 신발을 뽑아 멀리 던져버렸기 때문이었다.

고함을 지른 뒤 둘은 서로 아무 말도 하지 않았다. 한바탕 기괴한 어색함이 지나가자, 쟝천이 마른기침을 한 뒤 말했다. "천샤오시, 양말에 왜 그렇게 큰 구멍이 나 있냐?"

천샤오시가 고개를 숙이더니 그 구멍을 뚫고 나온 엄지발가락을 찔러댔다. "아침에 신을 양말을 못 찾아가지고…… 그래서 신발 안 벗겠다고 한 거란 말야……."

……

(7)

이전과 마찬가지로 '고등학교 X학년 때였다'는 형식으로 글의 첫머리를 열런다. 학생으로 사는 게 습관이 된 사람은 다 이런 고질병이 있다. 2005년에 뭘 했는지는 기억이 나지 않지만, 2005년을 중1, 중2, 중3, 고1, 고2, 고3, 이렇게 학년으로 환산하면 기억이 끝도 없이 밀려오기 시작하는 거지. 고등학교 3학년 1학기 때였다. 예술 계열 수험생인 천샤오시 학생은 선생님, 친구들과 장거리 버스를 네 시간 타고 한 번도 가본 적이 없는 곳에 가서 보름 기한의 미술 수업을 받아야 했다.

떠나기 하루 전, 천샤오시가 학교 끝나고 집에 가는 길에 쟝천에게 물었다. "나 내일 출발할 건데, 너 나 바래다주러 올 거야?"

"아니."

"어." 천샤오시는 실망한 표정을 감추지 못했다. "내일 일요일이니까 어차피 일도 없잖아. 좀 바래다주지."

쟝천이 언짢은 기색으로 말했다. "일 없다고 누가 그래. 일요일에 물리 경시대회 나가야 하는데."

"하하, 내가 깜빡했네." 천샤오시가 머리를 긁적였다. "그럼 힘내. 1등은 따놓은 당상이겠지?"

"말 참 쉽게 한다." 쟝천이 천샤오시에게 눈을 부릅떴다.

"당연히 쉽지, 내가 시험 보는 것도 아닌데……."

"짐은 다 쌌냐?"

"아니. 우리 엄마가 안 싸주려고 해." 천샤오시가 불평을 늘어났다. "엄마가 자기는 '봄날의 계모 마음春天後母心' 봐야 해서 시간 없다고 하더라고. 우리 엄마 마음이 바로 계모 마음이지."

쟝천이 웃었다. "네가 알아서 못 싸?"

"어디 엄마가 안 싸주나 보자고! 엄마랑 끝까지 해볼라니까!"

......

저녁을 먹은 뒤, 천샤오시는 방에서 짐을 꾸렸다. 엄마는 밖에서 〈봄날의 계모 마음〉을 보며 눈물을 훔치고 있었다. 갑자기 뭔가가 창문을 두드렸다. 고개를 내밀어 보니 아래쪽에 사람이 하나 서서 천샤오시의 방을 향해 돌멩이를 던지고 있었다. 천샤오시는 소스라치게 놀랐다. 골목 가로등이 너무 어두워서 그 사람 모습을 똑똑히 볼 수 없었다. 샤오시는 고개를 쏙 뺐다가 재빨리 다시 내밀고는 작은 소리로 물었다. "누구세요?"

"쟝천이야." 나지막한 대답이 들렸다.

"바로 내려갈게!"

천샤오시는 허겁지겁 계단을 나는 듯이 내려갔다. 잠옷에 실내 슬리퍼를 신은 채로 말이다.

"뭐 하러 그렇게 급하게 뛰어 내려오냐?" 쟝천은 땅에 발 한번 딛지 않고 내려온 천샤오시를 보고 놀라고 말았다.

"너 가버릴까 봐." 천샤오시가 쑥스러워하며 말했다.

"나 여기 있잖아. 내가 가봤자 어딜 가겠냐?"

"네가 어딜 갈지 내가 어떻게 알아? 허구한 날 못 찾겠는데."

쟝천은 너무 어이가 없었다. 남자 화장실만 안 따라왔지, 아주 찰싹 붙어 따라다니는 주제에 허구한 날 날 못 찾는다고?

"나 왜 찾아왔어?" 천샤오시가 바보같이 웃었다. "나 가니까 아쉬워서?"

"얼굴도 참 두껍다." 쟝천이 주머니를 뒤져 포커 카드같이 생긴 걸 몇 장 꺼냈다. "이거 너 줄게."

"뭐야?" 천샤오시가 건네받은 물건을 가로등 가까이 가져가서 살펴봤다. "전화카드네. 왜 주는 거야?"

"우리 집에 이런 거 엄청 많아. 선물받은 건데 난 쓸 일 없으니까 너 줄게. 집 떠나 밖에 나가 있으니 전화는 해야 할 거 아냐."

사실 쟝천이 아침에 나가기 전에 리 씨 아주머니께 부탁해서 사 둔 전화카드들이었다. 하지만 이런 건 천샤오시가 몰라도 되는 거고.

"엄마가 나 한 장 사줬어. 이렇게 많이 줘도 나 다 못 써."

쟝천이 어깨를 으쓱했다. "다 못 쓰면 그냥 버리든가."

쟝천이 말을 마치고 뒤돌아 집에 가려는데, 천샤오시가 다급히 불러 세웠다. "잠깐만. 저기, 고마워."

"응." 쟝천은 말을 하더니 또 가려고 했다.

"아이 참, 그렇게 급하게 좀 안 가면 안 되냐. 오줌이라도 마려운 거냐고." 아무 생각 없이 말을 내뱉고 나니 너무 후회가 돼서 천샤오시가 고개를 숙인 채 해명했다. "엄마가 아빠한테 늘 이렇게 말하거든……."

쟝천이 잠자코 발걸음을 되돌렸다. "뭐 또 할 말 있어?"

"그건 아닌데." 천샤오시가 고개를 숙이고는 왼발로 오른발을 밟아댔다. "그냥 한동안 너랑은 말 못 할 테니까 좀 아쉬워서."

쟝천은 속으로 또 한숨을 쉰 뒤 담담한 말투로 말했다. "전화카드 줬잖아?"

"어?" 천샤오시가 신이 나서 고개를 들었다. "그럼 너한테 전화해도 돼?"

"전화카드도 손에 있는데 전화하고 싶은 사람한테 전화하면 되지."

천샤오시는 웃다 못해 눈이 다 사라져 보이지 않을 지경이었다. "나 너한테 매일매일 전화할 거야. 너 내 전화 안 받으면 안 돼."

"매일 전화할 일이 뭐가 있냐? 집 전화선 뽑아놔야겠네."

"그러지 마. 약속하는데 매일 딱 한 시간만 전화할게."

"한 시간?" 장천이 눈을 부릅떴다. "너 내가 그렇게 한가한 줄 알아?"

"그럼 30분?"

"매일 30분이라니, 너 뉴스 보도하냐?"

"20분?"

"안 돼."

"10분?"

"안 돼."

"5분?"

"안 돼."

"야, 너 일부러 그러는 거야? 다 안 된다면서 전화카드는 왜 주냐?" 천샤오시가 발을 동동 굴렀다.

장천이 웃으며 되물었다. "내가 우리 집에 이거 너무 많다고, 아무도 안 쓴다고 하지 않았어?"

"나 집에 갈란다……."

"너 똥 마려워?"

……

(8)

대입시험을 마치고 난 여름방학이었다. 이미 쟝천과 같은 대학 입학이 확정된 천샤오시는 넘치는 행복 속에 하루하루를 보내고 있었다.

입학통지서를 받은 다음 날, 천샤오시는 쟝천을 불러내 청량음료를 마셨다. 불러낸 핑계는 같이 다니게 될 대학에 가는 차표를 어떻게 사야 하는지 묻고 싶다는 거였다. 쟝천이 통화 중에 한 대답은 "정거장에 가서 사"였지만, 쟝천은 그래도 나왔고, 천샤오시는 쟝천이 청량음료를 좋아하는 거라고 귀결 지었다.

"뭐 마실래? 난 복숭아 스무디 마시고 싶은데 수박 주스도 마시고 싶어." 천샤오시는 손가락으로 음료 메뉴판 위를 이리저리 가리키며 결정을 내리지 못했다. "이 바나나 밀크셰이크도 엄청 맛있어 보인다."

"얼음물." 쟝천은 간절한 열망을 담은 천샤오시의 눈빛을 힐끗 훑어보다가 어쩔 수 없다는 듯 덧붙였다. "에 수박 주스."

천샤오시가 눈을 가늘게 뜨고 웃으며 손짓으로 사장을 부르더니, 얼음물과 수박 주스 그리고 복숭아 스무디를 주문했다.

음료가 오자 쟝천은 수박 주스를 딱 한 모금만 마시고는 천샤오시 앞으로 들이밀었다. "너무 달아."

천샤오시는 그 수박 주스를 기꺼이 넙죽 받아 한 모금 크게 들이켜고는 만족스러운 듯 눈을 가늘게 뜬 채 한숨을 쉬었다. "과연 수박 주스가 더 맛있네."

"다 가루 푼 거야. 맛이 다른 감미료를 쓴 것뿐이라고."

천샤오시는 계산대에 앉아 있는 사장을 조심스럽게 힐끔거렸다. 다행히 사장이 듣지 못한 참이었다. 이 인간이 어느 날 길에서 맞아 죽는다 해도 조금도 이상하다는 생각이 들지 않을 거라는……

감미료로 만든 음료를 두 컵 마시고 나니 천샤오시는 아주 만족스러웠다. 말할 때 수박과 복숭아 향이 나서 기분이 엄청 좋은 걸 수도 있고, 옆에 서 있는 사람과 엮이게 될 앞날이 상상이 돼서 기분이 끝내주게 좋은 걸 수도 있고.

"이렇게 더운 날 뭐 하자고 불러냈냐?" 가게에서 나오는데, 쟝천이 손을 뻗어 천샤오시의 얼굴을 햇빛으로부터 잠시 가려주었다. 순간 좀 아니다 싶어서 곧바로 손을 뒤로 뺐지만, 고개를 숙인 채 가방에서 물건을 뒤지고 있던 천샤오시는 전혀 알아채지 못했다.

"햇볕 쬐면 좋잖아. 칼슘 보충된다고 그러던데." 천샤오시가 가방에서 펜을 하나 꺼냈다. "갑자기 네가 내 졸업 기념 앨범에 아무것도 써준 게 없다는 사실이 떠오르더라고. 최소한 책가방에 이름이라도 써줘. 이 책가방은 기념 삼아 챙겨두고 어깨에 메는 끈 하나 달린 예쁜 백 사러 갈 거야. 아주 숙녀 느낌 팍팍 나는 그런 걸로."

"따분하기는." 쟝천은 천샤오시가 내민 펜을 받지 않고 앞으로 걸음을 내디뎠다. "집에 간다."

"야, 그만 좀 쩨쩨하게 굴어." 천샤오시가 뒤에서 종종걸음으로 쫓아왔다. "집에 가면 뭐 하냐? 볼만한 드라마도 없는데. 얼마나 심심하냔 말야."

사실 천샤오시는 이 말을 하면서 속이 엄청 켕겼다. 볼만한 드라마가 얼마나 많은데. 드라마 안 해도 할 일 없이 리모컨 눌러가며 채널 돌리는 게 또 인생의 큰 재미란 말이지. 다만 그 재미가 쟝천과 같이 있는 것과 비교하면 좀 덜하기는 하지만.

말은 집으로 간다고 했지만, 쟝천이 간 곳은 서점이었다.

결국 둘은 학우서점으로 들어갔다. 천샤오시는 서가에서 쟝천과 색연필 사던 꼬마가 대화를 나누는 모습을 훔쳐본 일이 떠올랐다. 꼬마는 강아지인 것 같기도 하고 고양이인 것 같기도 한 동물을 쟝천의 책에 그려주기까지 했더랬다. 생각하고 있자니 이상할 정도로 웃겨서 쟝천 뒤에 붙어서 쉬지도 않고 웃어댔다.

쟝천은 천샤오시의 웃음소리에 식겁해서 저도 모르게 샤오시를 쫓아버렸다. "따라오지 마. 넌 책 대여점 가 있어. 갈 때 부르러 갈 테니까."

"책가방에 이름 써주면 안 따라가지."

"안 써." 쟝천이 샤오시에게 눈을 부릅떴다. '어디 한번 또 따라와 보시지.' 이런 표정으로.

천샤오시는 뭔가 말을 하고 싶었지만 입도 못 뗀 채 몹시 서운한 표정으로 물러섰다.

쟝천은 샤오시가 실망스러워하는 모습을 보고 있자니 뭔가 잘못한 것 같은 기분이 들었지만, 기념 앨범이니 서명이니 이런 것들은 헤어질 사람한테나 남기는 거고, 둘이야 그럴 일이 없을 텐데 뭐 하러 쓸데없는 짓을 하나 싶었다.

10분 뒤 쟝천이 천샤오시를 찾으러 가서 보니, 샤오시는 만화책을 들고 바닥에 앉아 아주 신나게 만화를 보는 중이었다. 웃음소리가 튀어나갈까 봐 입을 막은 채, 눈에 반짝반짝 자그마한 뭔가가 어리도록 웃음을 참고 있었다.

과연…… 이 인간이 느끼는 실망이라는 감정은 크게 걱정할 필요가 없는 것이거늘.

쟝천이 발로 샤오시의 발을 가볍게 걷어찼다. "간다."

샤오시가 고개를 들었다. 방실방실 웃는 얼굴에 감염이라도 된 건지, 쟝천은 저도 모르게 입꼬리를 치켜세웠다가 잽싸게 내려버렸다. 자기 보조개가 눈에 확 띈다는 걸 알기 때문이었다.

"뭐 샀어?" 다리를 살짝 누른 자세로 앉아 있던 샤오시는 일어나니 다리가 저려서 하는 수 없이 벽에 몸을 기댔다.

쟝천이 손에 든 책 한 권을 흔들기에 자세히 보니 『본초강목』이었다. 천샤오시가 아리송해하며 물었다. "한의학 공부할 것도 아니면서 그거 봐서 뭐 하려고?"

"취미야."

"취미 한번 특이하네……."

"갈 거야 말 거야?"

"다리 저려. 아니면 네가 나 안아 들고 갈래?" 천샤오시가 뻔뻔스럽게 웃었다.

쟝천이 샤오시를 째려봤다. "아주 나한테 맞고 기절해서 질질 끌려가 볼래?"

......

"너희 둘이 여기 어쩐 일이냐?" 무언가가 샤오시의 뒤통수를 치는 바람에 고개를 돌려보니 분홍색 풍선이었다. 풍선 뒤에는 풍선으로도 막을 수 없는 커다란 얼굴이 버티고 서 있었는데, 바로 고1 때 부반장이었던 죽일 놈의 뚱땡이, 왕다창이었다.

"너희 둘 집에 전화했더니 없다고, 나갔다고 하던데. 둘이 어떻게 만난 거야?"

"우리는……"

"우리 왜 찾았는데?" 장천이 샤오시의 말을 잘라버렸다.

"모임 좀 열려고. 어제 물건 정리하다가 보니까 글쎄 고1 때 학급비 일부가 아직 남아 있더라니까. 그냥 모임이나 열어서 아예 다 써버리자 싶었지. 애들한테 전화했더니 다들 답답해서 죽으려고 하기에 아예 오후 모임 약속을 잡아버렸어."

"착복을 안 하다니 뜻밖이네. 뚱보 간부 중에도 청렴한 애가 있구나."

왕다창이 손에 있던 풍선으로 샤오시를 때려주려고 하자, 샤오시가 날쌔게 장천 뒤로 숨어버렸다.

"같이 가자. 애들 이미 노래방에서 기다리고 있어." 왕다창이 손에 들고 있던 풍선을 흔들었다. "풍선 왕창 샀어. 불어서 던지면 낭만도 넘치고 분위기도 꽤 나잖아."

천샤오시와 장천이 서로 눈을 맞췄다. 주고받은 메시지는 이러했다. 이 자식, 어느 시대 사람이뉘?

이렇게 해서 둘은 모임에 끌려갔다. 온 사람이 정말 적지 않았다. 커다란 룸 하나에 다들 빽빽하게 앉아 있었는데, 문을 열고 들어가자마자 늦었으니 벌주 마시라고 고함을 쳐댔다.

다들 알코올이라고는 입에 대본 적도 없는 아이들이라, 처음 술을 마시니 꼭 어른들의 세계로 성큼 걸어 들어간 듯한 느낌이었다.

쟝천은 그 성질 덕에 누구 하나 술을 권하는 사람이 없었지만 천샤오시는 달랐다. 애들이 하나같이 "내 체면 봐서 좀 마셔" 소리를 해대는 통에 밑도 끝도 없이 술을 여러 잔 마시고 말았다. 쟝천이 몇 번이나 말리려고 했지만, 미심쩍어하는 아이들 눈빛에 그만둬 버렸다.

모임이 끝났을 때, 천샤오시는 사람도 못 알아볼 정도로 취해 짝꿍이었던 징샤오의 손을 잡아당기며 죽어라 말했다. "엄마, 나 대학 붙었어. 대학 붙으면 그래픽 태블릿 사준다고 했잖아."

징샤오도 엉망진창으로 취해서 천샤오시의 머리를 마구 쳐대며 자애로운 얼굴로 말했다. "사주지. 전부 사주고말고. 엄마가 예쁜 옷 많이 사줄게."

옆에서 이 꼴을 보던 쟝천의 얼굴에 빗금이 좍좍 가고 말았다. 참으로 감동적인 자애로운 모녀의 한 장면이었다는.

모임이 끝날 무렵, 심하게 취한 애들은 데려다줄 사람을 정해서 돌려보냈다. 마지막으로 남은 게 징샤오와 천샤오시였는데, 둘이 죽어라 꼭 껴안고 서로 의지하고 있는 모습을 보니 가서 둘을 떼어냈다가는 벼락이라도 맞게 될 것 같았다.

베이유신이 징샤오를 끌고 나가자, 결국 쟝천과 천샤오시, 그리고 공간 점유 면적은 제일 큰데 존재감은 이상할 정도로 떨어지는 왕다챵만 남게 되었다.

왕다챵이 소파에 앉아 바보처럼 웃고 있는 천샤오시 앞에 쭈그리고 앉더니 샤오시와 눈을 맞췄다. "일어날 수 있겠냐?"

샤오시가 그의 머리를 툭 쳤다. "쟝천, 이 나쁜 놈아."

'툭' 소리가 음악이 나오지 않는 룸에 엄청 크게 울려 퍼졌다. 보아하니 술고래는 힘을 전혀 통제하지 못하는 모양이었다.

"……" 희생양이 된 왕다챵이 잠자코 몸을 일으켰다.

'나쁜 놈'이라고 욕을 먹은 쟝천은 조금도 화가 나지 않았다. 딱하나 아쉬운 점은, 샤오시가 손바닥에 힘을 좀 더 세게 줄 수 있었다는 거였다.

"얘 내가 집까지 데려다줄게." 쟝천이 앞으로 나서서 잡아끌자, 샤오시가 일어났다. 샤오시는 쟝천의 팔뚝을 부여잡고는 의외로 안정적으로 서 있었다.

"너랑 나랑 같이 데려다주자."

왕다챵이 다가와 천샤오시를 부축하려는데, 샤오시가 녀석이 뻗은 손을 단박에 뿌리쳤다. "누구세요? 저 돈 없는데요."

천샤오시의 이 말에는 아무런 논리가 없었다. 하지만 술에 취한 샤오시의 행동 양식으로부터 우리는 샤오시가 술에 취해서 하는 행동이 모두 본인이 평소 오랫동안 갈망해왔거나 잠재의식 속에 내재되어 있던 일과 사물이었음을 추측해볼 수 있다. 이를테면 그래픽 태블릿이라든가, 쟝천을 쥐어박는 일이라든가.

"내가 데려다주면 돼." 쟝천이 말했다. 쟝천의 말에는 언제나 상대가 듣고 따르게 만드는 기이한 힘이 있었다. 왕다챵은 속으로는 내키지 않았지만 엉겁결에 고개를 끄덕이고 말았다. "알았어. 그럼 너한테 맡길게." 그러더니 말없이 자리를 떠버렸다.

"걸을 수 있겠어?" 쟝천이 샤오시에게 물었다. "아니면 공주처럼 안아라도 줘?"

"걸을 수 있어." 샤오시가 차분하게 대답했다. 이때가 돼서야 쟝천은 샤오시가 정말 구제불능 수준으로 취했다는 걸 확신할 수 있었다. 천샤오시가 공주처럼 안아주겠다는 제안을 담담하게 마다했으니.

"그럼 우리 걸어가자."

"응."

"손잡게 이리 줘봐."

"응."

쟝천은 샤오시의 손을 잡은 채 오래도록 걸었고, 샤오시는 내내 조용히 따라왔다.

골목 입구에 다다랐을 때, 쟝천이 걸음을 멈추고 샤오시에게 물었다. "너 오늘 밤 일어난 일, 내일 기억할 수 있겠어?"

"몰라."

"기억나면 나한테 전화해."

"응."

쟝천이 몸을 숙인 채 가까이 다가와 천샤오시의 입술에 가볍게 살짝 입을 맞췄다. 정확히 말해 샤오시의 입술에 입을 살짝 가져다 댄 거였다. 쟝천도 자기가 왜 그러고 싶었는지 알 수 없었다. 눈

맞춤도, 애틋함 감정도 없었다. 샤오시의 몸 위로 천사의 후광이 비친 것도 아니었고, 아름답고 설레는 분위기가 감돌지도 않았다. 하지만 갑자기 이렇게 해도 된다는, 이렇게 하고 싶다는 생각이 들었다.

천샤오시는 입을 살짝 오므린 채 눈을 천천히 떴다 감더니 하품을 했다. "하" 하고 뿜어져 나오는 술 냄새에 장천은 저도 모르게 또다시 보조개가 파이도록 웃어버렸다.

이튿날 장천은 샤오시의 전화를 받지 못했다. 천샤오시는 술을 마신 벌로 한 달 동안 설거지를 하게 되었는데, 내내 뭔가 잊어버리고 하지 않은 일이 있다는 생각이 들었지만, 계속 생각이 나지 않았다. 나중에 가방 안에서 『본초강목』을 발견했다. 아, 장천이 가방에 넣어둔 책 돌려주는 걸 깜빡 잊어버린 거였구나.

(9)

대학 1학년 겨울방학 때 일이었다. 집으로 돌아온 지 어느덧 보름이 지났을 즈음, 샤오시는 장천이 보고 싶어 죽을 지경이었다. 장천은 대학에 들어간 뒤 휴일에도 거의 학교에 있었고, 늘 이런저런 일로 바빴다. 하지만 샤오시는 방학을 하자마자 집으로 내뺐다. 엄마가 해준 맛있는 음식이 샤오시가 돌아오길 기다리고 있었다. 비록 매번 집에 돌아갈 때마다 첫 이틀 정도만 황제 대접을 받았지만, 샤오시는 그래도 좋았다.

방학이 참 좋았다. 장천 보고 싶은 것만 빼면.

천샤오시가 어젯밤 전화를 걸어 언제 집에 돌아올 거냐고 물었더니, 쟝천은 음력설 직전에 돌아갈 거라고 했다. 샤오시가 우물쭈물 애교를 떨며 너무 보고 싶다고 하자, 쟝천은 전화 저쪽에서 웃기만 할 뿐, 네가 달라붙어 있지 않으니까 하루하루가 아주 조용하다고 했다.

천샤오시가 너는 어쩜 나한테 전화 한번을 안 하냐고 하자, 쟝천은 장거리 시외전화 돈 낭비라고 한 건 너라고 했다.

천샤오시가 그럼 어쨌든 밤에 인터넷으로 나랑 수다라도 떨자고 했더니, 쟝천은 학교 인터넷 끊겼다고 했다.

천샤오시가 또 넌 내가 보고 싶지도 않냐고 하자, 쟝천은 괜찮다고 했다. 천샤오시는 전화를 끊고 입을 삐쭉이며 섭섭한 듯 "이 나쁜 놈" 소리를 중얼거렸다. 하지만 눈에는 그래도 웃음이 어려 있었다.

부엌에서 식재료를 씻던 샤오시 엄마는 그만 고개를 흔들며 미소를 짓고 말았다. 애가 바보같이 제 목소리 낮추면 못 들을 거라고 착각이나 했지, 낡은 집 방음으로는 지네들 솟구치는 젊음을 막을 도리가 없다는 생각은 하지도 못하는구나 싶었다.

샤오시는 밤에 쓰레기를 버리러 나가느라 쟝천이 건 전화를 받지 못했다. 다시 걸어봤지만 쟝천은 계속 받지 않았고, 어찌 된 일인지도 알 수 없었다. 아마도 전설처럼 전해지는 그 묘하고 묘한 육감 때문이었겠지만, 어쨌든 샤오시는 갑자기 뭔가 일이 일어날 것 같은 두려움에 죽어라 전화를 해댔다. "지금 거신 전화의 전원이 꺼져 있습니다"라는 여자의 목소리가 들릴 때까지 말이다.

샤오시는 휴대폰을 가슴께에 쥐고 자신을 위로하며 말했다. "괜찮아, 괜찮아. 여자가 '지금 거신 전화의 주인이 여자 친구를 바꿨습니다'라고 말하지는 않았잖아." 하지만 그래도 마음이 불안해서 좌불안석이었다. 무슨 일이 난 건 아닌지, 다른 여자랑 나간 건 아닌지 걱정스러웠다. 어떤 때는 정말 쟝천을 좋아하는 자신의 감정이 자기가 생각해도 무서울 지경에 이르렀다는 생각이 들기도 했다.

거실에서 수십 번을 왔다 갔다 하다가, 결국 엄마가 보던 텔레비전을 가리는 바람에 쓰레빠가 날라왔다. 방으로 피하는데 휴대폰이 울렸다. 낯선 번호였다. 심장이 덜컥 내려앉았다. 전화를 받으니 부드러운 여자 목소리가 들렸다.

"안녕하세요. 그쪽이 쟝천 여자 친구인가요?"

"네."

"저 쟝천 좋아해요. 학교 모델 동아리 회장이에요."

"아, 저 모델 동아리 회원으로 받아주시려고요?"

"……"

"농담이에요."

사실 농담할 기분은 아니었지만, 이런 일이 갑작스레 일어나니 머리가 순간 어떻게 됐는지 말이 막 헛나갔다. 말을 해놓고 보니 자신이 참 담담하다는 생각이 들었다. 본처의 품격을 풍기는가 하면, 꽤 유머러스하기까지 한 본처였다는.

천샤오시는 무슨 말을 해야 할지 알 수가 없었다. 그냥 마음만

심란해서 막판에 되는 대로 전화를 끊어버렸다가, 한참 생각한 뒤 통화 기록을 보고 아까 그 번호로 전화를 걸었다.

"회장님, 저보다 예쁘다고 하셨잖아요. 하지만 전 그쪽을 본 적이 없거든요. 아니면 사진 한 장 보내주시겠어요? 뽀샵 하지 않은 맨 얼굴 사진이 제일 좋겠죠."

"……" 전화기 저쪽은 오랫동안 침묵에 잠겨 있었다. "미쳤어요?"

"그렇게 말할 수는 없는 게, 제가 사실 정신이 엄청 멀쩡하거든요. 사진 보내주지 않으셔도 괜찮아요. 회장님이야 유명 인사시니까 어쨌거나 사진이야 학교 홈페이지에서 찾아지겠죠. 학교 게시판에 글 올려서 그쪽 미모와 남의 남자 친구 뺏는 취미도 칭찬해 드릴게요."

전화를 탁 끊으니 속이 다 시원했다. 이런 짓을 하지는 못하겠지만, 겁만 줘도 화가 좀 발산되기는 하니까.

전화를 끊은 지 얼마 지나지 않아 쟝천도 전화를 걸어왔다. 쟝천이 좀 다급한 말투로 무슨 일이냐고 물었다.

"별일 없어." 그냥 너님 숭배자한테 봉변 살짝 당했다우.

"그런데 왜 배터리 다 닳아서 전원 꺼질 때까지 전화해댄 건데?"

"네가 먼저 나한테 전화했잖아." 샤오시는 아직도 어떻게 방금 그 일 이야기를 꺼낼지 생각하고 있었다.

"네가 안 받기에 공 차러 갔었지."

천샤오시는 그 회장의 전화에 뻥뻥 공 차는 소리가 섞여 있었다는 게 떠올랐다. 뭔가 정말 수상하다는 생각이 듦과 동시에 자기가 꼭 셜록 홈스가 된 것 같은 기분이 들어 괴이한 말투로 말했다.

"방금 말야, 우리 학교 모델 동아리 회장이 나한테 전화해서 너랑 헤어지라고 하더라."

"누가?" 쟝천의 말투에서 상당히 곤혹스러워하는 티가 났다. "우리 학교에 모델 동아리 같은 게 있어?"

"너 정말 모르는 거야, 아니면 모르는 척하는 거야?" 천샤오시는 좀 짜증이 났다. "진짜 짜증 나. 만날 나보고 너랑 안 어울린다고 하는데, 도대체 너랑 어울리는 게 누군데. 선녀?"

전화 저쪽의 쟝천은 좀 놀란 듯 오랫동안 말이 없었다. 사실 샤오시 역시 자기가 말해놓고도 놀랐지만, 싸움 아닌가. 당연히 듣기 싫은 말 골라서 하게 되어 있단 말이지.

"네가 말한 모델 동아리 회장인지 누군지 난 몰라. 나 한 번도 네가 나와 안 어울린다고 말한 적 없어. 너 도대체 뭘 갖고 화를 내는 거야?" 정신이 든 쟝천이 이렇게 말했다.

"그럼 그 여자가 어떻게 내 번호를 알아?"

"그 여자가 어떻게 네 번호를 아는지 내가 어떻게 아냐?" 쟝천은 황당하기만 했다. "네가 아무한테나 번호 막 돌려놓고 내 탓 하는 거야?"

천샤오시도 황당했다. "내가 언제 아무한테나 번호를 줬다는 거야? 너야말로 온종일 여자나 꼬드기고 다니잖아!"

"공연히 트집 잡으려나 본데, 난 그런 거 받아줄 시간 없어." 쟝천도 좀 짜증이 났다.

"아침부터 밤까지 나랑 같이 있을 시간이라고는 없지. 그럴 거면 뭐 하러 나랑 연애하냐? 아주 혼자 바쁘게 사셔!" 천샤오시가 전화기에 대고 고함쳤다. "혼자 바쁘게 사셔. 귀찮게 하기만 해봐라!"

"누가 누굴 귀찮게 한다는 건지." 조용한 한마디 이후, 전화가 끊어졌다.

천샤오시는 한창 고함지르는 데 정신이 팔렸다가 쟝천의 가벼운 한마디에 정신이 들었다. '뚜뚜뚜뚜' 통화 종료음을 듣고 있으면서도 전화기를 내려놔야 하는 건지 알 수가 없었다.

싸움은 본인이 걸고 싶었던 거면서, 심한 말 한마디 견디지를 못하니. 게다가 쟝천이 한 말은 말 그대로 사실이었다. 쟝천을 귀찮게 하고 있었던 건 분명 천샤오시였으니까…….

섭섭하지 않은 건 아니지만, 더 많이 좋아하는 사람이 쉽게 양보할 수밖에 없는 법이다. 그래서 다시 전화를 걸었건만, 휴대폰은 뜻밖에도 꺼져 있었다.

샤오시는 정말 통신 회사의 전원 꺼짐 안내음이 진절머리가 났다.

"뭐 하자는 거야?" 쟝천이 성질을 내면서 서둘러 물통에 빠진 휴대폰을 건지러 갔다. 휴대폰은 물속에서 한 번 더 울렸고, 그 뒤 '꾸루루룩' 거품 이는 소리가 이어졌다. 건져서 손에 올려놨더니 지지직 스파크가 스친 뒤 완전히 맛이 가버렸다.

"헤헤, 망했구만." 큰 사형이 머리를 만지작거리면서 미안해하며 웃었다. "누가 물통을 거기 가져다 놨다냐. 너한테 밖에 나가서 밥 먹지 않겠냐고 물어보려던 참이었는데. 학교 식당 오늘 문 닫았거든."

"휴대폰 좀 빌려줘요."

"요금 못 내서 휴대폰 끊겼어."

장천은 더는 아무 말 없이 휴대폰을 든 채 밖으로 나갔다.

"어디 가려고?" 큰 사형이 뒤에서 물었다.

"휴대폰 고치러요."

"학교 근처 휴대폰 수리점 문 닫았어. 지금 겨울방학이잖아. 사람들이야 설 쇠러 고향 갔지."

장천은 듣고도 걸음을 완전히 멈추지 않았다. 휴대폰 고칠 방법이 없으면 전화카드라도 사서 최소한 전화는 해줘야 했다. 안 그러면 샤오시가 헛생각을 할 게 뻔했다.

학교를 나서고 보니 뜻밖에도 전화카드 판매점 역시 문을 닫고 설 쇠러 고향에 간 뒤였다. 도무지 방법이 없어서 하는 수 없이 인터넷 카페로 기어들어 가 천샤오시에게 메일을 보내고, 큐큐 메신저로 문자 메시지를 보냈다. "휴대폰이 물에 빠졌어. 나 찾고 싶으면 기숙사로 전화해." 한참 머뭇거리다가 그래도 마지막에 이 한마디를 덧붙였다. "나 정말 모델인지 누군지 몰라."

그 뒤 30분 정도 게임을 했지만 샤오시는 메신저에 로그인하지 않았고, 장천은 배가 고파서 뭘 좀 먹으러 나갔다.

밥을 먹고 기숙사로 돌아오니, 큰 사형이 기숙사 전화를 안고 침대에서 잡담을 떨고 있었는데, 웃느라고 눈이 일직선이 되어 있었다. "그렇다니까. 나 내버려두고 그냥 나가버렸어. 배고파 죽겠네. 네가 밥 좀 사라."

전화기에서 일부러 통 큰 척하는 여자 목소리가 어렴풋하게 들렸다. 쟝천은 걸음을 멈추고 두 팔로 가슴에 팔짱을 낀 채 큰 사형을 바라봤다. 큰 사형은 그제야 쟝천을 발견했다. 그의 웃음 띤 얼굴이 겸연쩍게 굳어버렸다. "왔네. 네가 말해봐."

큰 사형이 말을 마친 뒤 전화기를 쟝천에게 건넸다. "난 밥 먹으러 간다."

쟝천이 무표정하게 전화를 건네받았다. "여보세요."

"여보세요. 나야." 천샤오시의 목소리가 듣기 딱했다. "휴대폰 어떻게 된 거야?"

"고장 났어."

"고칠 수 있어?"

"몰라. 수리점이 문 닫았어."

"어."

......

"아직도 화났어?" 천샤오시가 물었다.

"아니." 쟝천은 되는 대로 의자를 끌고 와서 앉았다.

"화났으면서." 천샤오시가 중얼거렸다. "됐어. 다른 일은 없어. 바이바이."

쟝천은 '뚜뚜뚜뚜' 전화 종료음을 들으며 얼이 빠지고 말았다. '화났냐? 아니.' 이 문제를 놓고 샤오시와 지구전을 벌일 생각으로 의자까지 끌고 와서 앉았는데, 샤오시가 갑자기 전화를 끊어버리니 뜬금없이 실망과 허전함이 밀려왔다.

천샤오시는 전화를 끊고, 막 퇴근해서 집에 돌아온 아빠에게 바보같이 웃어 보였다. "아빠, 돌아오셨어요?"

"너 누구랑 통화한 거냐? 남자야 여자야. 이제 겨우 대학 1학년밖에 안 된 애가……." 그다음에는 당연히 일찍부터 연애질이나 하면 몸과 마음에 해가 되고, 이마에 해가 되고, 눈빛에 해가 되고, 해를 끼칠 수 있는 기관이란 모든 기관에는 다 해가 된다는 잔소리가 이어졌다. 샤오시는 잔소리를 다 듣고 나서 아주 단호하게 아빠에게 말했다. "맞아, 내가 벌써부터 연애나 하면 정말 사람이 아냐." 이 말은 우리 샤오시 학우께서 엄청난 겁쟁이라는 사실을 증명함과 동시에, 그녀가 인간으로서 자신의 정체성에 크게 개의치 않는다는 걸 증명하는 것이었다.

이튿날, 천샤오시는 외할머니 댁으로 끌려가 며칠 묵게 되었다. 서둘러 떠나는 바람에 휴대폰을 깜빡했는데, 외할머니 댁에 도착해서 전화를 쓰자니 그게 또 죄송했다. 어르신들은 장거리 전화 요금을 금값이라고 생각하시니 말이다. 샤오시는 됐다고 생각했다. 돌아가서 쟝천에게 설명하면 될 거라고, 어쨌든 쟝천도 자기가 만날 들러붙는다고 싫어하지 않았느냐고 말이다. 모처럼 왔으니 할머니 곁에서 시중이나 잘 들어드리자 싶어 매일매일 외할머니 모시고 단전호흡 연습도 하고, 장 보러도 가고, 개 산책도 시키고 하다 보니 오래간만에 느긋해졌다. 하루하루가 아주 오래된 노랫가락처럼 느릿느릿 흘러가는 느낌이었다.

일주일 넘게 이러고 있으니 외할머니가 샤오시를 귀찮아하기 시작하셨다. 젊은 애가 일 없으면 남자애랑 나가서 놀 것이지, 허구한 날 이 늙은 할머니랑 같이 있으니 앞길이 너무 암담한 거 아니냐면서 말이다. 외할머니가 이렇게 말씀하신 까닭은 맞은편 집에 사는 천샤오시보다 한 살 더 많은 남자애 때문이었다. 외할머니 말씀으로는 본인이 아기 때부터 자라는 걸 지켜본 녀석인데, 사람 됨됨이가 참 그만이라면서 어떻게든 막 엮어주려고 하셨다.

잔소리 몇 번 듣고 나니 천샤오시도 짜증이 난 데다가, 외할머니가 사흘이 멀다 하고 파 좀 얻어 오고 마늘 좀 얻어 오라고, 소금 좀 얻어 오고 기름 좀 얻어 오라고 자기를 앞집에 보내는 바람에, 계속 이렇게 나갔다가는 그 집에서 잠재적으로 우리 외할머니 집이 찢어지게 가난하거나 쩨쩨하거나 거지 같다고 의심할 소지가 있어, 이를 피하고자 어쩔 수 없이 집에 돌아가겠다고 강하게 요구하고 나서게 되었다.

천샤오시는 해 질 무렵에 집에 닿았다. 짐을 풀어놓자마자 휴대폰을 찾았지만, 며칠 동안 쓰지 않은 탓에 배터리가 다 나가 있었다. 아무리 찾아도 충전기가 보이지 않아서 제자리에서 뱅글뱅글 돌며 씩씩거리다가, 다 돌고 나니 그제야 원래 세상에는 집 전화라는 게 있다는 사실이 떠올랐다. 그래서 전화기로 날아가 쟝천의 기숙사로 전화를 걸었지만, 한참을 걸어도 받는 사람이 없었고, 또 저녁밥 때가 다 된 시간이라 어쩔 수 없이 저녁 먹고 다시 보자고 생각했다.

저녁을 먹고 나서는 엄마한테 붙잡혀 할머니 이야기를 주야장천 해드렸다. 대충 외할머니가 밤에 일어나서 몇 번 화장실을 가시는지 등을 보고하고 난 뒤에야 벗어날 수 있었다. 본인 방에 들어가서 휴대폰을 켰더니 '띠링띠링' 문자 메시지가 쏟아졌다. 열어서 보니 가장 최근에 온 게 10분 전 쟝천이 보낸 메시지였는데, 달랑 글자 셋에 느낌표 하나가 다였다. "내려와!"

천샤오시는 밖으로 뛰어나가면서 문자를 확인했다. 그 이전에 온 문자는 쟝천이 20분 전에 보낸 거였다. "나 너희 집 아래에 있어. 내려와."

샤오시는 속으로 '죽었다, 죽었어'를 중얼댔다. 날이 이렇게 찬데 쟝천을 이렇게 오래 기다리게 했으니 죽은 목숨이다, 죽은 목숨이야…….

쟝천은 골목 담장에 기대 휴대폰을 보고 있었다. 희미한 푸른 조명이 그의 옆얼굴 윤곽을 만년필로 그린 윤곽선처럼 유난히 또렷하게 비추었다. 가까이 가면 눈썹 사이에 살짝 간 주름까지 보일 정도였고, 뺨에는 보조개가 깊게 접혀 있었다. 쟝천은 발걸음 소리를 알아채고는 눈을 옆으로 돌려 샤오시를 재빨리 훑어보더니, 눈을 내리깔고 휴대폰 액정을 내려다봤다.

샤오시는 쟝천으로부터 팔뚝 두 개 길이만큼 떨어진 곳에서 꼼짝 않은 채, 눈을 크게 뜨고 애꿎게 그를 쳐다봤다. 가까이 갈 엄두가 나지 않았다……. 천샤오시 머릿속에 스물두 글자가 떠올랐다. '죽을죄는 면할 수 있으나 생고생은 면하기 어려우리니.'

대치 상태가 몇 분 이어지다가 쟝천이 휴대폰을 바지 주머니에 찔러 넣었다. "아주 내려오지 말지 그랬냐."

천샤오시가 눈동자를 살짝 굴렸다. 내가 어떻게 감히, 속으로 이런 생각을 하면서…….

"외할머니 댁에 갔는데, 휴대폰을 깜빡 놓고 갔어. 휴대폰이 또 배터리가 다 돼서. 에휴, 나 돌아왔는지 어떻게 알았어? 언제 돌아온 거야? 휴대폰은 고쳤어?" 샤오시는 해명을 해보려고 했지만, 앞뒤 일들이 한두 마디로 똑바로 설명이 될 것 같지 않았다.

이것저것 잘 빠뜨리고 다니는 샤오시의 성격을 아는 쟝천은 이 인간이 아무리 화가 심하게 났다고 해도 자기와 아예 연락을 끊을 리는 없다는 걸 알고 있었다. 하지만, 무슨 영문인지 학교 일을 다 처리하고는 급히 집으로 돌아왔고, 그제야 리 씨 아주머니를 통해 이 바보가 할머니 댁에 붙잡혀 갔다는 걸 알게 되었다.

쟝천이 말을 하지 않으니 샤오시가 먼저 입을 열 수밖에 없었다. "언제 돌아왔어?"

"방금." 사실 돌아온 지 몇 날 며칠이 지났지만, 어쩐 일인지 이 두 글자가 입에서 튀어나왔다.

쟝천이 샤오시를 흘끔거렸다. "뭐 하려고 그렇게 뚝 떨어져 있냐?"

샤오시는 게가 옆으로 기듯 몇 걸음 움직여 쟝천과 어깨를 나란히 하고 벽에 기댔다. 사실 둘이 정식으로 사귀기 시작한 지 겨우 3개월이 조금 넘은 시점이라, '애매하다고' 불러도 될지 모를 기이한 분위기가 좀 남아 있었고, 한 달이 넘게 떨어져 있었던 탓에 어색함까지 더해지고 말았다.

천샤오시가 팔뚝을 어루만지더니 머리를 긁적였다. "좀 추운 것 같네."

쟝천이 고개를 숙여 내려다봤다. 머리를 긁는 바람에 머리칼이 엉망으로 흐트러져 있기에 손을 뻗어 뺨에 붙어 있는 머리칼을 떼어서 귀로 넘겨주었다. "그럼 들어갈래?"

천샤오시가 목을 움츠렸다. 쟝천의 손톱이 부주의하게 긁고 지나간 자리에 꼭 전류가 흐르는 것 같았다.

"그렇게 춥냐?" 쟝천은 샤오시가 목을 움츠린 동작을 오해한 게 분명했다. 그가 손을 뻗어 샤오시의 어깨를 끌어당겼다. "쭝쯔 싸듯 둘둘 싸매놓고 어떻게 아직도 추워?"

"어디가 쭝쯔 같아?" 천샤오시가 불평을 늘어놓으며 쟝천 어깨에 기댔다. "큭큭."

"바보처럼 뭘 웃냐?"

"아니, 엄청 오래 못 봤잖아."

"바보."

"큭큭."

"그래도 웃음이 나오냐?" 쟝천이 고개를 기울여 샤오시를 바라보니, 웃다가 눈에 물기가 어린 샤오시의 모습이 어둠 속에서 유난히 밝게 빛났다. 쟝천은 저도 모르게 웃고 싶어졌지만, 바보 같다는 생각도 들어서 샤오시 머리를 톡 쳐버렸다. "춥다고 하지 않았어? 가자."

천샤오시는 마음이 울적해졌다. 얘는 어떻게 사람이 이러나……. 한 달 가까이 못 봤는데 어떻게 만나자마자 못 쫓아내서 안달인지. 가자니 섭섭하고, 안 가자니 너무 속 보이고. 그냥 이를 악무는 수밖에 없었다. "나 그럼 간다."

샤오시는 느릿느릿 두 걸음 걸어갔는데도 장천이 따라올 기미가 보이지 않자 아예 살짝 뛰어갔다. 계단 입구에 다다랐을 즈음, 뒤에서 갑자기 가쁜 발걸음 소리가 들렸다. 뒤를 돌자 장천이 손으로 샤오시를 계단 옆 벽에 밀쳐 눌렀다.

천샤오시는 무슨 영문인지 몰라 멍하니 장천의 티셔츠 옷깃을 뚫어지게 쳐다봤다. 심장이 방망이질을 해댔다.

장천도 자기가 쫓아와서 뭘 어쩌려고 했던 건지 알 수 없었다. 별안간 그냥 이렇게 돌려보낼 수는 없다는 생각이 들어서 쫓아왔지만, 구체적으로 무슨 말을 하고 싶은 건지, 뭘 어쩌고 싶은 건지 말도 나오지 않았다.

둘이 어두운 공간에 우뚝 서서 얼굴을 마주한 채 좀 가까이 붙어 있었다. 공기 속에서 먼지 냄새가 났지만, 그보다는 서로의 향이 더 많이 났다. 익숙하고도 애매한 향이.

샤오시가 고개를 숙여 어색하게 코를 만지작거리자, 샤오시의 머리칼이 장천의 목을 가볍게 스치고 지나갔다. 장천은 피하지 않았다. 그냥 저도 모르게 눈을 가늘게 떴다. 샤오시의 모습을 또렷하게 보고 싶었다. 하지만 너무 어두워서 도무지 잘 보이지 않았다. 속으로 뜬금없이 얘가 예뻐졌다는 생각이 들었다. 보기 좋았다.

기왕 이렇게 된 거 뽀뽀나 하자.

장천이 막 고개를 숙이려는데, 계속 고개를 수그린 채 말이 없던 샤오시가 돌연 고개를 들었다. 그러고는 까치발을 세워 쟝천의 입가에 잽싸게 입술을 부딪치더니 팔뚝을 밀치고 계단으로 내달 았다.

쟝천은 샤오시에게 부딪혀 아스라하게 통증이 느껴지는 입가를 만지작거리며 쓴웃음을 지었다. 텔레파시가 통했구나…….

(10)

오후 5시 45분, 천샤오시는 쟝천의 손을 잡고 마트를 어슬렁거리고 있었다. 쟝천이 날이 더우니까 손은 잡지 말자고 두 번 이야 기했지만 모두 무시당했다.

시침과 분침이 시계 표면에서 일직선이 되어 180도를 이루면, 저자가 시간과 각도에 아주 민감한 위대한 인물이라고 감탄할 수도 있겠지만, 그 외에 이런 예감도 가져볼 수 있다. 뭔가 일이 일어나겠구나.

그렇다. 뭔가 일이 일어날 참이었다.

천샤오시는 아주 희한하게 포장된 박하사탕 한 상자를 들어 올렸다. "나 이거 사고 싶어."

샤오시에게는 괴팍한 버릇이 있었는데, 포장이 예쁘거나 희한한 물건을 보면 저도 모르게 사고 싶어 했다. 기숙사에 크고 작은 병과 상자가 엉망진창으로 잔뜩 쌓여 있었고, 기숙사 방장이 몰래 가져다 버린 것도 적지 않았다.

쟝천이 고개를 숙여 힐끗 내려다봤다. "너 박하 맛 싫어하지 않아?"

"하지만 상자가 엄청 예쁘잖아." 천샤오시가 쟝천의 소맷부리를 잡고 흔들었다. 두 눈에서 별빛이 반짝거렸다. "네가 먹으면 되잖아."

"싫어." 쟝천은 단박에 거절해버렸다. 얘는 늘 이런 짓을 한다. 필요하지도 않은 난잡한 것들을 사놓고 월말이 되면 밥 사 먹을 돈이 없다고 떠들어대면서, 선불카드를 준다고 해도 가져가려 하지 않는다. 정말 짜증 난다.

천샤오시의 눈빛이 어두워졌다. "싫으면 관둬. 룸메이트 먹으라고 줄 거야."

"사지 마." 쟝천이 천샤오시의 손에 들린 상자를 빼서 원래 있던 자리에 가져다 놓았다.

"내가 너한테 사달라고 한 것도 아니고 내 돈으로 사겠다는데, 네가 뭐라고 사지 말라는 거야?" 천샤오시는 좀 이해가 가지 않아서 저도 모르게 말대꾸를 해버렸다.

쟝천은 당황하고 말았다. 맞네……. 본인이 사주면 된다는 걸 왜 생각 못 했을까…….

대부분의 일에는 타이밍이 중요한 법이다. 타이밍이 지나가면 뭘 어떻게 말해도 이상해 보인다. 게다가 부끄러워서 화까지 좀 나버린 탓에 쟝천의 얼굴이 가라앉았다. "마음대로 해."

'마음대로 해.' 아무렇게나 내뱉은 이 다섯 글자를 샤오시는 원래부터 좋아하지 않았다. 하지만 아무리 싫어한다고 해도, 쟝천 입에서 나온 말이니 받아들이는 것 외에는 별수가 없었다. 이렇게 잡혀 사는 느낌에 어떤 때는 사람이 정말 억울한 심정이 들었다.

곧 불쾌한 기분으로 헤어지게 될 길을 걸으면서, 쟝천은 고개를 숙여 말 한마디 없는 샤오시를 몇 번 훔쳐봤다. 몇 번이나 샤오시의 손을 잡고 싶었지만, 차마 그럴 수가 없어 그만두었다. 기숙사 아래층까지 데려다췄는데, 그만 가보겠다고 쌀쌀맞게 말하고는 고개 한번 돌리지 않고 계단을 올라가는 모습이 평소와는 전혀 딴판이었다. 평상시에는 늘 뭉그적뭉그적 말 폭탄을 쏟아내는 것도 모자라, "너 먼저 가. 너 가는 거 지켜볼게. 너 어떻게 정말 가냐? 돌아와. 나 올라가는 거 보고 가겠다고 말해줘야지" 같은 말을 되풀이하곤 했다.

샤오시의 기숙사에서 쟝천의 기숙사까지 걸어서 5분 거리밖에 안 되는데도, 쟝천은 늘 반도 못 가 샤오시로부터 문자를 받곤 했다. 내용은 따분한 것들이었다. 기숙사에서 누가 물감을 엎었다는 둥, 누구는 옷을 담가놓고 일주일이 넘게 빨지를 않는다는 둥, 분명히 방금 얼굴 보고 헤어졌고 이야기도 다 했는데도, 샤오시는 늘 흔히 말하는 '방금 너한테 말한다는 걸 깜빡했는데' 부류의 화제를 찾아내곤 했다.

하지만 오늘은 밤새 기다려도 문자나 전화가 오지 않았다. 잘못 해놓고 억지로 우기기계의 국제관례에 따르면, 쟝천이 전화를 기다린 건 아니었다. 그냥 몇 분에 한 번씩 휴대폰 액정 화면의 시간을 확인했을 뿐이다.

이튿날 아침, 둘은 강의 시간이 달라 얼굴을 보지 못했는데, 점심시간이 되기 전 샤오시가 같은 과 친구와 밥을 먹고 겸사겸사 과제 토론도 하기로 했다고 문자를 보내왔다.

그리고 뜻밖에도 오후 강의 시간에 샤오시가 문자를 보내왔다. 점심시간 토론 결과에 따라 야외로 스케치를 하러 가게 됐다고 했다. 대자연 가까이에서 2박 3일을 보낼 거라며 조금 있다가 출발할 거라고, 지금 출발한다고, 이미 출발했다고 했다.

쟝천은 뜻밖의 상황에 깜짝 놀랐다. 그것도 모자라 머릿속에서 천샤오시가 평소에 들려준 뜬소문들이 떠올랐다. 누구누구누구가 같이 과제를 하다가 사귀게 되었다는 둥, 누구누구누구는 원래 남친도 있고 여친도 있었는데 같이 밤새며 판화 작업을 하다가 동시에 바람이 났다는 둥…….

쟝천은 문자를 보내 누구랑 가느냐고 물었고, 샤오시는 답 문자로 이름을 잔뜩 보내왔다. 남자도 있고 여자도 있었는데, 한 이름이 쟝천의 주의를 끌었다. 무슨 이름인지는 묻지 마시길. 사생활은 보호해줘야 하니.

학교에는 천샤오시를 마음에 담아둔 사람도 있었다. 다만 샤오시가 무신경한 데다 몸과 마음을 다해 쟝천한테 정신을 팔고 있다 보니, 주야쟝천 자기 몸값이 별로라는 착각을 하고 있었던 것뿐이었다. 하지만 쟝천은 똑똑히 알고 있었다. 이 방면에 대한 샤오시의 착각과 자신감 제로 상태를 쟝천은 단 한 번도 바로잡아 준 적이 없었다. 겉으로 티를 내지는 않았지만, 쟝천은 흔히 말하는 '도둑이 훔쳐 가는 게 무서운 게 아니라, 도둑이 눈여겨보는 게 무서운 것'이라는 깊디깊은 이치를 늘 새기고 있었다.

쟝천은 천샤오시에게 문자를 보냈다. 내용은 자신과 모모모가 교수님과 함께 학술회에 참여하게 되었다는 내용이었다.

이 모모모는 물론 여자아이의 이름이었다. 모모모는 물론 쟝천에게 약간 딴마음을 품고 있기는 했으나, 사생활 보호 원칙에 따라 그녀의 이름을 말할 수는 없다. 어쨌거나 쟝천이 이 거짓말을 한 목적은 바로 샤오시가 참다못해 매일매일 확인 전화를 하게 만들기 위해서, 이를 통해 은근히 샤오시의 동태를 확인하겠다는 자신의 목적을 이루기 위해서였다.

샤오시의 지능으로야 물론 함정에 빠지고 말았다.

이렇게 해서 다투고 난 뒤 냉각기에 들어가고 싶은 마음이 굴뚝 같았음에도 불구하고, 천샤오시는 참다못해 매일매일 쟝천에게 전화를 걸었고, 쟝천으로부터 간단한 상황 설명 몇 마디를 듣기 위해 심지어 자기가 먼저 일정을 보고하기에 이르렀다.

사흘 뒤, 쟝천은 정거장으로 천샤오시를 마중 나갔다. 나가기 전 잠시 둘이 싸우게 된 원인을 반성해봤는데, 본인이 어떤 면에서 부족한 점이 있었다는 생각에, 마트에 가서 샤오시가 상자가 예쁘다고 말했던 박하사탕을 서로 다른 색깔로 포장된 여섯 가지 맛별로 다 사들였다. 안에 든 사탕은 전부 기숙사 관리해주시는 이모님의 아이에게 쏟아주었다. 아이는 형에게 말로는 고맙다고 했지만, 빈 상자 여섯 개를 들고 가는 쟝천을 바라보는 눈빛에는 어른들은 죄다 정신병자라고 똑똑히 씌어 있었다.

천샤오시가 보였을 때, 그 옆에는 이름을 밝히기 불편한 모모모 학우가 서 있었다. 샤오시는 머리를 짧게 자른 상태였고, 아주 생기발랄해 보였다.

샤오시는 진지한 얼굴로 그 학우에게 뭐라고 말을 하는 중이었고, 심지어 쟝천이 걸어오는 모습도 알아채지 못했다. 그러다 눈앞의 빛이 가로막히자 문득 고개를 들었는데, 눈빛에 뜻밖의 일에 깜짝 놀란 기색이 스치고 지나가더니, 순간 활짝 웃음을 터뜨리면서 반달눈이 되었다. 눈꼬리에 좋아서 죽을 것 같다고 대문짝만하게 쓰여 있었다.

이런 눈빛을 받고 있자니 속에서 난 천불도 순식간에 사그라들었다.

샤오시가 손을 뻗어 쟝천을 잡아끌었다. "어떻게 왔어?"

"인터넷 공유기 사러 왔다 같은 방향이길래." 전자 상가가 정거장 부근에 있는 건 사실이었지만, 방향이 같아서 가는 김에 들른 쪽이 어느 쪽인지를 아는 사람은 오직 쟝천 본인뿐이었다.

천샤오시는 앞서 둘 사이에 있었던 불쾌한 일을 어느새 잊고는 쟝천의 팔뚝을 꼭 끌어안았다. "있잖아, 우리 이번에 사진 엄청 많이 찍었어. 우리 반장이 생동감 넘치는 유화도 그렸는데, 교수님 말씀이······."

쟝천은 쉴 새 없이 재잘거리는 샤오시를 내려다보면서도 옆에서 어색한 얼굴을 하고 있는 모모모 학우를 짬짬이 바라보며 웃어주었다. 이 웃음에 꼭 주석을 달아줘야 한다면, 그건 바로 "우리 샤오시가 저만 보면 이렇게 흥분해요. 부끄럽네요." 이거였다.

모모모 학우는 말없이 물러났다. 서로를 바라보는 천샤오시와 장천의 눈빛에는 숨길 수 없는 빛이 반짝거렸다. 그 시간과 그 공간 안에서 둘이 볼 수 있는 건 오직 서로의 존재뿐이었다. 도무지 누군가 끼어들 여지가 없었다.

천샤오시는 장천이 인터넷 공유기를 사러 가는 데 같이 가주었다. 시간과 노선 때문에 학교로 돌아가는 버스는 텅 비어 있었고, 두 사람은 맨 마지막 줄에 나란히 앉았다. 샤오시는 보물 자랑하듯 장천에게 요 며칠 자신이 그린 그림을 보여주면서 거기에 뻔뻔스러운 자화자찬 소개까지 덧붙였지만, 장천은 몇 번 훑어보다가 흥미가 떨어졌다. 어쨌거나 장천 눈에는 샤오시가 그린 그림이 해부도보다 더 흥미진진하지는 않았으니까. 오히려 샤오시가 고개를 수그린 채 스케치북을 넘기느라 양 뺨에 드리운 머리칼이 훨씬 더 장천의 주의를 끌었다.

"머리 언제 잘랐어?" 장천이 손을 뻗어 집게손가락으로 머리칼을 끄집어냈다.

"그저께."

"왜 나한테 안 알려줬어?"

"왜 알려줘야 하는데?" 샤오시는 어리둥절하기만 했다.

샤오시가 이렇게 되물으니, 장천은 자기가 방금 던진 질문에 남편과 오랫동안 떨어져 지낸 여자나 늘어놓을 법한 불평이 가득 담겨 있었다는 걸 순간적으로 알아챘다. 하지만 내뱉은 말은 이미 엎질러진 물이라, 염치 불구하고 당당한 척하는 것 외에는 달리 방법이 없어서 이렇게 말했다. "네 머리칼은 내 거야."

말이 입에서 이제 막 떨어졌는데, 천샤오시가 눈을 위로 치켜뜨더니 커다란 스케치북을 가슴에 품으며 방어 자세를 취했다. "너 쟝천 아니지. 너 누구야? 가면을 벗으라!"

쟝천은 민망한 나머지 화가 나서 말을 하지 않기로 마음먹었다.

"저기, 왜 말 안 해?" 팔뚝을 콕 찔러봐도 쟝천이 상대해주지 않는 걸 보고, 천샤오시는 아예 쟝천이 품에 안고 있던 백팩 지퍼를 잡아당겨 연 다음, 그 안에 스케치북을 쑤셔 넣었다.

"뭐 하냐?"

"네 가방에 넣어두려구."

"너도 가방 있잖아?"

"너무 무겁단 말야. 어? 뭐지?" 스케치북에 눌리는 바람에 안에서 금속이 부딪치는 소리가 흘러나왔다. 샤오시가 손을 뻗어 끄집어 내놓고 보니, 앞서 둘이 싸우게 만든 원흉, 사탕 상자였다.

천샤오시가 쟝천에게 슬쩍 눈을 흘겼다. 웃고 싶어 죽겠는데도 죽어라 눈을 흘기면서 대단할 것도 없다는 표정까지 지어 보였다. "뭐야? 나 주려구?"

"응."

"정말?" 천샤오시가 상자를 들고 이리저리 뒤집어 가며 살펴봤다. "너도 본인이 잘못했다고 생각할 때가 있기는 있구나."

"쓸데없는 생각하시네." 쟝천은 샤오시가 뒤지는 바람에 엉망이 된 백팩을 담담하게 잠갔다. "누가 내가 잘못했대?"

"그럼 이거 뭐 하러 사 온 거야? 그것도 이렇게 많이 샀으면서?"

"그건 앞으로 내 성질 돋우지 말라고 너한테 일깨워주려고 그런 거고."

"⋯⋯"

버스는 흔들흔들 가을날 오후 서너 시의 햇빛과 티격태격 말싸움을 하는 어린 연인을 태운 채 가야 할 곳을 향해 나아갔다.

- 그들의 대학 시절

여름방학 일주일 전, 천샤오시는 갑자기 쟝천에게 전화를 걸어 식당으로 자기를 찾아오라고 했다. 최근 들어 쟝천은 교수님과 함께 과제를 서두르고 있었다. 샤오시 역시 아주 어른스럽게, 삼시 세끼 꼭 같이 먹지 않으면 안 된다며 쟝천에게 달라붙던 행동을 한동안 멈췄던 터라, 쟝천은 전화를 받자마자 바로 교실에서 식당으로 다급히 달려갔다.

도착해서 보니, 샤오시가 밥과 반찬을 한 상 가득 차려놓은 참이었다. 비록 다 식당에서 산 음식이기는 했지만, 매달 생활비에 쪼들리는 천샤오시에게는 복권에 당첨된 것과 다를 바가 없는 분위기였다.

천샤오시가 빨대를 입에 문 채 생글생글 웃으며 쟝천에게 뭐 마시겠냐고 묻더니, 본인이 가서 사 오겠다고 했다.

"안 마셔."

샤오시가 또 물었다. "그럼 뭐 더 먹고 싶어? 마음대로 골라봐."

쟝천은 천샤오시의 갑작스러운 물주 포스에 놀라 멍해졌다.
"어떻게 된 거야?"

천샤오시가 수상쩍게 웃었다. "헤헤, 있잖아……. 됐어……. 다 먹고 나면 알려줄게!"

쟝천은 자리에 앉아 입도 뻥긋하지 않았다.

"알았어." 천샤오시가 양보했다. "있잖아, 나 여름방학 알바 찾았어. 이번 여름방학 때 학교에 한 달 남아 있을 거야. 너 실험하느라고 학교에 남아 있을 텐데, 그러면 나도 너랑 같이 있어줄 수 있잖아!"

"이번 여름방학 때 나 학교에 안 남을 건데."

"설마 아니지?"

천샤오시가 음료수를 탁자에 내려놓았다. "왜 나한테 말 안 했어!"

쟝천이 광둥廣東식 탕수육을 한 점 집었다. "너도 여름방학 알바 찾아볼 거라고 나한테 말 안 했잖아." 음, 새콤달콤한 게 딱이네. 고기도 아주 연하고.

천샤오시는 쟝천이 아주 태연하게 음식을 먹는 모습을 보고 있자니 열불이 났다. "나야 너 깜짝 놀라게 해주려고 그런 거지!"

얼른 과제 마치고 여자 친구와 함께 집에 돌아가서 여름방학을 보내고 싶었던 쟝천은 쌀쌀맞게 콧방귀만 뀌었다.

바로 직전까지만 해도 분에 겨워 부글부글 끓던 천샤오시가 돌연 조용해지더니 눈언저리가 시큰해져서 잠시 말을 잇지 못했다.

어떤 때는 자기가 서러운 이유가 고작 사랑을 대하는 태도 때문이라는 생각이 든다. 나는 가슴에 사랑이 가득 넘치는데, 그 사람은 냉수 한 바가지를 들이부으니.

분위기가 이상했다. 쟝천은 무슨 말이라도 해서 분위기를 누그러뜨리고 싶었지만, 샤오시가 제멋대로 알바를 찾은 일을 생각하니 또 화가 났다. 여대생이 학업과 아르바이트를 겸하다가 일어난 사회면 뉴스가 주마등처럼 머릿속을 되풀이해 지나갔다.

그런 사건이 일어날 가능성이야 낮았지만, 상대가 샤오시이다 보니 쟝천은 늘 저도 모르게 최악의 상황을 생각하곤 했다.

"여름방학 알바 하지 마."

"이미 알바비 일부 받았단 말야." 천샤오시가 작은 소리로 말했다. 샤오시는 좀 더 생각하다가 말을 덧붙였다. "우리 과 선배 오빠네 집에서 식당을 하는데, 그 식당에서 여름방학 알바생을 모집했어. 아주 안전한 곳이야. 우리 생활비 모자랄까 봐, 선배가 우리 몇 명한테 알바비 일부 먼저 지급해줬단 말야."

"가는 거 허락 못 해." 쟝천이 무뚝뚝하게 말했다. "돈은 내가 보태줄게."

천샤오시가 손으로 음료수 빨대를 뽑아 올렸다가 힘껏 찔러 넣는 동작을 반복하는 바람에, 플라스틱 마찰음이 살짝 귀를 자극했다.

"그럴 필요 없어. 나 알바하러 갈 거야." 천샤오시는 그래도 참지 못하고 나지막이 말했다. "자기가 번 돈도 아니면서."

당황한 쟝천이 반박했다. "나 장학금받잖아. 그게 너처럼 버는 것보다 훨씬 똑똑한 방법이야!"

"내가 돈을 어떻게 벌든 네가 무슨 상관이야! 내가 내 힘으로 노력해서 벌겠다는데, 조금 미련하면 어떻다는 거야. 그게 뭐 창피하기라도 하냐?"

"마음대로 하시든가!"

기분 나쁘게 헤어지고 말았다.

그 뒤 긴박한 기말고사와 논문이 이어졌고, 두 사람이 얼굴을 마주하는 횟수도 줄었다. 대부분 식당에서 말없이 밥을 먹는 게 다였고, 어쩌다가 몇 마디 하게 돼도 서로 약속이라도 한 듯 여름방학 알바 문제는 꺼내지 않았다.

하지만 세상일이라는 게 다 그렇다. 피한다고 해서 일어나지 않는 게 아니다.

천샤오시는 결국 인생 첫 아르바이트를 시작했다. 학교에서 멀지 않은 번화가에 연 밀크티 가게 점원이 되었는데, 첫날 맡은 업무가 거리에서 전단 돌리는 일이어서 하루가 지나고 나니까 발바닥에 물집이 다 생겨버렸다. 학교로 돌아온 뒤에도 장천을 찾아가 불평을 늘어놓을 엄두는 내지도 못해, 그저 아르바이트 끝나고 돌아왔고, 저녁밥은 가게에서 먹었다는 문자만 보냈다. 장천의 답문자 역시 간단하게 딱 한 글자뿐이었다. "어."

이튿날 사장은 새 매장 개점 홍보 작업이 미흡하다고 했다. 참신성도 부족하고 흡인력도 부족하다면서, 이번 여름방학 동안 초중등 학생 시장에 맞춰 신선한 느낌을 만들어내야 한다고 말했다. 사장은 손 한번 휘두르더니, 애니메이션 동물 캐릭터 복장을 몇 벌 사들여 점원들에게 입히고 거리로 나가 전단을 돌리게 했다.

천샤오시에게 배정된 건 분홍색 공룡 복장이었다. 7, 8월 날씨에 애니메이션 털옷을 뒤집어쓰고 있으니, 서 있은 지 10분도 채 되지 않아 등 뒤에서 커다란 땀방울이 구르고 굴러 작은 땀방울을 뒤덮었고, 마지막에 물기둥이 되어 등 뒤로 흘러내렸는데, 이게 모든 지각을 통해 느껴지기 시작했다.

그래서 분홍색 공룡이 10분이 지날 때마다 머리를 떼어내 크게 숨을 몰아쉬는 모습을 볼 수 있었다.

한번은 천샤오시가 공룡 머리를 뒤집어쓰던 순간, 언젠가 자신에게 전화해서 쟝천을 쫓아다닐 거라고 큰소리치던 학교 모델 동아리 회장을 보고 말았다. 키가 작다 보니, 샤오시는 공룡 눈에 자기 눈을 맞추기가 어려워서 공룡 콧구멍으로 밖을 내다볼 수밖에 없었다.

회장의 긴 다리와 미모는 천샤오시에게는 덧없는 뜬구름이었다. 샤오시는 그저 이런 생각뿐이었다. '우와! 옷이 몸에 딱 맞는 게 엄청 시원하겠다!'

샤오시는 말없이 회장과 높은 해발고도처럼 한 무리의 사람들 속에서도 도드라지는 그녀의 다른 두 동행이 멀리 걸어가는 모습을 눈으로 바래다주었다. 들키지 않아 다행이라고 몰래 기뻐하고 있는 참인데, 갑자기 세 미녀가 웃음꽃을 피우며 이쪽으로 되돌아 뛰어왔다. 셋이 샤오시 앞까지 걸어와서 에워싸더니 반달눈이 되도록 웃었다. "너무 귀여워요. 사진 좀 같이 찍어도 될까요?"

천샤오시는 입 밖으로 소리를 낼 엄두는 내지도 못하고, 거대한 공룡 머리를 힘껏 흔들며 고개를 끄덕였다. 그 와중에 하마터면 머리가 흔들려 떨어질 뻔해서 허둥지둥 받쳐 들었더니, '초특급' 미녀 몇몇이 너무 귀엽다며 "꺅꺅" 소리를 질렀다.

셋은 천샤오시를 껴안은 채, 눈 깜빡이고 혀 내밀고 입 삐쭉이는 사진을 돌아가면서 수십 장 찍고 나서야 흡족해하며 자리를 떴다.

막 머리를 내려놓고 숨을 좀 쉬려는데, 멀리서 또 낯익은 그림자가 보였다. 시선을 집중해서 살펴보니 과연 쟝천이었다. 샤오시는 또다시 운명이겠거니 받아들이며, 머리를 떼어버리려던 손을 내려놓았다.

다들 자기 놀려주려고 조라도 짜서 온 건지, 내가 노력해서 돈 버는 게 뭐가 창피하냐고 했던 그날을 떠올리니, 오늘 공룡 복장 안에 숨어서 들킬까 두려워하고 있는 자기 모습이 훨씬 더 창피했다. 해내지 못하는 것보다 시작도 하지 않은 주제에 고고한 척 허튼소리 하는 거야말로 훨씬 창피한 일이지.

깊은 후회에 빠져 있다 고개를 들고 나서야, 쟝천이 이미 코앞까지 와서 웃는 것 같기도 하고 아닌 것 같기도 한 얼굴로 자신을 내려다보고 있다는 걸 깨달았다.

천샤오시는 별안간 공룡 복장이 달아나지 못하게 자신을 뒤덮고 있는 거대한 블랙홀처럼 느껴졌다.

쟝천이 갑자기 고개를 수그리더니 이마로 샤오시의 공룡 머리를 살짝 지탱해주었다. "엄청 귀엽네. 키까지 컸구만."

……

우울한 울음소리가 공룡 복장 안에서 전해졌다. 쟝천은 깜짝 놀라 샤오시의 공룡 머리를 힘껏 떼어냈다가, 머리를 떼어낸 순간 또 놀라고 말았다. 공룡 머리라는 차단물이 사라지자, 천샤오시의 울음소리가 천군만마가 내달리듯 귓전을 때렸기 때문이다.

장천은 온 얼굴이 땀투성이가 되어 물에서 건져 올린 것처럼 머리칼이 축축하게 얼굴에 붙은 천샤오시를 내려다보면서, 땀을 닦아주고 눈물을 닦아주었다. 저도 모르게 여자는 정말 눈물로 만들어졌다는 생각이 들었다. 이렇게 땀을 많이 흘렸는데 아직도 눈물이 나오는 걸 보면 말이다.

이후 천샤오시는 나무 아래에서 바람을 쐬면서, 장천이 가게에서 사 온 아이스 밀크티를 마시며 장천에게 이래라저래라 손짓 발짓을 했다. "주로 초등학생이랑 중학생에게 주라니까! 여름방학 맞이한 초등학생이랑 중학생이 우리가 목표로 하는 시장이란 말야! 좀 적극적으로 나서!"

딱 보니까 장천에게 다가와서 전단을 받아가는 사람들이 전부 꽃다운 소녀들이어서 천샤오시가 제안했다. "아니면 내 공룡 머리 너 쓰게 빌려줄까? 그러면 홍보 효과 훨씬 더 좋을 텐데."

– 헤어졌던 나날들

● 장천 편 ●

천샤오시와 헤어지고 맞이한 첫 음력설에, 장천은 여러 사람을 통해 샤오시가 직장을 잃는 바람에 일찌감치 집으로 돌아가 설 쇨 준비를 하고 있다는 소식을 접했다. 장천은 원래 설 다음 날 당직을 서기로 되어 있었지만, 설 쇠러 집에 가지 않기로 이미 일찌감치 마음을 먹은 참이었다. 어쨌든 집안 설 분위기도 마음에 들지 않았다. 아버지 탓에 설이 되면 집안에 드나드는 사람들이라고는 죄다 '제가 선물 드리러 왔다고 말은 하지 않았지만, 실은 선물 드리러 온 겁니다'라고 얼굴에 씌어 있는 사람들이었고, 사람들이 말하는 태도도 하나같이 '제가 아주 티가 팍팍 나게 알랑방귀를 뀌기는 했지만, 사실 제가 알랑방귀를 뀌어드렸다는 걸 모르시겠지요' 이랬으니까…….

게다가 천샤오시를 절대 보고 싶지 않았다.

그런데 설날 전날 저녁, 쟝천은 갑자기 동료와 당직 일정을 조정한 뒤 집에 돌아갔다. 차로 열 시간 거리였는데, 차가 막혀 다섯 시간을 잡아먹고 말았다. 설날 저녁에 길을 서둘러본 적이 없어서 이렇게 많은 사람이 길을 재촉해 집으로 돌아가리라고는, 길을 재촉해 보고 싶은 사람을 보러 가리라고는 미처 생각하지 못했다.

집에 도착했을 때는 이미 새벽 세 시였다. 살금살금 문을 열고 방으로 들어갔다. 옷을 갈아입기 전, 먼저 커튼부터 치고 맞은편 창문을 바라봤다. 그 사람이 아직도 한밤중에 이불을 머리에 뒤집어쓴 채 안에서 손전등을 비춰가며 소설을 읽는지, 숨이 막혀서 이불을 열어젖히는 바람에 손전등 불빛이 순식간에 흔들리며, 갑자기 스치고 지나가는 유성처럼 어둠을 스치고 지나가지 않는지 궁금했다.

5분 서 있고 나니, 쟝천은 자기 행동이 너무 바보 같다는 생각에 말없이 커튼을 쳤다.

분해서 참을 수가 없었고, 그 두 손을 풀어버릴 수도 없었다. 인생이 'S상 결장 염전증'보다 더 얽히고설켜 있었다…….

설날에 쟝천이 방에서 걸어 나오자, 쟝천 아버지가 놀라 손에 들고 있던 담배를 마침 담뱃불을 붙여주고 있던 모모 주임의 몸에 떨어뜨리고 말았다. 담배꽁초에 데인 주임은 잠시 울먹였지만, 바로 웃는 얼굴을 뒤집어썼다. "불에 데면 운수 대통이죠, 운수 대통."

쟝천은 무표정하게 고개를 끄덕이며 인사를 건넸고, 욕실 밖 복도에서 어머니를 소스라치게 놀라게 하는 데 또 한 번 성공했다.

아무도 쟝천이 갑자기 설을 쉬러 돌아온 일을 붙잡고 늘어지지 않았다. 아무도 쟝천이 집에 설을 쉬러 돌아오지 않는 걸 붙잡고 늘어지지 않았듯. "몹시 바쁘구나." 쟝천의 성장기를 가득 채운 핑계였다. 하지만 상관없었다. 쟝천은 원래부터 간섭받는 걸 좋아하지 않았다. 천샤오시도 이런 습성을 아는 듯, 쟝천에게 딱 달라붙어 있으면서도 한 번도 쟝천의 무언가를 간섭한 적이 없었다. 아니면 한 번도 간섭할 엄두를 내지 못했던 것이거나. 쟝천은 어떤 때는 정말 천샤오시가 자신과는 영원히 다른 생각을 하는 것 같으면서도 자신을 누구보다 잘 이해한다고 느꼈다.

참 나……. 그게 또 머리 부스스한 전 여친과 무슨 상관이란 말인가.

쟝천 방의 커튼은 어젯밤 이후로 다시는 쳐지지 않았다. 유치하게도 쟝천은 커튼을 치면 지는 거라고 생각했다.

아무도 쟝천이 돌아온 사실을 모르니 자연히 쟝천을 찾아오는 사람도 없었다. 그래서 설 첫날 쟝천은 이불을 머리까지 뒤집어쓰고 방에서 잠을 잤다. 깨면 자고 깨면 자고. 뜻밖에도 천샤오시가 매번 휴일을 보내던 방식이었다.

휴대폰이 책상 위에서 '띠링띠링' 울렸다. 신년 축하 문자 메시지가 수백 개 쌓여 있었지만, 쟝천은 단 하나 열어보는 것도 귀찮았다. 창밖에서는 때때로 폭죽 터지는 소리가 들려왔다. '파파파 파팍', 누구 마음에서 꽃이 터져 올랐는지 모를 일이었다.[41] 때때로 천샤오시 어머니의 목소리가 들렸다. 중년 여성 특유의 고주파수 목소리는 온갖 잡음 속에서도 유난히 또렷했다. "샤오시, 주전부리 그렇게 많이 먹지 마라. 살쪄서 문에 걸려 밖에 못 나갈라.", "샤오시, 땅에 떨어진 씨앗 껍질 좀 깨끗이 치워라.", "샤오시, 너는 설에 무슨 애니메이션을 보고 난리니."…….

샤오시, 샤오시, 샤오시…….

이 여자, 어딜 가든 사람 걱정을 덜어주는 법이 없다.

이 여자, 바로 이웃집에 있으면서 아무 데도 가지 않는다.

이렇게 생각하니 뜬금없이 마음이 놓이는 것 같은 느낌이 들었다.

또 잠에서 깼다. 쟝천은 침대 모서리에 걸터앉아 있다가 흐리멍덩하게 걸어가서 커튼을 쳤다. 전에 수도 없이 그렇게 했듯 관성적으로 말이다. 하늘색은 이미 어슴푸레했고, 샤오시 부모님은 식

---

41 중국에서는 설이면 폭죽을 터뜨리며 축하한다.

사 중이시건만 이 여자는 행방이 묘연했다.

장천은 침대 모서리에 앉아 창밖을 한동안 바라봤다. 시선을 어디에 둬야 할지 몰라 이렇게 멍하니 앉아 있었다. 뭔가 생각을 많이 했는데 또 아무것도 생각하지 않은 듯, 그냥 이렇게 멍하니 앉아 있기만 했다.

갑작스레 찾아온 당황스러움. 그렇게 그리워? 그렇게 보고 싶니? 너 없어도 천샤오시 잘 먹고 잘살까 봐 그렇게 두려워?

아니야.

아닐 거야.

'똑똑', 방문이 두 번 울렸다. 장천이 대답하기도 전에 리 씨 아주머니가 문 입구에 서서 말씀하셨다. "샤오천, 부모님이 식사 모임 가시면서 너 밥 좀 해달라고 하셔서 밥해뒀어. 나 간다."

"네." 고개를 끄덕인 장천이 뒤돌아서 가려는 아주머니를 갑자기 불러 세웠다. "아주머니."

리 씨 아주머니는 무슨 일이라도 있나 싶어 그 자리에 꼼짝 않고 서서, 장천이 입을 열기를 기다렸다.

"고생하셨어요. 조심해서 가세요." 장천은 이렇게 말하며, "맞은편 천 씨네 딸 어디 갔는지 아세요?" 이 말은 삼켜버렸다.

어떻게 아시겠어, 모르실 거야. 세상에 밑도 끝도 없이 사람 붙잡아 세워놓고 질문이나 해대는 지경이 되어버렸다니, 정말 웃겼다.

리 씨 아주머니가 자상하게 웃으셨다. "밥 잘 챙겨 먹고, 새해 복 많이 받아라."

"새해 복 많이 받으세요."

또 혼자 남았다. 외롭지 않다는 건 거짓말이다. 하지만 외롭게 지내고 또 지내다 보면 결국 습관이 되는 거 아닌가? 그냥 한때 시끌벅적했다가 다시 외로워진 것뿐이다. 앙코르가 끝난 무대처럼 상실감과 황량함만 남았다.

장천은 혼자서 저녁을 먹고 간단하게 물건을 정리했다. 사실 정리하고 자시고 할 필요도 없었다. 어제 가져온 여행 가방에서 옷한 벌 꺼낸 게 전부였으니까. 그러고는 역에 가서 차표를 한 장 샀다. 도시로 돌아갈 차표를.

설날 밤의 장거리 버스는 텅 비어 있었고, 도시로 돌아가는 차도 적었다. 기사님이 얼른 집에 가서 가족들과 다 같이 보내고 싶으신지 차가 날아다녔다. 설이면 복을 비는 말을 해야 하건만, 이건 그야말로 죽기로 작정한 속도였다.

거의 도착했을 때, 어머니로부터 전화를 받았다. 그제야 급히 떠나느라 말 한마디 못 하고 왔다는 사실이 떠올랐다. 어머니는 잔소리를 몇 마디 늘어놓으셨다. 내용은 너는 애가 어려서부터 다 큰 지금까지 말도 참 안 듣는다며, 죽어라 바쁘기만 했지 큰돈은 벌지도 못하는 의사라는 직업을 기어이 고르더니만, 전에는 또 미덥지도 않은 애를 여자 친구랍시고 사귀질 않나, 다행히 일찍 헤어졌기에 망정이지…… 여기서 벗어나지 않았다.

장천은 아무 말 없이 어머니가 잔소리를 하시도록 내버려두었다. 어머니가 일부러 별생각 없이 내뱉는 듯한 말투로, 듣자니 그천 씨네 딸 요즘 선을 여러 번 봤다는 이야기가 들리더라고 말씀을 하실 때까지.

"저 곧 내려요. 이만하시죠."

쟝천이 본래 감정 기복이 아주 심한 사람은 아니었지만, 이 순간만큼은 참을 수가 없었다. 어머니에게 상처가 될 말을 하게 될까 봐 두려웠다. 그랬다. 쟝천은 어머니를 원망했다. 내내 어머니를 원망했다.

창밖으로는 칠흑 같은 어둠이 아득히 펼쳐져 있었고, 차는 어디로 가는지 알 수 없었다. 어디로 가든 상관없었다. 어차피 자길 기다리는 사람도 없고, 자신 역시 서둘러 만나러 가야 할 사람이 없었다.

낮에 잠을 많이 잔 까닭에 쟝천은 집으로 돌아온 뒤에도 잠이 오지 않았다. 사람은 따분해죽을 지경이 되면 늘 불가사의한 일을 벌이기 마련이다. 예를 들면, 쟝천이 지금 하는 일 같은 것 말이다. 쟝천은 먹과 붓, 화선지를 찾아 여러 해 동안 손 놓고 있었던 붓글씨 연습을 다시 해볼 생각이었다. 붓을 들었지만 한참이 지나도록 글자를 쓰지 못했다. 뭘 써야 할지 알 수 없었다. 혹시라도 그 이름을 쓰게 될까 봐 두려웠다.

시선이 책상 위의 휴대폰에 떨어져서 휴대폰을 집었다가, 신년 축하 문자 메시지를 하나하나 넘기며 깨알같이 작은 글씨로 문자 메시지를 베껴 써보았다…….

이렇게 따분할 데가. 이러느니 차라리 머리카락이나 뽑으면서 노는 게 낫겠네…….

신년 축하 메시지라고 온 것들은 다 그 내용이 그 내용에 창의성이라고는 없었다. 하기야 그도 그럴 것이, 아무리 창의적이라 해도 "새해에는 마음이 찢어지시기를 바라오며, 얼른 죽어 나자빠지시기를 바랍니다." 이렇게 말할 수는 없는 노릇 아닌가. 이건 좀 인정머리 없는 티가 난단 말이지.

초등학교 때 붓글씨를 배웠다. 좋아한다고 말할 정도는 아니었지만, 글씨를 쓰고 있으면 신기할 정도로 마음이 가라앉았다.

온종일 마음의 안정을 되찾지 못하다가 결국 간신히 평온을 되찾았는데 또다시 돌발 사건이 일어나면, 그때의 마음이란 360차례 자살을 기도했다가 간신히 정말 죽었는데, 갑자기 의느님이 나타나 의학적으로 당신을 살렸을 때의 그 마음과 같다.

쟝천에게 일어난 돌발 사건이란 천샤오시가 보내온 문자 메시지였다. 그 신년 축하 메시지 중에 천샤오시가 보낸 문자가 있으리라고는 생각지도 못했고, 천샤오시가 이렇게 가볍고 담담하게 문자 메시지를 써 보냈으리라고도 생각하지 못했다. "혜, 새해 복 많이 받으세요. 천샤오시가 당신을 축복합니다."

그러니까 지금 그는 샤오시가 단체 문자 메시지를 보낸 그룹 중 한 사람일 뿐인 거다.

부드러운 붓털을 화선지 위로 세게 문지르고 비틀어 동전 크기만 한 동그라미를 그렸다. 침착하지 못하게 덧칠하는 바람에 움츠러든 고슴도치 같은 모양이 돼버렸다.

어떤 때는 자신은 그 사람이 없으면 안 된다는 걸 인정하는 게 정말이지 세상에서 가장 어려운 일이라는 생각이 든다. 껍데기가

부서진 우렁이처럼 연약한 몸을 드러내도 더는 보호받지 못할까
봐 두렵기만 하다.

두 번째로 돌아온 설에도, 세 번째로 돌아온 설에도 쟝천은 집
에 돌아가지 않았다.

● 샤오시 편 ●

천샤오시는 쟝천과 헤어진 뒤 기이한 순환에 **빠져들었다**. 하는
일마다 오래가지 못했다. 대략 한 사람 중심으로 살아온 시간이
너무 길었던 탓인지, 갑자기 중심을 잃자 수많은 일이 그다지 중
요하지 않게 돼버렸다. 일이 즐겁지 않으면 그만두고 바꿨고, 다
시 그만두고 또 바꿨다.

설이 돌아오기 전, 샤오시는 일을 그만두었다. 매일 아침 샤오
시 옆자리에 앉은 동료가 위장이 좋지 않아 툭하면 방귀를 뀌었기
때문이다.

일을 그만두고는 아싸리 집에 돌아가 틀어박혀서 설이 오기를
기다렸다. 하지만 설 같은 명절이 실연하고 직장까지 잃은 사람
에게 보내기 쉬운 때가 아니다. 천샤오시는 집으로 돌아온 지 보
름 만에 반은 협박에, 반은 속아서 세 번이나 선 자리에 나가 밥을
먹었다. 샤오시는 자신을 위로하며 이렇게 말했다. 부모님을 위해
서 세 끼 밥값 절약한 셈 치자고, 이렇게 환산하면 자기도 소득이
있는 사람이 되는 셈이라고 말이다. 아쉽게도 평균 소득보다는 좀
낮아서 국가 평균 월수입 수준에는 미치지 못하다 보니 국가의 발

목을 잡고야 말았지만.

밥값이나 벌자는 마음으로 천샤오시는 매번 선을 볼 때마다 정말 열심히 먹어댔다. 이상한 건 마지막에 상당히 높은 평가를 얻었다는 거다. 편식도 하지 않고 애도 잘 낳아 기르겠다고 하는 사람이 있는가 하면, 가식이 없다고 하는 사람도 있고, 샤오시가 먹는 걸 보고 있으니 기분이 아주 좋아진다고 하는 사람도 있고. 어쨌거나 매번 평가를 들을 때마다 샤오시는 자신이 앞으로 미식업계로 나가면 앞날이 창창하리라고 생각했다.

맞선은 당연히 매번 흐지부지 끝이 났다. 마음에 한 사람을 담고서 다른 사람과 연인 연기를 하는 건 정말이지 너무 힘든 일이었다. 적어도 천샤오시는 그 연기가 되지 않아서 오스카상과는 옷깃만 스치고 지나갈 수밖에 없었다.

어려서부터 단 한 사람을 좋아했다면 그 사람을 끊어내는 건 불가능한 일이라는 걸 깨닫게 된다. 그럼 어떻게 해야 할까. 그 일을 잊은 척하는 수밖에 없다. 그의 좋았던 점도 나빴던 점도 잊고, 아무 표정 없이 못난이 같던 모습도 잊고……. 정말이지, 노래 가사 같구나.

기억 상실 연기에 너무 빠진 척한 결과, 천샤오시는 새해 축하 단체 문자를 보내다가 쟝천에게도 보내버리고 말았다. 정신을 차리고 나서 얼마나 놀랐는지, 하마터면 쟝천에게 전화를 걸어 문자 확인하지 말라고 할 뻔했다…….

자기가 아직도 쟝천을 그리워하고 있다고 생각하게 하고 싶지 않았다. 자신이 아직도 마음을 끊어내지 못하고 미련이 남아 있다고 생각하게 하고 싶지 않았다. 자신이 아직도 예전과 다를 바 없이, 부끄러움이라고는 없이 쟝천을 사랑하고 있다고 생각하게 하고 싶지 않았다……. 그게 사실이기는 했지만 그렇게 생각하게 하고 싶지 않았다.

천샤오시는 쟝천의 세계에서 존엄하게 조용히 사라지고 싶었다. 적어도 쟝천이 이따금 자신을 떠올릴 때면, 어쩌면 예전에 제멋대로 굴던 모습은 잊고, 그래도 괜찮은 여자였다고 생각해줄지도 모르는 일이었다.

이 모든 게 다 핑계였다. 천샤오시는 사실 일부러 그런 거였다. 단체 문자를 보낼 때 전화부에 쟝천이라는 사람이 있다는 걸 똑똑히 기억하고 있었다. 하지만 자기 위안 삼아 연기 한번 해봤다. 자신이 답 문자를 받지 못했을 때 난처하지 않도록 연기 한번 해봤다.

다만 사람이 자신조차 자신을 속이고 싶은 경지에 이르면, 정말이지 그렇게 정곡을 찌를 필요가 없어진다. 그래서 천샤오시는 답 문자를 받지 못하고도 기분이 아주 좋았다. 쟝천이 이 문자가 단체 문자라는 걸 알고 별달리 신경 쓰지 않아 다행이었다.

- 그들의 재회

그 일련의 번호를 눌렀을 때, 자신에 대한 쟝천의 역겨움은 인생 최고조에 도달해 있었다.

장천은 수화기에서 나오는 '뚜뚜' 통화 연결음을 들으면서 휴대폰을 아무 표정 없이 하얀 의사 가운 주머니에 집어넣었다. "65번, 저우루周茹 환자 들어오세요."

저우루는 병원에서 유명세가 자자한 인물이었다. 주원인은 이 여자가 매달 꼭 한 번은 장천에게 진료 접수를 하기 때문이었다. 그리고 또 아주 뽐낼 만한 몸매의 소유자였는데, 자신도 그걸 아주 자랑스러워해서 매번 앉기만 하면 가슴을 쭉 내밀며 처음 하는 말이 이랬다. "선생님, 제가 명치가 아파서요!"

이 말은 심지어 병원 연말 파티 때 직원들이 올린 콩트 대사로도 쓰여 병원 내부의 명언 중 하나가 되었다.

저우루 양의 명치 통증에 대해서는 안 해본 검사가 없었으나 아무 문제도 발견하지 못했다. 나중에 결국 이를 꿰뚫어 본 이는 산전수전 다 겪은 베테랑 수간호사였다. 수간호사에게 문의해보고 나서야, 여자가 가슴둘레를 웅대하게 키우고 가슴을 파도처럼 거세게 출렁이게 하고 싶으면 속옷을 한 사이즈 작게 입어야 하며, 압박을 통해 훨씬 더 놀라운 효과를 만들어낼 수 있다는 걸 알게 되었다.

간호사가 의외로 유머러스해서, 현대 도시인들은 압박이 심해 심장에서 쉽게 문제가 일어난다지만, 저우루 양은 정말로 압박이 너무 심해 일어난 문제라고 저우루 양 본인에게 설명해주었다는……

하지만 이 저우루라는 아가씨는 그래도 매달 고정적으로 진료

접수를 해놓고 명치 통증을 봐달라며 찾아왔고, 간호사들도 농담 삼아 쟝 선생님에게 진찰받기 위해서라면 단 몇 초도 괜찮을 거라고 말하곤 했다.

저우루가 나간 뒤, 쟝천이 고개를 숙인 채 주머니 속에 있던 휴대폰을 흘끗거렸다. 액정 화면은 이미 꺼져 있었다.

꺼내서 보니, 통화 시간 1분 42초.

1분 42초. 예전에 쟝천이 실험을 할 때면 천샤오시는 한 시간 또 한 시간 그렇게 기다리곤 했다. 기다리다 지루하면 벽에 쪼그리고 앉아 만화책을 넘겼다. 쟝천이 기숙사로 돌아가라고 하면 기숙사로 돌아가 봤자 할 일도 없다고, 여기서 기다리고 있으면 역경을 참고 견뎌내는 여자 친구 이미지라도 만들어낼 수 있지 않겠느냐고 당당하게 말하곤 했다.

밖에서 순번을 기다리고 있던 환자가 벌써 고개를 몇 번이나 내밀었다. 쟝천은 휴대폰을 주머니에 도로 넣어놓고 다음 순번 부를 준비를 했다.

이때 휴대폰이 울렸다. 낯익은 일련의 번호가 액정 화면 위로 떠올랐다.

샤오시는 예전에 남아도는 힘을 쓸데없이 쟝천 휴대폰에 저장된 자기 이름 바꾸는 데 쓰곤 했다. 무슨 달링이니, 미녀니, 여자 친구, 허니, 베이비 다 해보다가 마지막에 가서는 누렁이가 오줌으로 제 영역표시라도 하듯 '쟝천 임자'로 바꿔놓았다. 나중에 다 지워버렸는데도 번호는 의외로 잊히지 않았다. 머릿속에 새겨지기라도 한 것처럼.

천샤오시의 전화를 받고 나서 쟝천은 재빨리 동료에게 전화를 걸어 진료 시간을 좀 바꿔달라고 했고, 정형외과 동료에게 연락해 두었으며, 구급차를 연결해두었다.

구급차에 오르자 뜬금없이 대학 입학시험을 앞둔 기분이 들었다. 시간이 조금만 더 있었더라면 준비를 더 충분히 해서 시험을 훨씬 더 잘 볼 수 있을 거라는 생각이 드는 한편, 빨리 해치우자고, 대충 아무렇게나 보면 어떠냐고, 중요한 건 시험 보고 나서 맞이하는 방학이라는 생각도 들었다.

공부의 신 쟝천조차 이런 생각을 하게 만들 정도라면, 천샤오시도 인재는 인재인 셈이다. 그렇다니까, 샤오시가 인재가 아니라면 쟝천이 천샤오시를 다시 보고 나서 갑자기 모든 게 참을 수 없이 느껴지지는 않았을 거란 말이지.

그날은 쟝천이 대학 시절 멘토를 찾아뵌 날이었다. 주된 이유는 학술적으로 여쭤보고 가르침을 구할 문제가 있어서였다. 교수님 기숙사로 가려면 학교 축구장을 돌아가야 했는데, 그날 오후에 수술이 두 건이나 잡혀 있어서 아주 급하게 걸어가다가 누군가 철봉에 걸어놓은 옷을 땅으로 떨어뜨리고 말았다. 주워서 보니 양복이었는데, 가격이 꽤 나가 보였다. 그런데 요 며칠 비가 연이어 내리다가 날이 막 개인 참이라, 땅이 여전히 젖어 있어서 재빨리 주웠는데도 옷이 꽤 많이 더러워진 상태였다. 양복 주인을 찾으려 사방을 두리번거리다가 그만 천샤오시를 보고야 말았다.

천샤오시.

천샤오시가 축구장 저쪽에서 와이셔츠에 정장 바지를 입고 구
두를 신은 남자와 축구를 하고 있었다. 하기 싫어하는 티가 났다.
달리고 싶지 않아 축 늘어진 꼴이라니…….

그렇게 먼 거리인데도, 살짝 근시가 있는데도, 장천은 자신이
잘못 봤을 거라고는 조금도 의심하지 않았다.

거리가 떨어져 있어도, 시간을 사이에 두고도, 험하고 먼 길을
사이에 두고도, 해가 바뀌고 또 바뀌어도, 어떤 사람은 안 볼 때는
괜찮아도 일단 보면 알게 된다. 망했다는걸.

……

구급차가 바람을 가르며 앞으로 나아갔다. 운전기사는 눈살을
찌푸린 채 말 한마디 하지 않는 장천을 바라봤다. 장 선생이 온 지
여러 해가 지나도록 병원에서 의사고 간호사고 환자고 장 선생한
테 관심 있는 사람이 한둘도 아니었건만, 젊은 양반이 관심사라고
는 일밖에 없어 보이니, 이 사람이 젊디젊은 나이에 급사라도 하
는 건 아닌가 싶었다. 어쩌다가 구급차 몰 때 장천이 당직으로 따
라붙으면, 자기도 모르게 너무 죽기 살기로 과하게 일하지 말라고
권하곤 했다.

이번에는 그도 웃으며 농을 쳤다. "장 선생, 일에 너무 목숨 걸
지 말어. 결혼 질질 끌면 손해야."

장천도 정신을 차리고 웃어댔다. "이번에는 질질 끌지 않으려
고요."

– 쟝천의 사랑

"그거 알아? 난 내가 죽을병 걸려서 죽는 줄 알았다니까."

천샤오시는 이 말을 하면서 웃었다. 눈에 아직 공포가 담겨 있고, 괜스레 미안해서 난처한 기색까지 조금 남아 있는데도.

쟝천은 샤오시가 이렇게 난처해할 때가 좋았다. 샤오시는 대부분은 제멋대로에 뻔뻔하기 이를 데 없이 굴다가도, 뜬금없는 타이밍에 무심코 난데없이 난처한 기색을 드러내곤 했다. 그런 샤오시가 유난히 매혹적이었다. 그렇다. 매혹적이다. 이렇게 여성스러운 단어로 샤오시를 묘사하고 싶지는 않지만, 이게 제일 적합한 표현이다. 천샤오시가 매혹적이라니 정말 생각만 해도 웃긴다.

샤오시는 하마터면 자기가 죽는 줄로 오해했다고 했다. 사람은 그렇게 쉽게 죽지 않는다. 날이면 날마다 죽고 싶어 하는 사람이 한둘이 아니다. 손목을 긋고, 약을 삼키고, 뛰어내린 다음…… 병원으로 이송되고, 다시 살아서 걸어나간다.

그렇다. 사람은 그렇게 쉽게 죽지 않는다. 통계 자료로 보면, 늙을 때까지 건강하게 사는 사람이 갑자기 급사하는 사람보다 훨씬 더 많다.

그렇다. 천샤오시의 말에 따르면 '산전수전 다 겪은' 의사인 그가 다 아는 이야기인데도, 그는 천샤오시의 이 말 한마디에 깜짝 놀라고 말았다. 만일 샤오시가 없으면 나는 어떻게 해야 하지?

곁에 샤오시가 없는 날들을 보내보지 않은 건 아니었다. 죽지는 않는다. 따분할 따름이다. 오래 견디기 힘든 따분함이 몰려올 뿐이다. 길고 긴 도화선이 달린 폭탄이 서서히 타오르는 모습을 시시각각 지켜보며 폭발 시각을 기다리고 있는 것처럼 말이다.

헤어져 있었던 그 몇 년이 아니었다면, 쟝천은 이 여자가 자기 인생에서 얼마나 중요한 사람인지 몰랐을 거고, 중요하다 못해 심지어 인생의 의미를 의심하게 할 정도의 존재라는 걸 알 수 없었을 것이다. '천샤오시가 없으니 인생에 의미가 없는 것 같네.' 전에 무심코 이런 생각을 한 적이 있었지만, 쟝천은 이를 비웃으며 재빨리 넘겨버렸다. 인생을 한 사람에게 맡겨둬서는 안 된다는 건 의심할 필요 없는 진리다. 하지만 천샤오시는 이렇게 말할 거다. "왜 안 된다는 거야, 난 기꺼이 내 인생을 쟝천에게 맡겨둘 거야. 당신들이 무슨 상관이냐구."

천샤오시는 쟝천에게 도대체 어떤 존재일까?

쟝천으로서는 생각하는 데 3분은 족히 걸릴 복잡한 문제였다.

쟝천에게 천샤오시는 꿈같은 존재도 아니고, 여신도 아니고, 운명이 짝 지워준 상대도 아닌, 사랑이었다. 쟝천이 깊이 사랑하는 이 여자는 한때 빠져들까 말까 발버둥 치다 결국 운이 좋아 피하지 못한 사랑이었다.

천샤오시는 쟝천의 사랑이었다. 다른 사람을 사랑해본 적이 없기에, 다른 사람은 사랑할 수가 없기에, 쟝천에게 사랑이란 오직 천샤오시 하나뿐이었다. 매번 이 점을 의식하게 될 때마다 쟝천은 외곬으로 한길로만 파고드는 일종의 비장감이 들었다.

천샤오시는 잠결에 몸을 뒤집었다. 지치도록 울어댔던 탓에 유난히 깊이 잠에 빠져들었다. 잠들기 전 너무 오래 울어대는 바람에 코가 막혔고, 살짝 코를 골기도 했다.

장천이 손을 뻗어 스탠드를 켰다. 샤오시는 그냥 코만 훌쩍일 뿐 잠에서 깰 기미는 보이지 않았다. 불빛은 노란색이었다. 샤오시는 늘 노란색 불빛을 보고 있으면 화려한 분위기에 취할 것 같다고 했지만, 장천은 백열등이 싫었다. 너무 밝은 느낌이 들어서 보고 있으면 여전히 병원에 있는 것만 같았고, 어떤 때는 갓 졸업했을 무렵이 떠오르기도 했다. 천샤오시는 곁에 없고 공허하게 바쁘기만 했던 때, 늘 병원 당직실에서 지쳐 쓰러져 자다가 별안간 깨어나서 머리 꼭대기에서 환하게 빛나던 백열등을 보며 멍을 때리곤 했다. 샤오시가 왜 그렇게 백열등을 싫어하느냐고 물은 적이 있었다. 장천은 말하지 않았고 샤오시도 더는 캐묻지 않았지만, 장천은 말없이 집 안의 모든 등을 다 따뜻한 노란색으로 바꿔버렸다. 샤오시는 기세등등하게 따지고 들지 않았다. 적당할 때 양보할 줄 알았다. 이게 장천이 좋아하는 샤오시의 일면이기도 했다.

다른 사람들이 천샤오시의 뭐가 좋냐고 물어볼 때가 있다. 장천은 늘 이유가 없다는 대답을 내놓았다. 사실 이유야 아주 많았지만. 샤오시가 웃을 때의 물기 초롱초롱한 눈망울이 좋다고, 샤오시의 부스스한 머리를 손가락으로 헤쳐서 더 엉망으로 만들어버리는 게 좋다고, 긴장한 샤오시가 저도 모르게 손을 뻗어 자기를 꼬집는 게 좋다고, 다른 사람 일에 이러쿵저러쿵 말이 많기는 해도 마음이 따뜻해서 좋다고, 치근대기는 해도 적당한 때 멈출 줄 알아서 좋다고, 자신을 무조건 믿어줘서 좋다고, 자신 나름의 이론을 갖고 그 이론으로 자신의 세상에서 잘 살아가는 모습이 좋다고 말하고 싶지 않을 뿐이었다…….

샤오시를 좋아하는 까닭은 샤오시가 자신의 괴팍함, 어울리기 쉽지 않은 면모를 포용해줄 뿐 아니라, 자신의 온갖 공격과 온갖 무관심도 즐길 줄 알기 때문이었다. 이런 존재는 게임 속에서 자신을 위해 맞춤형으로 설정된 캐릭터이거나 정신병자이거나 둘 중 하나라는…….

샤오시는 분명히 후자였다. 생각하고 있자니 웃음이 나서 고개를 기울여 옆에 누워 있는 천샤오시를 흘끗 봤다. 눈이 좀 빨갰다. 아마 내일 일어나면 눈이 퉁퉁 부어 있을 거다. 샤오시는 늘 이렇다. 울기만 하면 바로 눈이 붓는데 참 쉽게도 눈물을 쏟는다. 아니면 참 쉽게도 장천 때문에 눈물을 쏟는 거거나.

천샤오시가 그때 말했었다. "나 오랫동안 안 울었는데 이번에 또 너 때문에 울었잖아."

그런데 장천은 지금도 어쩌다가 샤오시를 울렸는지 생각이 나지 않았다. 누군가를 정말 사랑하면 그 사람의 모든 걸 똑똑히 기억할 수 있다고 한다. 사실 그건 상상 속의 낭만일 뿐이다. 시간이 흐르면서 당신은 잊게 되고, 기억의 편린은 모호해지다 단 한 장면만 남게 된다. 어쩌면 눈물방울로 반짝이던 그녀의 눈가는 기억하면서도, 그녀가 왜 울었는지는 기억하지 못할지 모른다.

장천은 샤오시의 눈가에서 윗눈썹과 아랫눈썹 사이에 끼어 곧 떨어질 것처럼 흔들리던 눈물방울을 기억하고 있다. 지금도 그 장면이 떠오를 때마다 그 눈물방울을 손가락으로 한번 튕겨보고 싶은 충동이 일어난다.

"네가 담긴 모든 장면을 다 기억하지는 못하지만, 네가 담긴 영원히 잊지 못할 장면은 간직하고 있어."

천샤오시가 갑자기 울음 섞인 목소리로 흥흥거리고는 왼손을 허공에서 휘두르다, 쟝천을 등지며 몸을 뒤집더니 다시 조용해졌다. 쟝천은 샤오시의 등을 뚫어지게 바라보며 잠시 넋을 놓고 있다가, 샤오시의 머리를 왼손으로 살짝 받쳐 베개를 떼어낸 뒤 오른손을 샤오시의 목 뒤에 넣었다. 다시 샤오시의 머리를 베개로 가져간 다음, 왼손으로 샤오시의 어깨를 가볍게 잡아당겼다. 그러고 나서 오른손으로 끌어안았더니, 샤오시가 그 힘을 따라 끌려와 자신의 팔뚝과 가슴 중간 부분을 베게 되었다. 샤오시는 자세가 맞지 않아서 그런지 아니면 답답해서 그런지, 그의 가슴께에서 얼굴을 이리저리 문질렀다. 그리고 간신히 편안한 자세를 찾더니 다시 코를 골기 시작했다.

쟝천은 샤오시가 자신의 입가에 머리를 비비다 붙어버린 머리카락 한 가닥을 헤치며 한숨 섞인 웃음을 지었다. 한쪽 보조개가 어두컴컴한 불빛 속에 깊고 까만 점으로 변해버렸다.

천샤오시는 세상에 더 좋은 여자가 있다고 했다. 맞다. 그런데 어째서 오로지 샤오시만 원하느냐고? 꼭 대답해야만 한다면 이렇게 말할 수밖에. "네가 내 앞에서 울어도, 내 앞에서 코를 골아도 하나도 짜증 나지 않거든."

아마 천샤오시의 가짜 불치병 사건이 있고 나서 처음으로 맞이한 양력설 때였을 것이다. 닥터 쟝이 일하는 병원에서 일관되게 이어온 전통이 있는데, 이름만 봐서는 아무런 새로울 것 없는 '신정맞이 친목 저녁 파티'로, 죽어가는 사람을 살리고 부상당한 사람을 돕는 하얀 가운의 의사와 백의의 천사들의 스트레스를 덜어주려는 행사다. '가족 참여 환영'이라는 규정으로 인간다운 면모까지 보여주는 행사라 하겠다.

어쨌거나 의사 가족인 천샤오시는 닥터 쑤에게 이 일을 전해 들은 뒤, 쟝천이 함께 가자고 초대해주기를 내내 기다렸다.

일주일을 학수고대하다 가족에서 유가족이 돼버릴 지경이 되었건만, 쟝천은 아직도 일언반구가 없었다. 모레면 새해 첫날이라, 천샤오시는 쟝천과 이야기를 잘해봐야겠다고 생각했다.

사실 쟝천의 원로 가족으로서, 천샤오시는 이런저런 모임에 가자고 쟝천에게 생떼를 쓴 경험이 풍부했다. 매번 쟝천이 원하든 원하지 않든, 샤오시는 늘 쟝천의 반쪽 또는 반쪽의 신분으로 쟝천 옆에 서는 데 성공하곤 했다. 하지만 이번에는 갑자기 철면피처럼 자동으로 들러붙어 따라가고 싶지 않았다. 물론 천샤오시에게 돌연 자존심이라고 불리는 무언가가 생겼다고 생각할 수도 있겠지만, 사실 요즘은 하루하루가 너무 평탄하게 흘러가는 데다, 가짜 불치병 사건 이후 쟝천이 날이 가면 갈수록 잘해주다 못해 말만 들어도 소름 끼치는 그 단어, 즉 '우쮸쮸!'를 갖다 붙여도 될 수준이었다. 쟝천이 예쁘다, 예쁘다 하니 우쭐해진 것이다. 그러나 예쁘다, 예쁘다 하니 우쭐해한다는 귀여운 표현은 천샤오시의 성질에는 적절하지 않으니 아주 이마 꼭대기까지 기어오르기 시작했다고 말해주자.

쟝천이 퇴근하고 집에 돌아오니, 이미 밤 10시가 넘어 있었다. 천샤오시는 머리를 풀어헤친 채 베란다에서 옷을 널고 있었는데, 쟝천이 온 걸 보고도 고개를 쑥 내밀어 힐끗거리기만 할 뿐 눈빛에는 냉담한 빛이 역력했다. 냉담한 반응에 어리둥절해진 쟝천은 셔츠 단추를 풀면서 물었다. "그 표정 뭐야?"

천샤오시는 베란다에서 들어오자마자, 쟝천이 소파에 외투와 셔츠를 던지는 모습을 보고 양손을 허리에 올린 채 눈을 부릅떴다. "옷 주워서 세탁기에 넣어봐."

쟝천은 샤오시를 힐끔 보고는 일언반구도 하지 않고 방으로 걸어 들어갔다. 남친한테 잡혀 살았지만, 이제는 잡고 살겠다던 천샤오시의 기세는 쟝천의 눈길 한 번에 약해졌지만, 샤오시는 능숙하게 소파에 있던 옷가지를 주우며 입에서 나오는 대로 막 노래를 불러댔다. "그냥 인파 속에서 당신 눈에 한 번 띄었을 뿐인데, 다시는 당신에게 불만 섞인 표정 지을 수도 없게 되었네……."[42]

갈아입을 옷을 들고나온 쟝천이 천샤오시가 아무렇게나 개사

---

42 앞 구절은 중국 가수 리젠(李健)이 부른 〈전설(傳奇)〉의 가사 첫 구절인 '인파 속에서 당신을 한 번 봤을 뿐인데'를 샤오시가 마음대로 바꿔 부른 것이다.

한 노랫말을 듣고는, 어이없어하며 티셔츠로 샤오시의 머리를 덮어버렸다. "이것도 빨아야 해."

천샤오시가 옷을 잡아 내리면서 다시 쟝천에게 눈을 부릅떴다. "너는 빨 줄 모르냐?" 말은 이렇게 하면서도 옷을 들고 베란다로 걸어가는 발걸음은 멈출 줄을 몰랐다.

쟝천이 샤워를 하고 나오자, 천샤오시는 이미 소파에서 잠들어 있었다. 건너가서 방으로 안고 들어가려고 손을 가져다 댔더니만, 샤오시가 이내 깨어나서 눈을 비비며 말했다. "쟝천, 할 말 있어."

쟝천은 계속 샤오시의 상반신을 들어 올렸다. 머리끝의 물방울이 연이어 샤오시의 얼굴에 떨어지는데도 샤오시가 여전히 정신을 못 차리자, 웃음이 나와서 손으로 얼굴의 물기를 닦아주고는 부축해서 앉혔다. "말해봐."

"잠깐만, 까먹었어." 천샤오시가 머리를 두어 번 긁적거렸다. "생각 좀 해보고."

쟝천도 재촉하지 않았다. 축축하게 젖은 머리를 샤오시의 허벅지에 가져다 대며 제대로 누운 뒤에야 쟝천은 입을 열었다. "천천히 생각해."

천샤오시는 10초가 지나고 나서야 정신을 차렸다. 고개를 숙이고 보니 바지가 쟝천 머리칼의 물기에 왕창 젖어 있었지만, 그래도 상관하지 않고 그냥 쟝천 머리를 밀치기만 했다. "똑바로 앉아봐. 할 말 있어."

쟝천은 눈을 감은 채 꼼짝도 하지 않았다. "이렇게 있는다고 못 듣는 것도 아니잖아."

"양력설에 쉬지?" 샤오시는 일단 측면에서 공격해보고, 만일 모모 씨께서 그래도 눈치를 못 채면 곧바로 손 좀 봐주기로 마음먹었다.

"한 시간 일찍 퇴근해."

"그리고?"

"무슨 그리고야?" 쟝천이 눈을 감은 채 하품을 해댔다.

곧장 열이 뻗쳐버린 천샤오시가 쟝천의 머리를 한 움큼 잡아당겼다. "신정맞이 친목 저녁 파티 있지 않아? 가족 데리고 갈 수 있지 않냐구? 나 안 데리고 갈 거면 누구 데리고 가려고?" 쟝천의 머리를 잡아당긴 손이 온통 물 천지가 되는 바람에, 샤오시는 그의 몸에 손을 박박 문질렀다. "지금 내가 남들 보여주기 별로라는 거야 뭐야!"

쟝천은 마지못해 눈꺼풀을 들어 올렸다. "천샤오시, 너 너무 더러워."

천샤오시는 쟝천의 동문서답이 너무 못마땅해서 또다시 쟝천의 머리카락을 잡아당겼다. "왜 나 안 데리고 가겠다는 거야?"

"우리 병원에서 신정맞이 친목 저녁 파티 여는 거 어떻게 알았어?" 쟝천은 대답은 하지 않고 되물었다.

"어?" 천샤오시가 목을 움츠렸다. "사정을 잘 아는 모 인사가 넌지시 알려주셨지……."

"온종일 우리 병원으로 달려와서 쓸데없는 짓 좀 하지 마." 요즘 천샤오시는 위아래 할 것 없이 쟝천네 병원 사람들과 아주 친해진 터였다. 특히 청소 도우미 아주머니들이 쟝천만 보면 샤오시한테 잘 좀 하라고 분부를 하시는 바람에, 이러다 어느 날 샤오시에게 미안할 일이라도 저질렀다가는 빗자루 들고 쫓아온 아주머니들에게 처맞겠다는 생각이 들 지경이었다…….

천샤오시가 혀를 쏙 내밀었다. "말 돌리지 마시고. 나 왜 안 데리고 가겠다는 거냐고?"

"내가 갈 생각이 없으니까."

"어?" 생각하지도 못한 답변이었다. 샤오시는 수많은 대답을 예상해봤다. 심지어 "이 몸이 다른 여자가 생긴 마당에 왜 너같이 못생긴 여자를 데리고 가겠냐고" 같은 연기 단련을 요하는 답변도 생각해둔 마당이었건만, 세상에 갈 생각이 없다는 답변이 나오리라고는 생각도 못 했던 것이다! 도대체 심리 상태가 어떤 사람이라야 공짜 밥 먹을 수 있는 행사를 마다하기로 마음먹을 수 있단 말인가!

"갈 생각 없어." 쟝천이 다시 한 번 되풀이했다.

"왜?"

"해마다 프로그램이라고 해봐야 그 나물에 그 밥이고, 따분해."

"프로그램이 어떤데? 난 가본 적 없으니까 좀 데리고 가보란 말야."

"안 가."

"왜?"

"피아노 치기 싫어." 쟝천이 일어나 앉더니 좀 짜증을 부렸다. "내가 피아노 칠 줄 안다는 걸 누가 알았는지, 해마다 나보고 무대에 올라서 피아노 치라고 하는데, 아주 짜증 만빵이야."

"너 피아노 엄청 잘 치지 않아?" 악기 지식이라고는 1도 없는 한 사람으로서, 천샤오시가 피아노를 잘 치는지 어떤지를 판단하는 기준은 피아노 음이 갑자기 끊기는지 아닌지 딱 이거 하나였다. 쟝천의 피아노 연주는 뭐랄까, 끈적끈적 흘러내리는 콧물처럼 끊김이 없다고나 할까…… 이 비유 좀 보게…….

"피아노 잘 친다고 내가 그걸 싫어하지 않는다는 건 아니잖아."

천샤오시는 쟝천의 이런 생각이 옳지 않다 싶어 제대로 타일러 줘야겠다 생각했다. "이렇게 생각해야지. 어렸을 때 부모님이 그렇게 돈 많이 들여서 피아노 학원 보내주신 건, 너 큰 다음에 사람들 앞에서 화려하게 멋진 척 좀 해보라고, 가식 좀 떨어보라고 그런 건데! 네가 안 가면 무슨 돈 낭비냔 말야……."

……

당황한 쟝천이 잠시 뒤에야 말했다. "이 아가씨, 사물 보는 시각 참 독특해……."

결국 쟝천은 천샤오시의 고집을 꺾지 못하고 파티에 갔고, 저녁을 먹은 뒤 열렬한 박수 소리와 함성에 못 이겨 피아노 앞에 앉았다. 제일 기가 막혔던 건, 제일 신이 나서 난리를 친 사람이 천샤오시라는 사실이었다.

샤오시는 사실 쟝천이 피아노 치는 모습을 지켜보는 게 참 좋았다. 최고는 그윽하게 자신을 바라보며 치는 거고, 또 최고는 피아노를 치면서 노래를 불러주는 거다. 최고는 피아노를 치고 치다 "천샤오시, 사랑해." 이렇게 말한 뒤 진한 키스를 나누는 거고, 또 최고는 옆에서 누군가 꽃잎을 뿌려주는 거다. 최고는 질투로 눈이 먼 수많은 관중이 주변을 둘러싸고 있는 거고, 또 최고는 전 세계에 위성으로 생방송이 나가는 거고……. 아이, 장면을 상상하다 보니 너무 성대해졌네.

병원에서 한 층을 통째로 빌렸는데, 대형 홀 중간에 흰색 피아노가 장식용으로 놓여 있었다. 부드러운 스포트라이트가 천장에서 내려와 따뜻한 흰 빛을 반사했다. 옅은 파란색 줄무늬 셔츠를 입은 장천이 피아노 앞에 앉자 영혼을 빨아들일 것 같은 잘생김이 폭발했다.

장천이 친 곡은 〈키스 더 레인Kiss the Rain〉으로, 무슨 고전 음악 대가의 연주곡은 아니었다. 샤오시가 한때 한국 대중문화 팬이었는데, 아침부터 밤까지 집에서 모 한국 연예인이 TV에 나와 연주한 이 곡을 계속 돌려 듣곤 했다. 하도 들어서 장천이 멜로디를 엇비슷하게 외워버렸던 것이다.[43]

자리에 있던 사람 중 이 곡을 들어본 사람이 거의 한 사람도 없었다. 하지만 이 사람들이 구분할 수 있는 피아노 연주곡이라고 해봤자 〈엘리제를 위하여〉와 〈운명 교향곡〉밖에 없으니 이 곡의 잘못은 아니라는. 〈키스 더 레인〉, 자책하지 마시길.

서너 개 음을 듣고 나서 천샤오시는 이 곡이라는 걸 알아챘다. 샤오시는 옆에 있던 닥터 쑤의 손을 잡고 죽어라 비비적거렸다. 얼굴에는 꽃 한 송이가 웃음을 활짝 머금고 있었다.

---

43 〈키스 더 레인〉은 한국 피아니스트 이루마의 대표 연주곡 중 하나다.

닥터 쑤가 간신히 손을 떼어내며 얼굴을 찡그렸다. "내 손 뽀개 놓기라도 할 작정이세요?"

천샤오시가 계속 꽃 같은 미소를 지으며 감격해서 말했다. "이 곡 저 들으라고 연주해주는 거란 말예요!"

닥터 쑤가 눈을 흘기며 찬물을 부었다. "귀가 그쪽밖에 없어요? 이 공간에 있는 사람들 다 들리는구만. 뭐가 그렇게 대단하다는 거예요?"

천샤오시는 그냥 웃기만 했다. 다르다. 사람들한테도 다 들리지만, 이 곡을 듣고 이해할 수 있는 사람은 나뿐이라구.

쟝천이 자리에 돌아와 앉는데, 천샤오시가 얼굴을 쳐들고 아부조로 웃어주었다. 쟝천은 순간, 천샤오시의 이런 표정에 어떤 반응을 보여야 할지 감이 잡히지 않아, 그냥 조건반사적으로 머리를 토닥여주었다……. 정말 반사적으로 한 행동이었다. 살랑살랑 흔드는 꼬리만 없었지, 샤오시의 표정이 그야말로…….

양력설이 낀 주가 반은 지났을 무렵, 쟝천이 회진을 도는데 갑자기 한 어린 간호사가 병실 문을 막아섰다. 간호사가 빨갛게 달아오른 얼굴로 말을 더듬었다. "쟈쟈쟝 선생님, 그그게, 서선생님 그날 피피아노 여연주하셨잖아요. 저정말 멋지셨어요."

"고마워요." 쟝천이 고개를 끄덕이고는 간호사를 돌아가려고 하자, 간호사가 쏜살같은 걸음으로 다시 쟝천의 앞을 막아섰다. 사람이 마음이 급해지면 말도 더듬지 않는 법이다. "쟝 선생님, 저 어려서부터 꿈이 피아노 잘 치는 남자 친구 사귀는 거였어요. 여

자 친구 있으시다는 거 알지만 포기하지 않을 거예요. 꿈은 포기
해서는 안 되는 거니까요."

장천은 그제야 주먹을 꼭 쥔 이 어린 간호사를 진지하게 바라봤
다. 꽤 낯이 설은 것이 아마도 새로 온 간호사인 것 같아서 그가 말
했다. "새로 오셨죠?" 입 밖으로 내지 않은 대사는 이러했다. "성
질 더러운 우리 천샤오시의 마수가 아직 그쪽한테까지 뻗치지는
않았나 보네요?"

어린 간호사의 얼굴 위로 순간 상처받은 표정이 스쳐 지나갔다.
"저 온 지 1년도 넘었는데요. 지난달에는 선생님과 같은 수술대에
도 섰고요."

"에?" 당황한 장천은 무심결에 천샤오시가 깜짝 놀랐을 때 보이
는 반응을 따라 했다.

"됐어요." 어린 간호사는 풀이 좀 죽어버렸다. "지금 저 기억해
두시면 돼요. 이름은 추이닝닝崔寧寧이에요. 피아노 치시는 모습
정말 멋있었어요. 선생님 손가락 아래로 온통 애틋한 사랑이 흘러
내리는 것 같더라고요."

장천이 돌연 웃음을 터뜨렸다. "요즘 같은 시대에 피아노 칠 줄
아는 게 뭐 그리 대단한 일이라고요. 꿈을 다른 걸로 바꿔보세요."

"뭐로요?"

"목화솜 타기, 탄지신공彈指神功44 같은 게 좀 남다르잖아요." 장
천은 말을 마치고 웃으며, 불가사의한 표정을 짓는 어린 간호사를

---

44 손가락 사이에 구슬이나 돌멩이를 넣고 튕겨 어마어마한 위력을 발휘하는 무공

두고 가버렸다.

간호사는 제자리에서 입꼬리를 실룩거렸다. 쟝 선생님 유머 감각이 아무래도 좀 이상한 것 같아…….

일은 그날 신정맞이 친목 저녁 파티가 끝난 뒤로 거슬러 올라간다. 천샤오시는 쟝천과 함께 산책을 하며 집까지 걸어갔다. 천샤오시는 너무 많이 먹어서 움직일 수가 없다고 떠들어대면서 거의 쟝천 팔뚝에 걸려 질질 끌려가다시피 했다.

쟝천은 그 손을 떼어낼 수가 없어서 샤오시에게 눈을 부릅떴다. "이 손 너 질질 잡아끌라고 있는 손이 아니라 수술하고 피아노 치라고 있는 손이거든."

천샤오시가 콧방귀를 뀌었다. "잘난 척 작작하셔. 요즘 같은 시대에 피아노 칠 줄 아는 게 뭐 그리 대단한 일이라고. 목화솜 타기, 탄지신공, 이런 거야말로 남다른, 허를 찌르는 능력이지."

쟝천이 샤오시의 손을 약간 세게 잡아떼더니 말끝을 올리며 위협적으로 말했다. "뭐라고?"

"내 말은 네가 피아노를 너무 잘 쳐서 손가락 아래로 온통 애틋한 사랑이 튀어 다녔다는 거야. 너 그 여자한테 피아노 쳐주는 거 엄청 좋아하는 게 분명해. 그렇지?" 천샤오시가 뻔뻔스럽게 웃으며 머리를 쳐들고 쟝천을 올려다봤다.

"……"

"맞지맞지맞지맞지?"

"맞아. 세상에서 제일 뻔뻔한 여자야, 그 여자가."

– 그들의 신혼

때는 쟝천과 천샤오시가 결혼 뒤 맞이한 첫 음력설이었다. 어디
서 설을 보낼 것인가라는 문제가 설 두 달 전부터 천샤오시를 괴
롭혔다. 이치로 따지면야 쟝천에게 시집을 갔으니 쟝천네 집에 가
서 설을 보내야겠지만, 쟝천 부모님 내외 두 분은 이 며느리의 존
재를 놓고 줄곧 "우리가 네가 존재하지 않는 셈 치면, 어쩌면 언젠
가는 네가 존재하지 않게 될 거다." 이런 요행수를 바라는 태도를
보이셨다. 천샤오시는 두 분이 요행을 바라며 품은 이런 환상이
실현될 수 없을 거라고 생각했다. 자신이 아무리 때려잡아도 죽지
않는 바퀴라고 자부하는바, 설사 쟝천이 죽는다 해도 그 시체 위
를 기어 다니는 바퀴는 바로 천샤오시일 테니까!

천샤오시는 이런 생각을 쟝천에게 알렸다가 진지하게 핀잔을
들었다. "바보야, 시체 위를 기어 다니는 건 시체 벌레야, 바퀴가
아니라."

천샤오시는 그의 박학다식함과 발상을 칭찬해주었다. "쟝천, 넌
어쩜 그렇게 모르는 게 없어? 게다가 나 핀잔 줄 때도 네가 죽은
뒤 시체가 된다는 부분에 초점을 맞추지 않고. 진심으로 하는 말
인데, 난 꿰뚫어 볼 수 없는 네 그 발상이 너무 좋아. 짜식, 네 그런
점이 참 마음에 들어!"

천샤오시가 쟝천의 어깨를 토닥이면서 눈을 가늘게 뜨고 웃으
며 찡긋 눈짓을 했다.

쟝천은 먼지라도 터는 것처럼 샤오시가 어깨에 걸친 손을 털어

냈다. "나 죽으면 넌 과부야."

천샤오시는 대수롭지 않게 그의 팔뚝을 껴안더니 고개를 쳐들고 아부 조로 웃었다. "너 죽으면 이 몸이 따라 죽어드릴게."

쟝천이 샤오시의 머리를 토닥였다. "죽기까지 한 마당에 나 좀 놔주시지."

"못 놔줘." 천샤오시는 변함없이 아부 조로 웃어댔다. "하지만 한 며칠은 놔줄 수 있지. 이렇게 하자. 이번 설에 너는 시댁 가고, 나는 친정 가고……." 샤오시는 말을 멈추고 쟝천의 안색을 살피다가 그제야 다음 말을 이었다. "그리고 설 쇠고 나면 같이 우리 집으로 돌아가는 거야. 괜찮지 않아?"

쟝천은 눈이 초승달 모양이 되게 웃는 샤오시를 보고 있자니, 돌연 죄책감이 한바탕 밀려왔다. 샤오시는 시댁 때문에 곤혹스러우면서도, 소란 한번 피우지 않고 그냥 조심스럽게 자기 비위를 맞춰가며 요구 사항을 내놓는 게 다였다.

"너 설 쇠고 싶은 곳에서 쇠. 나머지는 다 나한테 맡기고. 걱정 많이 할 필요 없어." 쟝천이 허리를 굽혀 둥글게 휘어진 샤오시의 입가에 입을 맞췄다. "그 아부 조 웃음 말인데, 연습하면 할수록 물이 오르는구나."

천샤오시가 한 1m는 훌쩍 튀어 오르더니만, 쟝천의 목을 끌어안고 왼쪽, 오른쪽 뺨에 입을 쭉 맞췄다. "자기 최고! 세상에서 자기가 제일 사랑스러워!"

하지만 기쁨의 불씨는 그날 밤 친정에 전화했다가 몇 번 만에 엄마 손에 꺼져 푸른 연기만 남고 말았다. 신이 나서 설 쇠러 집에 갈 거라고 읊어댔다가, 엄마한테 대놓고 한 소리를 듣고 말았던 것이다.

샤오시 엄마는 노파심에 풍습과 시어머니, 며느리 관계의 도리를 알려주며 딸을 설득했다. 그런데 딸내미가 귓등으로도 듣지 않고 집에 가서 설 쇠고 싶다는 소리만 할 줄이야. 샤오시 엄마는 딸내미가 세상 물정 모른다고 사람들 입에 오르내릴까 봐 마음이 초조해졌다. 더군다나 본인 자체가 인내심이 넘치는 사람이 아니라서, 몇 마디 하다가 욕 퍼붓기를 시전하시었다. "천샤오시, 내가 어쩌자고 너 같은 바보를 딸이라고 키웠냐 그래. 어쨌든 너 못 돌아와. 오기만 해봐, 아주 그냥 빗자루로 문밖으로 쓸어버릴 테니까!"

천샤오시는 그건 아니라는 투로 생떼를 부렸다. "내가 부피가 얼마나 큰데, 엄만 나 못 쓸어버려."

샤오시 엄마는 딸내미가 아직도 입만 살아 떠들어대는 걸 보고 하는 수 없이 극약처방을 내렸다. "오기만 해봐. 네 아빠랑 여행이나 가버릴 라니까. 우리 두 노인네 집 놔두고 들어가지도 못하는 꼴 볼 자신 있으면 어디 설 쇠러 와봐."

샤오시 엄마는 말을 마치고 나서 전화를 끊어버렸다. 샤오시는 휴대폰을 손에 쥔 채, 화가 나서 옆에서 책을 보던 장천을 때려버렸다.

장천은 책을 들고 몇 번 막아내다가 결국 쯧쯧거리며 짜증스럽게 말했다. "그만해라."

평상시 같았으면 고분고분 손을 빼며 귀찮게 안 했겠지만, 지금은 막 짜증이 치솟고 있었다. 샤오시는 쟝천의 '쯧쯧' 소리에 속에서 부아가 치밀어 올라, 쟝천이 보던 책을 소파 한쪽으로 던져버리고 쟝천의 몸에 올라타 목을 조르며 세게 흔들어댔다. "쯧쯧이라니! 세상에 나한테 쯧쯧이라니! 너 내 손에 죽을 줄 알아!"

쟝천은 머리가 울릴 정도로 흔들리다가, 단숨에 샤오시를 몸에서 떼어낸 뒤 소파 위에서 눌러놓고는 자기 몸을 뒤집어 세게 힘을 주었다.

쟝천은 돌덩이처럼 무거웠다. 샤오시는 눌리다 못해 숨도 시원하게 못 쉴 지경이었다. 가슴에 남은 마지막 공기가 쟝천 탓에 밀려 나오자, 샤오시가 발버둥을 치며 소리쳤다. "이거 놔!"

"사과해." 쟝천은 더 힘껏 샤오시의 상반신을 눌렀다.

샤오시는 모처럼 사과를 하지 않는 배짱을 선보였다. 그저 죽어라 발버둥을 치며 쟝천의 몸 아래로 빠져나가고 싶은 생각뿐이었다. 하지만 발버둥 치면 칠수록 쟝천은 더 꽉 눌러댔고, 나중에는 아예 얼굴까지 쟝천 목에 눌리는 바람에 코를 마구 흔들었다가 그만 쟝천의 목젖을 문지르는 꼴이 돼버렸다. 그러고 나자 몸으로 싸우느니 두뇌로 싸우는 게 낫겠다는 생각이 들었다! 샤오시가 생각한 두뇌 싸움이란 혀를 내밀어 쟝천의 목젖을 살살 핥아버리는 거였다.

샤오시는 순간 굳어버린 쟝천의 몸을 힘껏 밀어버린 뒤, 쟝천의 몸 아래로 빠져나와 소파를 굴러 내려간 다음, 방 쪽으로 줄행랑을 쳐버렸다. 샤오시가 손으로 문손잡이를 쥐기 1초 전, 쟝천이 갑자기 등 뒤에서 옷깃을 잡아당기는 바람에 균형을 잃고 뒤로 쓰러졌으나, 쟝천이 허리를 두 손으로 받쳐주었다. 샤오시가 안도의 한숨을 쉬고 있는데, 허리를 받치고 있던 손이 허리 전체를 감아버렸다. 그 뒤 무슨 힘을 어떻게 쓴 건지 샤오시의 전신이 쟝천의 어깨에 거꾸로 매달린 꼴이 돼버렸다.

쌀자루마냥 쟝천 어깨에 매달린 천샤오시의 눈에는 성큼성큼 앞으로 나아가는 쟝천의 두 다리만 들어왔다.

"내려놓으……라고!"

그 뒤 둘은 침대 위, 바로 그 지점에 이르렀고, 쟝천은 천샤오시에게 학교에서는 가르쳐주지 않고 드라마로는 방영 금지된, 웹 서핑하다 보면 18세 이하는 시청 금지 메시지가 튀어나오는 그 행동을 격렬하게 해버렸다. 하지만 천샤오시도 수확이 있었다. 수확이라 함은, 앞으로 '몸으로 싸우느니 두뇌로 싸우는 게 낫다'는 쪽을 선택하기 전에 일단 자신의 지능을 헤아려본 뒤, 주제 파악 못 하고 덤비는 짓은 하지 말자는 깨달음을 얻었다는 거였다.

이튿날 저녁 저녁밥을 먹고 난 뒤, 천샤오시는 쟝천을 잡아끌고 양가 부모님께 드릴 선물을 사러 쇼핑몰에 갔다. 쟝천은 크고 작은 봉투를 일고여덟 개나 든 뒤, 더는 싫다면서 샤오시를 막아섰다. "집에 가서 건강식품 가게라도 열 생각이야?"

샤오시는 쟝천의 손에 들린 봉투를 세어봤다. "하여튼 과장하기는. 시부모님 하나, 친정 부모님 하나구만. 우리 엄마가 사돈댁이 수준이 높으시니 실례하지 말라고 했단 말야."

"우리 부모님 이런 거 설이면 적잖이 받으셔. 장모님, 장인 어르신 것만 사면 돼. 돈 막 써놓고 나중에 빈털터리 됐다고 울지나 마."

쟝천이 샤오시가 세 든 집에 들어와 산 이후, 두 사람은 수입을 합쳐 다른 곳에 집을 샀다. 따지면서 비교해보니, 쟝천 수입에 비하면 천샤오시의 수입은 계산에 넣지 않아도 될 정도였다. 그래서 천샤오시는 쟝천 월급은 매달 저금하고, 자기 수입으로 생활비 지출을 충당하자고 제안했다. 쟝천은 예전부터 금전 관념이 흐릿해서, 학창 시절 반 학급비 관리할 때도 툭하면 거꾸로 돈을 더 채워 넣었던 탓에, 천샤오시가 돈을 관리해주겠다고 하니 속도 편하고 좋았다. 하지만 천샤오시 역시 금전 관념이 더 낫다고 할 수준이 못 되는지라 월말만 되면 돈 없다고 울상이었는데, 그러면서도 또 쟝천 월급은 건드리지 못하게 하니 쟝천은 속이 터져 죽을 지경이었고, 생뚱맞게 자기 여자 하나 건사 못 한다는 좌절감까지 들었다. 자기가 번 돈이면 천샤오시 열 명은 건사하고도 남을 텐데…….

천샤오시는 결국 자기가 사야 한다고 생각한 물건을 다 사들였다. 그래놓고 집에 와서 계산기를 두드려보더니, 쟝천을 가리키면서 원망을 쏟아내는 거였다. "왜 안 말렸어?"

쟝천이 눈을 대차게 흘겼다. 내가 말린다고 말려지냐고…….

천샤오시가 곧장 쟝천을 때렸다. "그래, 내가 눈 흘기게 했다! 내가 눈 흘기게 했어…….'"

쟝천은 샤오시가 자신과 함께 시댁에 가야 하는 일 때문에 긴장해서 성질을 부려댄다는 걸 알고 있었기 때문에, 샤오시에게 따지고 들지 않았다. 그냥 몸을 살짝 옆으로 돌려 비교적 덜 아픈 팔뚝 살로 샤오시의 주먹을 받아주었다.

샤오시는 때리면서 욕을 퍼부었다. "나한테 눈을 흘겼다 이거지, 나한테 눈을 흘겨어. 내 집에서 먹고 자고 마시고 하면서 세상에 나한테 눈을 흘겨!"

장천이 차갑게 샤오시를 힐끗 보고는 눈썹을 치켜떴다. "뭐? 다시 한 번 말해보시지?"

천샤오시가 머리를 움츠렸다. "하하, 내 말은 우리가…… 그 경비 지출을…… 공동으로 같이하고 있다 그거지…….."

음력설 며칠 전, 천샤오시는 쓰투모와 함께 머리를 자르러 가기로 했다. 원래는 그냥 머리끝만 살짝 다듬을 생각이었으나, 그 미용실 헤어디자이너의 말발 신공이 보통이 아니어서 말 두세 마디에 넘어간 샤오시는 글램펌을 하고 말았다. 헤어디자이너는 이렇게 말했다. "오랜 경험으로 볼 때, 손님 파마하시면 분명히 예쁠 거예요. 성숙하면서도 부드럽고 대범한 분위기가 날걸요." 만년 동안의 소유자 천샤오시의 아킬레스건이 바로 '성숙'이라는 두 글자였다. 원래는 쓰투모의 의견을 들어볼 생각이었지만, 고개를 돌려보니 쓰투모는 이미 이 몸 하나 아낌없이 불사르겠다는 듯 파마 기계 아래로 안착한 채, 샤오시에게 다음과 같은 표정을 지으며 답변을 대신해주었다. "내 코가 석 자야, 본인 일은 본인이 알아서 잘하셔."

......

천샤오시는 자신의 성숙하고 부드럽고 대범한 모습을 다시 한 번 상상해봤다. 그 모습으로 시댁에 가면 분명 쟝천의 체면을 세워줄 수 있을 거라는 생각에 마음을 굳혔다. "파마하자! 성숙해 보이게 해버리자고!"

그래서 동태눈으로 서너 시간 멍을 때린 뒤, 쓰투모와 함께 자신들에게 끝내주게 잘 어울린다는 헤어스타일을 머리에 인 채 각자의 집으로 돌아갔다.

쟝천이 문을 열었을 때, 천샤오시는 마침 문을 등진 채 새 일력日曆을 걸고 있었다. 샤오시는 문 여는 소리를 듣고 얼굴을 살짝 옆으로 돌렸다. 헤어디자이너 말이 이 헤어스타일은 옆얼굴로 볼 때 제일 예쁘다고 했다. 칠흑같이 검은 머릿결 속에서 말끔히 닦은 얼굴이 슬쩍 드러나면 실루엣보다 더 신비로우니, 더 아름다우니 뭐니 하면서!

쟝천은 몇 초간 당황해 있다가 정신을 차리고 난 뒤, 그제야 장난스럽게 천천히 입을 열었다. "어머니, 어쩐 일로 오셨어요?"

천샤오시의 옆얼굴이 확 굳어버렸다. 샤오시가 이를 악물고 한 글자 한 글자 내뱉었다. "쟝! 천! 내! 가! 너! 죽! 여! 버! 릴! 거! 야!"

천샤오시는 밤에 쓰투모와 전화 통화를 했다. "모모, 나 우리 집 저 인간 죽여버리고 싶어."

쓰투모 역시 자기 집에서 남편한테 된서리를 맞은 참이었지만 그래도 시비는 잘 가렸다. "내 생각엔 말야, 그 헤어디자이너를 죽여야 해. 복수하려면 원수를 찾아가고, 빚 받으려면 빚쟁이를 찾아가야 한단 말이지."

이튿날 천샤오시는 쓰투모를 끌고 다른 미용실에 가서, 둘이 몇 년을 기른 긴 머리를 싹둑 잘라 일을 끝내버렸다. 그야말로 '내 님 위해 삼천 가닥 머리카락 자르노니, 미용사야 너 조심히 살아라!'였다.

샹천이 당직을 서야 해서, 두 사람은 음력설 전날 밤이 되어서야 귀성길에 올랐다. 천샤오시는 원래 차에만 오르면 꾸벅꾸벅 잠이 드는 사람이지만, 이번에는 가는 길 내내 너무 밤늦게 도착해서 시부모님 기다리시게 하는 거 아닌가 걱정이 밀려와서 잠은 제대로 자지도 못했다. 오히려 샹천이 샤오시의 어깨를 베개 삼아 세상모르고 잠을 잤다.

집에 도착했을 때는 이미 새벽 두 시였는데, 샤오시는 자기가 쓸데없는 걱정을 했다는 걸 깨달았다. 시댁은 불빛이라고는 하나 없이 캄캄하고 온통 잠잠했다. 샤오시는 이 집이 예전부터 원래 이랬던 건지, 아니면 마음에 안 드는 며느리에게 항의하려고 이러는 건지 알 수 없었다.

샹천이 귀까지 자른 샤오시의 짧은 머리를 쓰다듬었다. "장인어르신, 장모님께 전화 드려. 불 다 켜놓으셨네."

맞은편 천샤오시네 집은 대낮같이 밝았다. 샤오시 부모님은 소파에 앉아 말뚝잠을 자면서 텔레비전과 전화기를 사수하고 계시다가, 딸과 사위가 무사히 도착했다는 전화를 받고 나서야 마음 놓고 잠이 드셨다.

잠이 들 무렵, 크지 않은 쟝천의 침대에서 샤오시가 등 뒤에서 쟝천의 허리를 껴안았다. "나 때문이야?"

쟝천이 손으로 샤오시의 손등을 덮었다. "쓸데없는 생각하지 마. 두 분 다 엄청 바빠서 그래. 예전부터 이랬어."

쟝천의 부모님은 예전부터 "엄마, 아빠가 몹시 바쁘구나. 사내아이는 독립적으로 사는 법을 배워야 해"라는 말을 핑계로 아주 당당하게 쟝천 곁에 있어주지 않으셨다.

천샤오시는 목에 뭐가 막힌 것만 같아서 힘껏 침을 넘겨봤지만, 그래도 내려가지 않았다. 쟝천의 허리를 더 꼭 안아주는 수밖에 없었다. "우리 엄마, 아빠는 엄청 한가해서 만날 나 성가시게 하는데. 내가 엄마, 아빠 그 시간 나눠줄게, 어때?"

"그래." 쟝천이 뒤돌아서 샤오시를 품에 안았다. 아주 꼭 안아주었다.

하지만 다음 날이 되자 샤오시는 어젯밤에 한 말을 후회했다. 일어나서 보니 시부모님은 일찌감치 집을 비우신 참이었다. 쟝천 말로는 부모님이 가장 바쁘실 때가 설이라고 했다. 아침부터 저녁까지 식사 모임으로 꽉 차 있다면서. 천샤오시는 그래서 아주 당당하게 쟝천을 끌고 맞은편 자기 집으로 밥을 얻어먹으러 갔다. 그래서 지금 이 상황이 돼버린 것이다. 쟝천의 밥그릇은 이미 닭에 오리에 생선에 고기가 수북이 쌓여 고봉이 돼버린 상황이었다.

샤오시가 방금 집어 든 닭 다리마저 엄마가 젓가락으로 빼앗아가 장천의 밥그릇 고봉에 올려놓고 말았다.

밥을 다 먹고 나서 샤오시는 부엌에서 설거지를 하는데도, 장천은 거실에서 텔레비전을 보면서 식후 과일을 먹으며, 장모가 죽기 살기로 까발리는 샤오시의 흑역사를 듣고 있었다. "쟤가 여섯 살이 될 때까지도 1에서 10까지 숫자를 못 셌다니까. 보통 8까지 세고 나면 그때부터 아빠 불러 과자 먹고 싶다는 거라. 어렸을 때는 또 크면 꼭 결혼해야 하느냐고 물은 적도 있어. 사촌 오빠는 너무 사납고, 우리 아빠는 이미 결혼했는데, 자기는 누구한테 시집가냐고 말야. 샤오시가 고등학교 다닐 때 갑자기 한동안 매일 아침 일찌감치 집을 나섰는데, 한번은 잠옷 바람으로 가방을 메고 나간 거야 글쎄. 그리고 또 한번은 얘가 실연을 해가지고……."

샤오시는 황급히 설거지를 마치고 손에 묻은 물기를 떨면서 나왔다. "엄마!"

"왜, 우리 샤오천이랑 엄마 얘기하는 거 안 보이냐, 어딜 끼어들어?" 샤오시 엄마가 샤오시에게 눈을 부라렸다.

우리 샤오천은 옆에서 이 새 애칭을 듣고 저도 모르게 조용히 식은땀을 뚝뚝 흘렸다.

천샤오시는 축축하게 젖은 손을 장천의 목에 갖다 댔다가 점거하듯 끌어안았다. "샤오천, 내 거거든."

딸이자 와이프인 이중 신분의 소유자 천샤오시는 속으로 이렇게 생각했다. '우리 엄마야. 장천, 너 뺏을 생각하지 마. 장천은 내 거야. 엄마, 뺏을 생각하지 마.' 사실 양쪽을 다 질투하고 있었다.

오후가 되자 날이 갑자기 추워졌다. 천샤오시는 두꺼운 옷을 가져오지 않았다는 사실이 떠올라, 옷장을 뒤져 대학 때 입던 외투를 찾아 입고는 신바람이 나서 쟝천에게 말했다. "봐봐, 나 대학 때 입던 옷 들어간다."

쟝천이 눈이 짓무르도록 본 옷이었다. 예전에 샤오시가 늘 자기 옷 중에 제일 예쁜 옷이라며 밀고 나가던 옷이었다. 그게 사실이기도 했다. 크림색 울 코트로 인해 샤오시의 새카만 두 눈동자가 더 새카맣게 반짝였다. 뜬금없이 심장이 빠르게 뛰기 시작했다.

저녁 식사 전, 쟝천네 집 거실에는 적잖은 사람이 둘러앉아 있었다. 분위기는 그럭저럭 화기애애하고 괜찮았는데, 쟝천과 샤오시가 들어오자 쟝천 어머니의 얼굴이 제일 먼저 어두워졌다. "설에 집을 비우고, 누가 그렇게 가르치던?"

쟝천이 굳은 얼굴로 대꾸도 하지 않자, 샤오시가 웃는 낯으로 말했다. "아버님, 어머님, 새해 복 많이 받으세요. 아저씨, 아주머니도 새해 복 많이 받으시고요."

어디서 왔는지 모를 그 아저씨, 아주머니들이 재빨리 말을 걸었다. "새해 복 많이 받아요, 복 많이 받아. 진장님이랑 진장 사모님은 복도 많으시지. 아드님, 며느님이 다 출중하시네……."

천샤오시가 쟝천의 소매를 슬그머니 잡아당기자, 쟝천은 그제야 고개를 끄덕였다. "아저씨, 아주머니, 새해 복 많이 받으세요." 그다음 한마디 더. "아저씨, 아주머니, 천천히 이야기 나누세요."

그러고는 천샤오시를 잡아끌어 방으로 들어가 버렸다.

천샤오시는 철이 없다며 쟝천을 나무랐다. "사람이 저렇게 많은데, 적어도 한 분 한 분 인사는 다 해야지. 너 이러면…… 어머님, 아버님이 언짢아하실 거란 말야……."

쟝천은 침대에 누워 깍지 낀 두 손을 뒤통수에 가져다 댔다. 아무래도 상관없다는 얼굴이었다.

그러다 쟝천이 잠들자, 쟝천 어머니가 와서 문을 두드렸다. 어머니는 못마땅한 얼굴로 쟝천 아버지와 본인은 저녁을 집에서 먹지 않을 예정이고, 너희들 저녁밥은 리 씨 아주머니가 해주러 올 거라면서, 설에 성가시게 사돈댁 들락거리고 그러지 말라고, 다른 사람들이 뒷말한다는 말까지 덧붙였다.

천샤오시는 힘없이 미소 지으며 대답했지만, 속으로는 불효막심하게도 날아 차기를 시뮬레이션해보았다.

쟝천이 잠에서 깼을 때, 천샤오시는 바닥에 책상다리를 하고 앉아 쟝천의 물건을 뒤지고 있었다. 손에 『삼국연의』를 들고 소리 없이 웃고 있었는데, 속표지에 예전에 그 아이가 그린 강아지도 아니고 고양이도 아닌 그림이 그려져 있었다.

"천샤오시."

"어?" 샤오시가 고개를 드는데 눈에 물기가 촉촉했다. 활짝 웃는 얼굴이 반짝거렸다.

쟝천은 순간 넋을 잃었다. 가슴이 두근거렸다. 눈앞의 여자아이는 어렸을 때 익숙했던 단발머리를 하고, 어렸을 때 익숙했던 옷차림으로, 어렸을 때 자기가 썼던 방에 나타나 자신을 보며 활짝 웃고 있었다. 소년 시절로 시간을 거슬러 올라간 꿈처럼 아름다웠다.

"이리 와." 쟝천의 목소리가 쉬어 있었다.

천샤오시는 이유도 모른 채 손에 들고 있던 책을 내팽개치고 침대 모서리로 달려왔다. 미처 입을 열지도 않았는데, 쟝천이 갑자기 손을 뻗어서 침대로 잡아당기더니 몸을 뒤집으면서 샤오시를 덮쳤다.

쟝천이 위에서 샤오시를 내려다보며 웃자, 샤오시의 얼굴이 달아올랐다. 쟝천의 웃음은 늘 깔끔했다. 웃으면 한쪽 보조개에 찬란한 햇빛이 가득 드리웠다. 하지만 어쩌다가 지금처럼 이렇게 좀 사악하게 웃을 때면 샤오시는 생뚱맞게 얼굴이 달아오르곤 했다.

"왜 이렇게 얼굴이 빨개지셨을까?" 쟝천이 집게손가락으로 발갛게 달아오른 샤오시의 뺨을 살며시 매만졌다.

"내가 뭐?" 샤오시가 큰소리쳤다.

쟝천이 샤오시의 눈에, 귀에, 목에 입을 맞추자, 샤오시가 몸을 움츠리며 "큭큭" 웃었다.

리 씨 아주머니가 저녁을 하러 오셨을 때 샤오시는 아직 자고 있었다. 쟝천은 아주머니에게 식사 준비하실 필요 없다고, 조금 있다가 나가서 사 먹겠다고 했다. 아주머니가 가신 뒤, 쟝천은 다시 이불을 헤치고 들어가 샤오시를 끌어안은 채 다시 잠을 청했다. 쟝천은 자지 않았다. 그냥 품 안의 샤오시를 안고 창밖의 '파파파팍' 폭죽 소리를 들으며 품 안의 촉감을 음미했다. 따뜻하고 보드라운 그의 천샤오시를.

샤오시가 배가 고파 잠에서 깨고 보니 쟝천의 손이 허리를 가로 지르고 있었는데, 너무 꼭 끌어안고 있어서 풀려야 풀 수가 없었다.

바깥은 이미 어둑어둑했다. 귀를 기울이니 폭죽 터지는 소리만 들렸다. 샤오시는 안도의 한숨을 내쉬었다. 시부모님은 아직 돌아오시지 않은 상태였다.

"일어나. 나 배고파죽겠어." 천샤오시가 자기 허리를 가로지르고 있는 쟝천의 팔뚝을 꼬집었다. 손톱으로 살점을 쥐고 눌러 한 바퀴 비틀었다.

쟝천이 아파서 "헉" 소리를 냈다. "천샤오시, 너 요즘 왜 이렇게 폭력적이냐?"

쟝천의 말을 듣고 보니, 샤오시는 요즘 들어 자신이 정말 좀 폭력적인 경향을 보인다는 걸 깨닫고 놀라 작은 소리로 참회했다. "알았어. 미안해."

잦아든 목소리가 보들보들하게 들려서, 쟝천은 그만 저도 모르게 샤오시에게 다가가 뒷목에 입을 맞췄다.

천샤오시는 울상이 돼버렸다. "또 하려구……."

정말 침대에서 내려간 건 그로부터 반 시간이 지난 뒤였다. 샤오시는 옷 단추를 채우면서 자꾸만 원망스러운 눈빛으로 쟝천을 바라봤다. 억울해하는 모습을 보고 있자니 마음이 좀 찔렸다. 내 와이프 아닌가, 왜 내가 꼭 짐승같이 느껴지지…….

저녁밥은 집 근처 작은 식당에서 먹었다. 밥 먹으러 갔을 때는 이미 아홉 시가 다 된 시각이었다. 반 정도 먹고 났는데 쟝천이 전화를 받더니 문밖으로 나가서 30분이 넘도록 돌아오지 않았다. 천 샤오시는 주머니를 뒤져봤다. 정신없이 나오느라 아무것도 가지고 나오지 않은 참이었다. 딱 보니 가게에 남은 테이블이라고는 자기네밖에 없었다. 주인아주머니가 계산하라고 두 번이나 와서 다그쳤고, 태도는 점점 더 나빠졌다. 샤오시도 너무 미안해서 문 앞까지 걸어가 몇 번을 둘러봤지만 쟝천 그림자도 보이지 않으니, 이렇게 말할 수밖에 없었다. "나올 때 정말 돈이랑 휴대폰 가지고 나오는 걸 깜빡했어요. 아니면 저랑 같이 제 남편 찾으러 나가실 래요?"

주인아주머니가 콧방귀를 뀌었다. "나가? 나갔다가 당신네 패거리라도 있으면 어쩌려고?"

민망함이 정점을 찍었다. 주인아주머니, 상상력이 너무 풍부하신 거 아닌가요……

쟝천이 받은 전화는 쟝천을 데리고 연구를 진행하는 교수가 걸어온 전화였다. 아주 근엄한 노인이었는데, 평생 결혼은 하지 않고, 설이면 밑에 데리고 있는 대학원생들에게 전화해서 괴롭히는 게 낙이었다. 어제는 역시나 그 밑에 있는 대학원생 닥터 쑤가 걸려들었다. 듣자니까 교수가 전화 속 환호성을 듣고 뭘 하고 있는지 물었는데, 닥터 쑤가 신이 나서 다들 같이 술 마시면서 돈 놓고 게임하고 있다고 대답했다가, 환락에 빠져서 흥청망청 먹고 마시면서 사치나 부린다며 잔소리를 들었단다. 그렇다고 굴할 닥터 쑤가 아니었다. "교수님, 설인데 온 가족 불러놓고 무덤 앞에서 곡을 할 수는 없는 노릇이잖아요."…… 이랬다고 한다.

쟝천은 교수님 전화번호가 뜬 걸 보고 곧바로 조용한 골목을 찾아, 폭죽 소리가 들리지 않는 곳임을 확인한 뒤에야 전화를 받았다. 쟝천이 제출한 병리 분석 케이스 하나에서 문제가 생겼다는 교수의 말에, 둘은 전화로 오랫동안 토론을 이어갔다. 마지막에 교수가 뭘 하며 지내느냐고 묻자, 쟝천은 이렇게 대답했다. "지금 외식을 할 경우 간염 바이러스의 전파 경로를 현지 조사하고 있습니다."

……

교수는 흡족해하며 전화를 끊었다.

쟝천이 식당으로 돌아오니, 샤오시가 머리가 무릎에 다 닿을 지경으로 주인아주머니에게 야단을 맞고 있었다. 주인아주머니는 샤오시의 옷차림을 보니 돈 있는 사람 같지도 않고, 거기에 한참 기다린 것까지 더해지면서 부아가 치밀어 올라, 가면 갈수록 막말을 해댔다. "돈이 없으면 나와서 먹지를 말아야지. 딱 보니까 제대로 된 집 아가씨도 아니구만. 어린 나이에 아무 남자하고 밥이나 먹으러 나오고 말야. 아가씨 같은 사람 내가 한둘 본 게 아냐. 계속 돈 안 내면 경찰에 신고해버릴 거야 그냥……."

"얼맙니까?" 쟝천이 가라앉은 목소리로 말을 끊으며 돈지갑을 뒤졌다.

한참 잔소리 퍼붓는 데 맛을 들인 아주머니는 돌아온 남자 친구를 보고 그 김에 같이 잔소리를 퍼부어 줄 생각이었다. 고개를 들고 보니 눈앞의 젊은이 표정이 담담해서 기분이 좋은 건지 화가 난 건지 알 수가 없었는데, 왠지 모르게 뭐라고 더 말할 엄두가 나지 않았다. "85위안이요."

천샤오시는 쟝천의 소매를 잡아당기면서 억울한 듯 물었다. "어쩌자고 그렇게 오래 나가 있었어?"

쟝천은 샤오시는 보지도 않고 100위안짜리 지폐를 주인아주머니에게 건넸다. "시간 지체하시게 해서 죄송합니다. 거스름돈 주실 필요 없고요, 영수증이나 주시죠."

주인아주머니는 아연실색했다. 쪼그만 동네에서 하는 코딱지만 한 가게에서 무슨 영수증? 성질부려야 할 사람은 본래 자기 아닌가 싶어 먼저 큰소리를 치며 욕을 퍼부었다. "이 나쁜 놈이 지금 트집 잡는 거구만! 잘 들어. 나 너 안 무서워. 내가……(이하 약간의 쌍욕은 생략합니다)."

쟝천은 대답은 하지 않고 휴대폰으로 전화를 걸었다. "천 씨 아저씨, 새해 복 많이 받으세요. 예, 저 쟝천입니다. 예, 아저씨한테 알려드릴 일이 있어서요. XX로 길가에 XXX라는 식당이 있는데, 가게 주인이 돈을 받고도 영수증 발급을 거부하네요. 사람 보내서 조사 한번 해보시겠어요? 예, 고맙습니다. 아버지께 전해드리겠습니다."

천샤오시와 사장 아주머니 모두 아연실색하고 말았다. 샤오시가 쟝천의 소매를 잡아당기던 손으로 쟝천의 손가락을 잡아당겼다. "뭐야? 누구한테 전화했어?"

"세무서 서장한테." 쟝천은 말을 마치고, 어안이 벙벙해진 아주머니를 바라보고 웃으며 샤오시를 끌고 식당을 나섰다.

그 길가를 벗어나고 나서야 정신을 차린 샤오시가 자리에 서서 꼼짝을 하지 않았다. "거짓말."

"뭐가?"

"세무서 서장한테 전화한 거 아니잖아."

"넌 그런 사람 아냐." 천샤오시가 진지하게 쟝천의 눈을 쳐다봤다. "쟝천은 갑질 같은 거 안 해."

쟝천은 샤오시의 진지한 모습에 웃음이 나왔다. 세상에 날 조건 없이 믿어주고 언제나 좋게 생각해주는 한 사람이 있는데 더 바랄 게 뭐가 있을까.

"겁준 거야." 그냥 겁 좀 준 거였다. 애처로운 샤오시의 모습을 보는 바람에, 또 샤오시가 자기 따라 시댁 왔다가 적잖이 구박받았다는 생각에. 자기가 평소에 샤오시를 괴롭히지 않는 것도 아닌데다, 악취미 중 하나가 딱하도록 샤오시 골려먹는 거지만, 다른 사람이 괴롭히는 건 안 될 일이었다.

천샤오시는 그제야 웃었다. "그럼 그렇지."

쟝천이 참지 못하고 샤오시의 오동통한 볼을 꼬집어주었다. "뭐가 그럼 그렇지야, 날 그렇게 믿어?"

"쳇! 누가 믿는다는 거야. 번호 몇 개밖에 안 되는 네 전화부 목록에 천 서장님 연락처가 어디 있냐고." 천샤오시가 득의양양하게 나왔다. "그리고 아까 거스름돈 안 받는 바람에 15위안 써버렸잖아. 그건 아주 잘못된 행동이야, 반성해야 해."

하여튼 분위기 깨는 데는 진짜 뭐 있다.

"천샤오시."

"왜?"

"너 내 휴대폰 뒤졌냐?"

"그게…… 실은 네 그 훌륭한 인품에 절대로 갑질할 리는 없다고 생각한 거라니깐."

"이미 늦었어."

……

천샤오시가 해명했다. "일부러 그런 건 아냐. 만화 그릴 때 캐릭터마다 이름을 뭐로 지어줘야 할지 모르겠어서 네 휴대폰 전화부 목록 좀 뒤져본 거란 말야……."

"천샤오시, 우리 내일 외할머니 댁에 가서 설 연휴 끝날 때까지 지내다 오자."

"왜?"

"외할머니한테 네가 내 휴대폰 뒤졌다고 일러바치게."

……

천샤오시는 장천의 외할머님과 외할머님 댁의 모든 친척이 다 좋았다. 샤오시는 외할머님 댁에서 더할 나위 없는 대접을 받았다. 비교 대상이 시부모님에게 받은 대접이다 보니 외할머님이 몽둥이 들고 때리지만 않으시면, 무릎 꿇으라고 하지만 않으시면 감지덕지로 여겼다.

외할머님은 정말 좋은 어르신이었다. 만나자마자 목에 걸고 계시던 옥 장식을 풀어 샤오시의 목에 걸어주셨다. 뭐라고 말씀을 드려도 풀지 못하게 하셨고, 샤오시보고 생김새가 함초롬한 것이 선녀 같다는 말씀까지 해주셨다.

샤오시는 너무 귀염을 받으니 좌불안석이었다. 난생처음 누군 가가 '선녀'라는 엄청난 표현으로 자신의 외모를 묘사해주었으 니. 외할머님…… 정말 보는 눈이 보통이 아니셔!

집에 사람들이 잔뜩 앉아 있었다. 다들 천샤오시를 보겠다고 특 별히 달려온 친척들과 지인들이었다. 사람들이 표현을 바꿔가며 샤오시를 치켜세우는 바람에, 샤오시는 자기가 연예계 데뷔를 하 지 않은 게 정말 연예계에 너무 미안한 일이라는 생각이 들 정도 였다.

점심을 먹는데, 쟝천을 빼고 식탁에 앉아 있던 사람들이 하나같 이 눈을 부릅뜨고 샤오시가 밥 먹는 모습을 지켜봤다. 이런 동물 원 같은 잔인하기 그지없는 관람 압박에 천샤오시는 밥이 코로 들 어가는지 입으로 들어가는지 모를 지경이 되어, 그냥 할머니가 쉴 새 없이 얹어주시는 음식을 쉴 새 없이 먹어대기만 했다. 그제야 쟝천이 친정에서 밥 먹을 때 엄마가 밥그릇에 음식을 고봉으로 얹 어준 것도 쟝천에게는 일종의 부담으로 다가왔겠다는 생각이 들 었다.

천샤오시는 밥을 먹고 나서 설거지를 하겠다고 고집을 부렸지 만, 많은 여자 친척이 막아섰다. 막아서는 말과 동작이 얼마나 격 렬했던지, 이 그릇들을 샤오시가 씻기라도 했다가는 단체로 할복 자살이라도 할 태세였다.

천샤오시가 외할머니 손에 이끌려 정중앙에 앉자, 사람들이 두 사람 주변을 반원으로 에워싸며 계속 구경했다.

샤오시는 하는 수 없이 허리를 꼿꼿이 하고 단정하게 앉아, 입가에 예의 바른 웃음을 머금은 채 시시때때로 고개를 끄덕였다. 장천은 샤오시에게서 제일 먼 자리로 밀려나, 샤오시가 천하의 백성에게 사랑의 손길을 뻗치는 어머니 연기를 해내는 모습을 미소를 지으며 지켜봤다.

누가 말문을 열었는지는 모르겠는데, 샤오시에게 물었다. "둘이 어떻게 사귀게 됐나 그래?"

평상시 같으면 뻔뻔한 얼굴로 가슴을 탁탁 치며 호기롭게 말했을 것이다. "저 자식 제가 먼저 쫓아다녔어요!" 그 김에 눈물, 콧물 흘려가며 쫓아다니면서 겪었던 가슴 쓰라린 옛일 하소연하고, 마지막에 가서 음모를 실현했다는 듯 하늘을 우러러보며 길게 세 번 웃는 식으로 마무리 지었을 것이다. 처음부터 끝까지 감동적이고 낭만적이며 고무적인 이야기로 말이다.

하지만 간절하고 순박한 어르신들 표정을 마주하고 있으니, 평상시의 그 뻔뻔한 말은 쓸데가 없었다. 어떻게 입을 열어야 하나 고민하고 있는데, 누군지는 모르겠지만 친절하게도 샤오시를 도와 답변을 해주었다. "그거야 생각 좀 해보면 알 수 있잖어. 우리 장천이 샤오시 쫓아다닌 거지. 얘가 평상시에는 아주 조용하게만 보이더니만, 여자 쫓아다니는 데도 일가견이 있을 줄은 몰랐네. 자자자, 무슨 수를 써서 미인을 품에 안았는지 말이나 좀 해보지 그러냐?"

샤오시는 저도 모르게 입꼬리를 살짝 올렸다. 이 친척 어르신, 이렇게 낙관적으로 나오셔도 되시려나……

외할머님도 호기심이 발동해 샤오시의 손을 잡아당기셨다. "부끄러워할 거 없어. 이 외할머니한테 한번 얘기해보려무나. 둘이 어떻게 사귀게 되었어 그래?"

장천이 멀리서 샤오시를 지켜보다가 웃으며 대신 대답했다. "특별한 건 없고, 옆에 있다 보니 자연히 가까워졌어요."

장천의 이 대답은 앞뒤가 잘리고 주어, 목적어가 생략되어 있었다. 듣는 사람은 뭔가 숨겨진 이야기가 있다는 생각이 드는데, 정작 그는 애매모호하게 넘어갔다는 것이 신의 한 수였다. 한마디로 말해서, 독자 천 명의 마음속에 햄릿이 천 명은 들어 있는 것과 같은 이치. 가히 『장천의 말하는 법』[45]을 한 권 내도 될 수준이었다.

친척과 지인들은 새롭고 자극적이며 놀라운 이야깃거리를 파헤쳐 낼 수 없으니, 하나둘 장천의 둘째 이모에게 관심을 돌려버렸다. 대입을 앞둔 이모 아들의 성적으로 말이다. 예로부터 부모들이 서로의 자식들을 괴롭힐 때 쓰는 3대 보물이 성적, 결혼, 출산이다. 어느 나잇대의 자녀든 빠져나갈 재간이 없다는.

오후가 되자 친척들은 집으로 돌아갔고, 외할머님은 돋보기안경을 끼고 텔레비전을 보셨다. 텔레비전에서 어느 지방의 것인지 모를 희곡이 "이이아아" 수도 없이 돌아갔다.

천샤오시와 장천은 부엌에서 채소를 다듬고 있었는데, 샤오시

---

45 타이완의 유명한 사회자, 차이캉융(蔡康永)이 출간해서 전 중화권에서 베스트셀러에 오른 책 『차이캉융의 말하는 법』의 제목을 살짝 바꾼 것이다.

는 이유 없이 풀이 죽어 있었다.

장천이 팔꿈치로 샤오시를 슬쩍 쳤다. "왜 그래?"

"아니야."

"어." 장천은 계속해서 고개를 숙인 채 채소를 다듬었다.

......

"몇 번 더 물어봐 주면 안 돼?" 천샤오시가 씩씩거리며 채소 잎을 뜯어 장천에게 던져버렸다. 채소 잎이 장천 얼굴에 붙어 떨어지지 않았다.

장천이 어이없어하며 채소 잎을 떼어냈다. "왜 그러는데?"

"아니야." 샤오시는 한마디 내뱉어 놓고는, 또 장천이 더는 캐묻지 않을까 봐 곧장 말을 덧붙였다. "그냥 예전에 네가 나 마다했던 게 떠올라서. 내가 아무리 네 옆을 얼쩡거려도 다 마다했잖아."

당황한 장천이 코를 비비며 해명했다. "마다했던 건 아니고…… 그저…….."

그저 샤오시의 첫 고백을 거절했던 것뿐이었다. 그 이후 샤오시는 미리 입장을 정해놓고, 혼자 필이 꽂혀서 장천 주변을 얼쩡거렸다. 하지만 다시는 장천에게 자기를 좋아하느냐고, 또는 자기랑 사귀지 않겠느냐고 묻지 않았고…… 그 바람에 장천도 엄청 답답하고 괴로웠더랬다.

"그저는 무슨 그저야! 그저 같은 건 없어! 너, 나 마다했잖아! 채소 너나 다듬어! 난 외할머니랑 놀아드릴 거야!" 천샤오시는 손에 들린 채소를 화풀이하듯 내동댕이친 뒤 손을 닦고는 가버렸다.

저 게으름뱅이…….

장천은 웃으면서 계속 채소를 다듬었다. 샤오시가 외할머니와 거실에서 주고받는 말소리가 밖에서 아이들이 터뜨리는 폭죽 소리와 섞여 멀어지다 가까워졌다.

– 그들의 웨딩 사진

(상)

천샤오시는 최근 아주 심각한 일을 알아차렸다. 자신과 장천이 웨딩 사진을 찍은 적이 없다는 거였다.

이걸 알아차린 건 샤오시가 최근 연차를 내고 집에서 빈둥거리던 중, 밥 먹고 할 일이 없어 이 김에 이웃들과 친목 좀 도모해보자는 생각으로 이웃집을 방문한 덕분이었다. 공교롭게도 맞은편 집에 신혼부부 한 쌍이 살고 있었는데, 샤오시가 그 집을 찾아갔더니 과일도 내오기 전에 두툼한 웨딩 촬영 앨범을 몇 권 손에 쥐어주었다. 샤오시가 대학 때 심미審美를 주제로 쓴 논문에 들어간 어휘를 죄다 쥐어짜내 칭찬을 해대는 바람에, 그 집 부부는 도무지 민망해서 어쩔 줄 몰라 했고, 반드시 샤오시와 장천의 웨딩 사진을 보러 가서 답례로 칭찬 몇 마디 해줘야겠다는 생각을 하게 되었다. 샤오시가 자신과 장천은 웨딩 촬영을 하지 않았다고 하자, 부부는 저도 모르게 동정하는 표정을 짓다가 샤오시의 마음을 헤아려 웨딩 사진이니 뭐니 찍지 않아도 상관없다고, 별 의미 없다고 위로의 말을 해주었다.

집으로 돌아와서 생각해보니까 웨딩 사진은 꼭 찍어야 하는 거라는 생각이 들었다. 사건 발생 현장도 수색하고 사진을 남기는데, 하물며 천샤오시와 장천의 결혼 아닌가. 입으로 한 말이 무효가 되고 어떤 인간이 시치미를 뗄 수도 있으니, 증거야 많으면 많을수록 좋다는 건 두말하면 잔소리였다.

하지만 장천은 사진 촬영이라면 칠색 팔색을 했다. 집에 시기별 졸업 사진조차 몇 장 없을 정도였다. 그런데 장천의 졸업 사진 이야기를 하다 보면, 이게 또 천샤오시의 처량맞은 이야기가 돼버린다.

천샤오시는 오후 한나절 내내 ABCDE 모든 가능성을 염두해놓고 계획을 짰다. 둘의 웨딩 사진이라는, 이 생각만 해도 간담이 서늘해지는 증거를 어떻게든 남겨놓고 싶었다.

그리하여 퇴근해서 집에 돌아온 장천은 불빛을 등지고 소파에 앉아, 두 손을 소파 손잡이에 살짝 올려놓은 채 어두운 얼굴을 하고 있는 천샤오시를 보게 되었다.

"왜 불 안 켜고 있어?"

하늘색은 이미 어슴푸레했고, 창밖에서는 푸르스름한 빛이 비쳐 들어왔다. 원수라도 찾아 나설 천샤오시의 태세에 장천은 뜬금없이 웃고 싶어졌다.

"나 웨딩 사진 찍고 싶어." 천샤오시가 목소리를 나직하게 내리깔며 분위기를 저기압으로 만들었다.

"난 안 찍어." 장천이 손목시계를 풀며 대답했다.

"어째서?" 천샤오시가 소파에서 튀어 올라 고함쳤다. "네가 뭔데 안 찍어? 뭔데 안 찍냐고?"

장천이 샤오시를 흘끗 봤다. "사진 찍는 거 질색이야."

정말이지 장천이 인생에서 남긴 사진은 손에 꼽을 정도였다. 다 크고 나서는 늘 사진기를 피해 다녔다. 샤오시는 지금도 중학교 졸업을 앞두었던 때를 기억하고 있다. 반 아이가 집에서 가져온 사진기로 아이들과 함께 기념사진을 찍고 나중에 현상한 사진을 한 사람에 한 장씩 나눠줬건만, 거기서 장천의 그림자를 찾는 데 한나절이 걸렸더랬다. 고등학교 졸업 때는 아빠의 사진기를 들고 가서 장천에게 사진을 찍자고 했더니 찍으려고 하지 않아서, 길을 두 블록이나 쫓아간 끝에 겨우 두 사람 집이 있는 그 골목길 입구에서 한 장을 찍었다. 집에 와서 보니 빛이 부족해서 찍힌 거라곤 어두컴컴한 그림자 둘뿐이었지만, 샤오시는 그래도 사진을 현상해서 간직하고 있었다. 대학 시절 내내 장천은 사진 촬영 기능이 없는 휴대폰만 썼고, 천샤오시는 4학년이 되어서야 사진 촬영 기능이 있는 휴대폰으로 바꿨다. 처음에는 참신한 맛에 셀카를 찍을 때면 장천을 잡아당기곤 했지만, 그때마다 장천이 휴대폰을 막아 버리거나, 도무지 막을 도리가 없으면 무표정으로 일관하는 바람에, 샤오시는 매번 순진한 애 꼬드겨서 나쁜 물 들이는 문제라도 된 것만 같은 기분이었다. 나중에 두 사람이 헤어진 뒤, 샤오시는 지하철에서 휴대폰을 도난당했다. 지하철 직원을 붙잡고 감시카메라라도 꼭 확인해야겠다고 늘어졌다. 사실 어떻게 해도 잡을 수 없다는 건 알고 있었지만, 왜 그런지는 몰라도 마지막 노력은 다하고 싶었다.

아마 상실이라는 게 다 이런 걸 거다. 이미 돌이킬 방법이 없다는 걸 알면서도 끝까지 죽을힘을 다하게 된다.

천샤오시는 갑자기 맥이 풀려서 멋쩍게 코를 만지작거리며 말했다. "그럼 됐어. 배고프지? 밥 다 됐어. 생선 좀 굽고, 채소만 볶으면 먹을 수 있어."

쟝천이 다가가자 샤오시가 순간 등을 꼿꼿하게 폈다. 그런데 쟝천은 소파 옆 작은 탁자에 손목시계를 풀어놓기만 하는 거였다. 쟝천은 고개를 돌렸다가, 뭔가를 기대하는 듯한 샤오시의 모습에 웃음을 참지 못하고 샤오시의 머리칼을 만지작거리며 말했다. "천천히 해. 생선은 내가 옷 갈아입고 와서 구울게."

쟝천이 옷을 갈아입고 나오자, 샤오시는 이미 부엌에서 생선을 굽느라 야단법석을 피우고 있었다. 멀리서 보아하니 이미 상황을 되돌릴 수 없는 형국이라, 편안히 소파에 앉아 잡지를 뒤적이면서 밥을 기다렸다.

밥그릇 들고 거실에 와서 텔레비전을 보면서 먹는 샤오시의 습관이 결혼하면서 더 심해져서, 결혼 후 그 자그마한 식탁은 사용 횟수가 손가락으로 꼽을 정도가 되었다. 늘 거실 찻상 위에 잡지를 몇 장 깔아놓고 그 위에 밥과 반찬을 올렸다. 쟝천도 이견이 없었다. 오히려 더 편하고 재미있었다. 다만 샤오시가 밥그릇을 들고 만화를 보다가 밥 먹는 것까지 잊어버리면, 젓가락으로 샤오시 머리를 톡톡 쳐버리곤 했다.

"야, 밥상에 종이 좀 깔아." 샤오시는 부엌에서 쟁반을 들고 나왔다가, 쟝천이 자신의 만화 잡지를 뒤적이고 있는 걸 보고 저도 모르게 수상쩍은 생각이 들어 쟝천을 두어 번 바라봤다.

쟝천은 나른하게 손에 들고 있던 잡지를 몇 장 뜯어 상 위에 깔면서, 이 인간이 요즘 자기한테 "야야" 소리를 아주 술술 한다는 생각을 했다.

쟁반을 내려놓는데, 쟝천이 저도 모르게 물었다. "이게 뭐야?"

"생선구이." 샤오시가 맥없이 대꾸했다.

"이런 거는 생선구이라고 부르는 게 아니지. 기껏 해봤자 처참하게 죽은 생선밖에 안 되겠구만."

"……"

천샤오시는 밥알을 새어가며 깨작깨작 밥을 먹었다. 텔레비전 켜는 걸 깜빡하는 통에 사기그릇에 젓가락 부딪치는 소리가 낭랑하게 울려 퍼졌다.

"아마 너 데리고 웨딩드레스 고르러 갈 시간은 없을 거야. 네가 알아서 결정할 수 있지?"

"어?"

밝은 빛을 따라서 창유리에 엎드려 졸던 불나방이 돌연 날개를 펄럭이며 잽싸게 날아갔다.

"천샤오시, 텔레비전 소리를 꼭 그렇게 크게 키워야겠냐?"

(하)

결혼식도 올리지 않았고, 샤오시를 데리고 웨딩드레스를 고르러 갈 시간도 없었던 탓에, 쟝천은 웨딩 사진 촬영 당일 처음으로 샤오시가 웨딩드레스 입은 모습을 보게 되었다. 웨딩드레스 숍의 긴 의자에 앉아 졸면서 기다리는데, 한 조각 구름처럼 두둥실 다

가오는 샤오시가 어렴풋이 눈에 들어왔다.

'좀 예쁘네.' 쟝천은 속으로 이렇게 생각하면서 하품을 삼키며 입가의 미소를 꾹 참았다.

샤오시의 기다란 웨딩드레스 안에는 어마어마하게 높은 하이힐이 숨겨져 있었다. 샤오시는 조심조심 걸어왔다가, 하얀 양복 차림으로 의자에 나른하게 앉아 있는 쟝천을 보고 눈이 휘둥그레졌다. 하얀색이 잘 어울린다는 건 알고 있었지만 이렇게까지 잘 어울리리라고는 생각을 못 했던 터라, 순간 쟝천을 확 덮치고 싶어졌다……. 그리고 실제로 그렇게 했다. 쟝천에게서 2m 떨어진 곳에서 드레스 밑단을 밟는 바람에 온 힘을 다해 균형을 유지하려고 두 손을 공중에서 힘껏 크게 빙빙 돌리고 말았던 것이다.

쟝천의 기분을 생각해보셨는지. 1초 전만 해도 한 조각 구름같이 아리땁던 신부를 봤는데, 1초 뒤 그 구름이 손오공의 근두운筋斗雲이 되어 홍해아紅孩兒의 무적 풍화륜風火輪에 박히고만 꼴이었으니.[46] 쟝천은 한숨 쉴 시간도 없이 벌떡 일어서서 와이프를 구했다.

구조 성공.

사진을 찍는데, 쟝천은 사진작가의 "신랑분, 좀 웃으세요. 꽃이 온 산과 골짜기에 가득 핀 것 같은 행복을 웃음으로 표현해보시라고요", "신랑이 신부 바라보세요. 그윽하게, 눈빛에 설탕물 같은 달달함을 담으셔야 해요", "신랑분이 신부 좀 껴안아 보세요. 평생

---

46 『서유기』에서 손오공이 타고 다니는 구름을 '근두운'이라고 하는데, 이 구름을 타면 빠르게 날아갈 수 있다. 홍해아는 『서유기』에 등장하는 인물이며, 풍화륜은 중국의 무술 분야에서 사용하는 무기 중 하나다.

을 다해 사랑하겠노라는 그런 포옹을 좀 보여주세요"와 같은 온갖 지시 사항에 짜증이 났고, 천샤오시도 사진작가의 "본인이 구름 사이에서 노래하는 작은 새라고 상상해보세요"와 같은 문학적 조예가 깊은 표현 방식에 놀라 얼이 빠지고 말았다.

중간 휴식 시간에 천샤오시는 화장을 고치러 갔고, 쟝천은 얼굴에 파우더를 더 바르라는 메이크업 아티스트의 요구를 거절하고 나무 그늘에 숨어 졸았다.

사진작가와 그 조수는 신랑과 신부가 모두 화장을 고치러 간 줄 알고 큰 소리로 뒷말을 해대기 시작했다.

"윌will, 신랑이 전혀 내켜 하지 않는 얼굴 같지 않아요? 처음부터 끝까지 한 번도 안 웃었잖아요. 분명히 강제로 결혼하는 걸 거야."

"속도위반해서 결혼하는 거지, 뭐. 그 신부 하이힐 신고 조심조심하던 모습 생각해봐. 뭐 하나 실수라도 했다가 신랑이 자기 싫다고 할까 봐 전전긍긍하고 있는 게 분명해."

"어쩐지 신부가 아랫배가 좀 불룩하더라구요."

쟝천은 앞의 말이야 천샤오시한테 우스갯소리에 지나지 않아도, 마지막 결론은 유혈 사태를 일으킬 말이라고 생각했다.

다시 촬영에 들어간 뒤, 사진작가 윌은 기적을 목도했다. 강제로 결혼이라도 하는 양 안면 마비 증세를 보이던 신랑이 웃었으니 말이다. 웃는 게 좀 어린아이 같기는 했지만, 웃는 얼굴이 정말 멋지다는 건 인정하지 않을 수 없었다. 윌은 신랑이 마치 봄의 햇빛 속에서 샤워하는 것 같다고, 봄날에 퐁퐁 솟구치는 샘물 속에서 유쾌하게 노니는 작은 물고기 같다고 생각했다.

갑자기 폭발적인 참여도를 보이는 쟝천과 이상할 정도로 열정적인 사진작가 덕에 어쨌거나 웨딩 촬영은 일사분란하게 진행되었다. 실은 사진작가가 좀 무서울 정도로 열정적이었다. 그는 두 사람에게 자기 모델이 되어달라고 청하면서, 만일 원한다면 웨딩 촬영을 무료로 해주는 것 외에 꽤 괜찮은 보수를 지급하겠다는 의사를 밝혔다. 유일한 조건은 웨딩 사진을 물에 들어가서 찍어야 한다는 거였다.

쟝천은 샤오시가 조금도 망설임 없이 거절하리라고는 생각하지 못했다.

돌아가는 길에 샤오시는 지쳐 쓰러지고 말았다. 차에 오르자마자 좌석에 엎어져 꼼짝도 하지 않는 통에, 안전벨트조차 쟝천이 매주었다.

"웨딩 촬영이 도대체 뭐가 재미있다는 건지 모르겠네. 지쳐서 개가 될 지경이구만."

"멍멍" 샤오시는 숨만 붙어 있지 기운은 다 빠진 상태였다.

웨딩 촬영이 끝나고 나서 사진을 고르는데, 결정 장애 환자인 천샤오시에게 이건 또 하나의 어마어마한 난제였다. 컴퓨터를 끌어안고 보고 있어도 쟝천은 이 사진을 봐도 멋지고, 저 사진을 보면 남자답고, 이 사진은 분위기가 끝내주고, 저 사진은 옆얼굴이 조각 같았다. 어쨌든 쟝천은 모든 사진이 다 멋있었다.

며칠을 고민하다 결국 사진을 골랐다.

쟝천은 끼어들지는 않았지만 샤오시가 사진을 고른 기준이 너무 궁금했다. 쟝천이 보기에는 다 그 사진이 그 사진이었으니 말이다.

천샤오시가 당당하게 대답해주었다. "내가 보기에 컴퓨터 모니터를 제일 핥고 싶어지는 사진들을 골랐지롱."

"웨딩 사진 주인공은 신부여야 하는 거 아닌가?"

"아…… 그렇지."

– 그들의 일상

천샤오시는 주말에 인터넷에서 솜사탕으로 캐러멜을 만드는 창의적인 요리를 보고 연구했다. 실패한 뒤에도 전혀 실망하지 않았다. 천샤오시가 보기에 먹는 걸 만들 때 성공하느냐 마느냐는 인연이 따라야 하는, 억지로 어떻게 할 수 없는 일이었다.

샤오시는 적당히 치우고 난 뒤 가서 낮잠을 잤는데, 깨어나서 보니 싱크대 전체에 개미가 잔뜩 기어 올라와 있었다. 불현듯 생각나는 것이 있어 쟝천의 약용 알코올을 들이부었다. 익사를 시키든 취해서 죽게 만들든 할 생각이었다. 그 김에 살균도 하고.

그러고는 시간이 모든 걸 처리해줄 거라는 굳은 믿음을 갖고 거실에 가서 텔레비전을 봤다. 막 텔레비전을 켰는데, 갑자기 서재 문이 열리더니 쟝천이 비몽사몽 어슬렁거리며 걸어 나왔다. 천샤오시는 깜짝 놀라고 말았다. "어떻게 집에 있어, 당직 아냐?"

"일찍 왔어. 너 깨우고 싶지 않아서 서재에 가서 잤지."

사실 쟝천은 샤오시를 깨우고 싶지 않았던 게 아니라 감히 깨울 엄두를 내지 못한 거였다. 요새 들어 샤오시가 성질이 늘어서, 이틀 전에는 샤오시가 그림을 그리는데 들어가서 과일 먹겠냐고 물었다가 욕을 한바탕 먹은 적도 있었다. 그 주요 내용인즉, 예술가인 자신이 창작을 하면서 과일 먹을 생각을 하는 건 극히 사치스러운 일이라며, 그것도 모르면서 어떻게 자신의 영혼의 반려가 될 자격이 있겠냐는 거였다.

"먹을 거 있어?"

"너 집에 없는 줄 알고 안 사놨지. 지금 나가서 사 오든지 아니면 전화로 배달시킬까?"

"그럴 필요는 없고." 쟝천은 일부러 코를 힘껏 훌쩍거렸다. "내가 가서 국수나 끓일게."

"어." 샤오시는 채널 돌리느라 바빠서 대충 대답해버렸다.

쟝천은 부어오른 관자놀이를 문지르면서 부엌으로 걸어갔다. 가는 길에 큰 소리로 기침까지 두어 번 했지만, 샤오시는 여전히 응당 보여야 할 관심을 보여주지 않았다.

한강이 된 싱크대와 그 위에 잔뜩 널린 개미 사체를 보고 쟝천은 한숨을 내쉬었다. 냄비에 물을 받아 가스레인지에 올려놓은 뒤, 한 손으로 행주를 들고 싱크대를 닦으면서 다른 한 손으로 가스레인지 불을 켰다.

'펑!' 소리와 함께 푸른 불씨가 순식간에 쟝천 손에 들려 있던 행주로 옮겨붙자, 쟝천은 반사적으로 행주를 내던졌다. 행주가 싱크대에 떨어지면서 불은 삽시간에 싱크대로 올라갔고, 푸른 불길이 넓게 퍼져나갔다.

순간 비몽사몽 몽롱했던 머리에 정신이 든 쟝천은 부엌을 뛰쳐
나와, 여전히 소파에서 텔레비전을 보고 있던 천샤오시를 들쳐 메
고 대문 밖으로 뛰쳐나갔다.

천샤오시는 영문도 모른 채 잡혀 공중에서 허우적거리는 거북
이마냥 공중에서 사지를 휘저었다. "뭐야, 뭐 하는 거야! 떨어지겠
어!"

"불이야!"

"어? 어떻게 하지?"

쟝천은 천샤오시가 미처 반응하기도 전에 바닥에 내려놓더니,
뒤를 돌아 다시 집으로 달려가면서 소리쳤다. "뭘 넋을 놓고 있어,
달려!"

쟝천의 말대로 엘리베이터 쪽으로 달리는데, 샤오시의 귓가에
쟝천의 고함이 들렸다. "계단!"

"아!" 샤오시가 소리를 지르며 계단통을 향해 뛰었다. 한층 뛰
어 내려갔다가 이건 아니다 싶어서, 다시 뛰어오면서 쟝천을 불렀
다. "쟝천! 쟝천!"

쟝천은 이미 두 팔로 가슴 위에서 팔짱을 낀 채 현관에 서서 샤
오시를 기다리고 있었다. 샤오시는 재깍 쟝천을 잡아끌며 뛰려고
했지만, 쟝천이 꼼짝도 하지 않아서 다시 고개를 돌려 쟝천을 바
라봤다. "뛰어, 뭐 하는 거야! 내가 어떻게 너 혼자 남겨놓고 뛰어
갈 수가 있겠어!"

쟝천은 그래도 요지부동이었다. 샤오시는 쟝천을 질질 끌면서

속사포처럼 말을 내뱉었다. "빨리 뛰라니까. 물건이고 집이고 다 없어도 되지만, 너 없으면 난 정말 안 된단 말야. 불 끄지 말고 내려가서 신고하면 돼. 듣고는 있는 거야……. 아이, 왜 안 움직여. 너 미쳤냐, 다른 어떤 것보다 네가 중요하다구. 그게 집이라고 해도 말야!"

쟝천은 잠자코 샤오시를 내려다봤다. "아주머니의 애틋한 고백에 제가 아주 감동하기는 했습니다만, 불 이미 꺼졌는데요."

"어? 꺼졌어?" 샤오시의 말투에서 왠지 모를 실망감이 느껴졌다. "그냥 이렇게 꺼졌다니, 뭐야……."

쟝천이 샤오시의 얼굴을 꼬집었다. "실망이라도 하셨습니까?"

그러더니 샤오시를 겨드랑이에 낀 채 집으로 질질 끌고 갔다. "이제 부엌이 왜 알코올 천지가 됐는지 그걸 얘기해봐야겠는데……."

큰비가 씻고 지나간 도시에는 상쾌한 빛이 감돌았다. 쟝천이 블라인드를 치자, 순간 비가 지나간 뒤의 부드러운 햇빛이 안으로 비쳐들었다.

"쟝 선생님."

귀에 익은 목소리가 뒤에서 울려 퍼졌다. 쟝천은 눈에 띄지 않을 정도로 살짝 입꼬리를 올렸지만, 뒤를 돌았을 때는 이미 엄숙한 표정으로 바뀌어 있었다. "그렇게 한가하냐?"

"한가하지. 사장이 출장 가면 직원이야 당연히 땡땡이를 치고 싶은 거라구." 샤오시는 하얀색 티셔츠에 물 빠진 하늘색 청바지 차림으로 문지방에 기댄 채, 눈이 가늘어지도록 웃으며 손을 흔들고 있었다. "나 보니까 얼마나 좋아, 그런데 웃지도 않고."

장천이 책상 앞에 있던 의자를 끌어당겨 앉더니, 나른하게 샤오시를 올려다봤다. "너 본다고 좋을 게 뭐가 있어? 매일 보는데."

천샤오시가 입을 삐쭉이면서 한 발 뒤로 물러서서 말했다. "그럼 나 간다?"

"잘 가." 장천은 손을 흔들더니 손 가는 대로 차트를 하나 꺼내고개를 수그린 채 열심히 들여다봤다.

그랬더니 정말 발걸음 소리가 울려 퍼졌다. 장천은 멀어지는 발걸음 소리를 따라 고개를 들며 당황스러운 기색을 감추지 못했다.

천샤오시는 털레털레 병원을 한 바퀴 돌았다. 병원 안에 있는 마트까지 가서 간식으로 먹을 씨앗 한 봉지를 산 뒤에야 다시 느릿느릿 장천의 진료실로 돌아왔다. 장천은 입구를 등지고 창가에 서 있었는데, 밖에 뭐가 있길래 그렇게 들여다보고 있는지 모를 일이었다.

"장 선생님."

장천이 뒤를 돌자, 천샤오시가 함박웃음을 지으며 다가왔다. 강한 불빛 아래 하얀 옷에서 현기증이 날 정도로 빛무리가 졌다. 샤오시의 웃음이 유난히 달콤하게 빛났다.

"장면은 재현되고 역사는 반복되는 법. 또 그렇게 한가하냐고 물으면 정말 가버릴 거야." 천샤오시가 씨앗 껍질을 쓰레기통 방향으로 던졌지만, 던지면서 조준을 잘못하는 바람에 하늘하늘 가벼운 씨앗 껍질이 바닥에 떨어지고 말았다.

장천이 여전히 아무 소리가 없자, 천샤오시가 바로 가련한 표정을 지어 보였다. "욕 한번 하셔! 다음엔 안 그럴 게."

'선수 쳐서 불쌍한 척하며 잘못을 인정하는' 수법은 천샤오시가 최근 장천의 수에 대응하기 위해 새롭게 배워 써먹는 방법이었는데, 쓰투모의 네 살배기 아들 구모모顧末末에게서 배운 거였다. 그날 천샤오시는 쓰투모네 집에 갔다가 구모모가 쓰투모의 노트북 컴퓨터에 물을 엎지르는 현장을 목격했다. 샤오시는 두 눈을 똑바로 뜨고 바라봤다. 아이가 화들짝 놀란 표정을 짓더니 닭똥 같은 눈물방울을 핑그르르 머금는 모습을. 아이는 순간 처량한 표정으로 표정을 바꾸더니만 컴퓨터를 끌어안고 울기 시작했고, 물에 젖은 컴퓨터보다 더 젖을 지경으로 울어댔다. 결국, 쓰투모는 애틋하게 아들을 끌어안고 죽어라 어르면서 위로해주었다. 어찌나 얼러대는지 애가 게거품을 물 것 같았지만 어쨌든 성공이었다.

예전부터 세 사람이 길을 가면 그중 꼭 내 스승이 있게 마련이라는 말의 충실한 옹호자였던 천샤오시는 집에 돌아가자마자 장천을 대상으로 이를 실천에 옮겨봤다. 샤오시는 '실수로' 모 여성 환자가 장천에게 선물한 머그잔을 깨드린 뒤 울상이 되어 미안하다고, 나 한 대 때리라고 말했다. 장천은 미쳤냐면서 직접 유리 조각을 손으로 주웠다. 그래서 천샤오시는 이게 꽤 쓸모 있는 수법이라고 생각했다.

장천은 천샤오시를 뚫어져라 바라보며 아주 느리게 그 큰 두 눈을 2초 정도 깜빡이다 말했다. "깨끗이 치워."

한 번 써먹었다고 효과가 사라지다니, 쟝천 이 인간 내성이 너무 강한 것 아니니…….

샤오시가 꿈쩍하지 않자, 쟝천이 다시 말을 덧붙였다. "안 치우면 조금 있다가 청소 도우미 아주머니한테 네가 일부러 그런 거라고 알려드릴 거야."

천샤오시는 머리를 움츠렸다. 매일같이 쓰레기통에서 인체 조직을 치우는 분들인데, 그분들에게 씨앗 껍질을 치우게 하는 건 그야말로 인재를 썩히는 짓이었다.

그래서 어쩔 수 없이 입을 오므리며 씨앗 껍질을 깨끗이 치웠다. 쟝천이 샤오시를 상대해줄 여력이 없었기 때문에, 샤오시는 따분해죽을 지경이어서 겸사겸사 사무실에 있던 선인장 화분 몇 개에 물을 주었다.

쟝천이 물소리를 듣고 고개를 들었을 때는 이미 마지막 선인장에 물을 주던 참이었다. 물이 가득 차 화분 가장자리로 흘러넘쳤다. 선인장의 눈물 같았다.

쟝천이 한숨을 쉬었다. "물 그렇게 주면 뿌리 다 썩는단 말야."

천샤오시는 갑자기 생각나는 게 있어 물었다. "진료실에 언제 이렇게 선인장이 많아진 거야……. 하나둘셋넷다섯, 다섯 개인데?"

"동료가 선물로 줬어."

"어느 동료?" 천샤오시는 갑자기 심술이 났다. 인기 폭발남과 사는 건 참 피곤하구나.

"몰라." 정말 모르는 일이었다. 이틀 전 출근해서 보니 진료실

앞에 손바닥 크기의 선인장 화분이 다섯 개 놓여 있었다. 화분에는 색 끈으로 리본까지 매여 있었고, 바닥에 쪽지까지 한 장 깔려 있었는데, "매일 녹색 가득한 기분 좋은 하루 보내시기 바라요. from 동료" 이렇게 쓰여 있었다. 쟝천은 좀 궁금해졌다. 어째서 녹색이 있으면 기분이 좋다는 걸까. 쟝천은 이왕 생각난 김에 화제를 돌리며 말했다. "넌 어떤 색이 기분 좋은 색이라고 생각해?"

"어?" 천샤오시가 말귀를 알아듣지 못해 다시 한 번 말해줬더니, 샤오시는 그제야 입꼬리를 씰룩이며 말했다. "마음에 색이 있을 수 있어?"

"어? 자칭 예술가의 자질을 타고난 재목감 아니셔?" 쟝천이 눈썹을 치켜떴다.

"그렇지. 예술가의 자질을 타고난 재목감이지 예술가의 물감은 아니란 말야. 마음이 무슨 색인지 어떻게 알아. 억지 부리기는." 천샤오시가 투덜거리며 말했다.

쟝천이 눈이 가늘어지도록 웃으며 샤오시의 머리를 토닥거렸다. "그러게. 우리 예술가님, 밥이나 먹으러 나가실까요?"

"나갈래!" 천샤오시가 신이 나서 손을 들었다. 방금 캐묻고 있었던 일은 싹 까먹은 채.

천샤오시 주의 돌리기는 전부터 식은 죽 먹기였다. 전에 샤오시가 무슨 일로 소란을 피우면, 쟝천이 샤오시가 미처 정신을 못 차린 틈을 타서 화제를 다른 데로 돌려버리곤 했다. 샤오시가 정신을 차렸을 때는 이미 일은 물 건너가 있었다.

아니나 다를까, 밥을 반 정도 먹었을 즈음 돌연 그 일이 다시 생각난 샤오시가 젓가락으로 쟝천의 그릇을 두드렸다. "말하라니까! 그 화분 누가 보냈냐고?"

젓가락이 마침 쟝천의 가운뎃손가락 마디를 쳤는데 소리가 엄청 크게 났다. 깜짝 놀란 샤오시가 젓가락을 내려놓고 쟝천의 손을 잡았다. "아파?"

"본인이 보시기엔 어떠신가?"

샤오시가 보니 쟝천의 손가락 마디가 이미 새빨갰다. 후회막심이었다. 남자 때리는 건 본인 취미가 아닌데, 현숙하고 순종적인 자신의 이미지를 너무 말아먹었다는 생각이 들었다.

쟝천은 샤오시가 자신의 손을 잡고 문지르고 호호 부는 모습을 지켜봤다. 샤오시가 손을 호호 불다가 침이 다 튈 지경이었다.

"됐어. 그만 불어." 쟝천이 손을 뒤로 뺐다. "얼른 밥이나 먹어. 나 오후에 수술 있어."

"어? 너 손 아프잖아. 손 떨려서 사람 죽이기라도 하면 어떻게 해?" 천샤오시는 큰 걱정에 휩싸였다.

쟝천이 입꼬리를 씰룩거리며 화제를 돌려버렸다. "오후에 일하러 돌아갈 거야?"

"돌아가야지. 푸페이 사장이 정신이 어떻게 됐는지 지문인식기를 들여놨거든. 퇴근할 때 지문 찍으러 가야 해."

오후에 쟝천이 수술을 마치고 진료실에 돌아와서 보니, 천샤오시가 여전히 자기 책상에 엎어져 나른하게 만화를 보고 있었다.

"지문 찍어야 한다고 하지 않았어?"

천샤오시가 깡충 뛰어올랐다. "쓰투모가 얼마나 잔머리를 잘 쓰는지 모르지. 인터넷에서 손도장 제작하는 걸 샀더라니까. 우리는 가서 손도장만 찍으면 돼. 오늘은 쓰투모가 나 대신 찍어주고, 내일은 내가 쓰투모 대신 찍어주고. 푸페이 사장 출장 마치고 돌아올 때까지 쭈욱."

샤오시가 말을 하면서 백을 만지작거리며 왁스와 라이터, 고무풀을 한 병 꺼냈다. "너 손도장 만들어줄게!"

쟝천이 거절했다. "난 만들 필요 없어."

천샤오시가 애걸복걸했다. "하자아, 하자아아. 나 좀 만족시켜주라……."

쟝천이 곁눈질로 샤오시를 흘겨봤다. "내가 언제 너 만족 못 시켜줬는데?"

천샤오시가 당황해서 쟝천의 허리에 손을 감았다. "아이, 오빠야, 그건 오늘 밤에 해보면 알 일이궁."

뻔뻔스럽게 지분거리는 사람이 제일 싫어하는 게 '해볼 테면 해봐, 해보셔.' 이런 태도다.

결국, 쟝천은 천샤오시 등쌀에 떠밀려 손가락 열 개 손도장을 다 만들었다. 천샤오시는 쟝천의 열 손가락 손도장을 비닐봉지로 밀봉해서 백에 넣었다. 어느 날 자칫 실수로 사람을 죽이면 쟝천의 손도장을 범죄 현장에 한 번씩 전부 다 찍어놔야겠다고 마음먹었다. 이 따분한 세상에 쟝천 혼자 남겨둔 채 감옥에 갈 수는 없으니 말이다.

쟝천이 한마디 일러줬다. 남녀는 분리해서 수감한다고.

천샤오시가 생각해보다가 말했다. 어쨌든 감옥 시스템상 만날 기회는 있을 거 아니냐고.

– 쟝천은 아빠가, 샤오시는 엄마가 되었습니다

(1)

천샤오시의 전체 임신 과정은 누워서 떡 먹듯 순조로웠다. 입덧도 없었고, 각종 지표도 다 아주 건강했다. 잘 자고 잘 먹었고, 조금도 피로하지 않았다. 임신 전 과정을 함께한 닥터 쟝이 보기에도 불가사의할 정도로 순조로웠다. 그래서 천샤오시는 출산 예정일을 앞두고 입원과 출산을 준비하면서 다른 건 다 가져오지 않아도 되지만 만화책은 많이 가져와 줘야 하고, 특히 만화『은혼ぎんた ま』업데이트되면 제일 먼저 다운로드해줘야 한다며 침착하게 쟝천을 진두지휘하기까지 했다!

병원에 입원한 지 여러 날이 지났지만, 아이가 나올 기미는 보이지 않았다. 그래도 천샤오시는 별 상관하지 않고 잘 먹고 잘 마시고 잘 잤고, 쟝천을 집에 있을 때보다 더 많이 봤다. 쟝천은 난처했다. 본래 병원 직원 가족이 누릴 수 있는 복지 혜택이었지만, 병실이 이렇게 부족한데 천샤오시가 1인실에 들어가서 여러 날을 머물면서 매일같이 과일 먹고, 침상에 누워 만화책 보고 드라마 보고, 심지어 청소 도우미 아주머니를 불러 같이 농땡이를 치고 있으니 말이다. 하지만 단 한 번도 직권 남용을 해본 적이 없는 쟝천이 이번에는 눈 딱 감고 샤오시가 병원에서 뭉개고 있게 내버려 두었다.

새벽 네 시, 샤오시가 별안간 배가 아프다고 소리를 질렀다. 침상 옆에서 시중을 들던 쟝천이 튀어 올라 침대맡에 있던 호출기를 누르고 불을 켰다.

천샤오시는 분만실에 들어가면서도 쟝천에게 같이 들어오지 말라고 강조했다.

쟝천 부모님과 샤오시 부모님이 급히 도착했을 때, 쟝천을 포함한 예비 아빠들은 산부인과 바깥 복도에 기대 기다리면서 벽 위 전광판을 멍하니 뚫어져라 쳐다보고 있었다. 쟝천 부모님과 샤오시 부모님도 이들을 따라 고개를 들었다. 전광판에서 빨간 글자가 흘러가고 있었다. '모모모 님, 자궁 입구 6mm 열렸습니다. 모모모 님, 자궁 입구 4mm 열렸습니다. 천샤오시 님, 자궁 입구 3mm 열렸습니다.'

샤오시 엄마가 샤오시 아빠를 쳤다. "아이고 안 되는데. 겨우 3mm 열렸네. 우리 착한 손주가 시작부터 지는구만!"

본래 무거웠던 분위기가 순식간에 울지도 웃지도 못할 상황이 돼버렸다. 드라마와 영화에서 볼 수 있는, 분만실 밖으로 들려오는 고통스러운 울부짖음은 들리지 않았다. 분만실과 가족 대기실이 중간에 유리문을 사이에 두고 기나긴 청정 구역과 떨어져 있어서 아무것도 들리지 않았다. 다급히 돌아다니는 의사와 간호사의 모습만 보였다.

의사 신분을 벗어나 있으니 쟝천은 그 의사와 간호사들이 갑자기 낯설게 느껴졌다.

아홉 시가 좀 넘었을 때 한 간호사가 나왔다. "가족분들, 산모한테 초콜릿이나 그런 것 좀 사다 주세요."

순식간에 여러 가족이 줄줄이 일어섰다. 쟝천도 그중 하나였다.

간호사가 쟝천을 보더니 웃었다. "쟝 선생님, 천샤오시 산모께서 견과류가 든 초콜릿 드시고 싶으시다는데요."

"저게 말이 되나. 먹을 걸 주문하고 있으니! 그냥 있는 거 사다 줘요. 샤오시 응석 받아주지 말고!" 샤오시 엄마가 샤오시 아빠를 휙 밀었다.

쟝천 부모님은 그냥 쟝천을 밀며 얼른 가서 사 오라고만 했다.

……

쟝천은 성큼성큼 병원 마트로 갔다. 한 바퀴 돌아봤지만 견과류 함유 초콜릿을 찾지 못해서, 마트 직원을 붙잡고 물어보며 한사코 창고에 가서 견과류가 든 초콜릿을 찾아 가져다달라고 했다. 돈을 낼 때가 돼서야 지갑을 가져오지 않았다는 걸 깨달았지만, 다행히 그를 알아본 마트 직원이 쟝천에게 손짓을 하며 가져가서 드시고 돈은 나중에 내시면 된다고 했다.

"견과류 초콜릿이 그렇게 좋은가."

쟝천이 입구를 나서는데 그 직원이 혼잣말로 투덜거리는 소리가 들렸다.

산부인과 바깥쪽으로 돌아오니 샤오시 엄마가 좋아서 펄쩍 뛰며 기쁜 소식을 전해주었다. "저것 봐. 6mm 열렸어. 우리 손주가 기운 한번 내니까 확 따라잡네 그냥."

장천이 전광판을 쳐다봤다. '천샤오시 산모, 자궁 입구 6*mm* 열렸습니다.'

샤오시에게 초콜릿을 어떻게 전해줄지 생각 중인데, 아까 그 간호사가 다시 나오더니 장천을 한쪽으로 잡아끌며 조용히 일곱 글자를 내뱉었다. "어깨 난산이에요."[47]

다른 사람에게 나쁜 소식을 수없이 여러 번 전해본 의사로서, 저 일곱 글자가 뜻하는 바를 아는 의사로서, 장천은 보통 사람보다 훨씬 냉정한 모습을 보였다. 그냥 몇 초에 걸쳐 반응을 보인 게 다였다. "닥터 천陳은요?"

산부인과 과장인 닥터 천은 이 시각, 분만실에서 냉정하게 어깨 난산 분만술을 시행 중이었다.

시간의 발걸음이 한발, 또 한발 끌리며 나아가고 있었다.

닥터 천이 분만실에서 나와 장천의 어깨를 툭툭 쳤다. "산모와 아이 모두 무사하네."

닥터 천은 장천의 눈빛이 처음의 간절한 바람에서 감격으로, 마지막에 가서 차분해졌다가 늘 그랬듯 냉정함을 되찾는 모습을 지켜봤다. 장천이 일어나서 말했다. "고맙습니다!"

닥터 천이 속으로 피식거렸다. '내가 방금 자네 그 강아지 같은 눈빛 못 봤을 거라고 착각하지 마시게. 휴, 내가 명의기는 하구만. 이 후배 녀석 나 우러러 받드는 것 좀 봐!'

---

47 '어깨 난산'은 태아의 머리가 나온 뒤 어깨가 걸려 분만이 진행되지 않는 응급 상황으로, 자칫 잘못하면 태아가 사망할 수도 있다.

뒤에 있던 간호사는 열불이 났다. 천 선생이 너무한다 싶었다. 기어코 자신이 공치사할 기회를 뺏어갔으니 말이다. 이쪽도 쟝 선생님이 반짝이는 눈망울로 고맙다고 하는 모습을 보고 싶었는데.

막 태어난 갓난아기가 친할아버지와 친할머니, 외할아버지와 외할머니 품을 돌아가며 앙앙 울어댔다.

침상에 누워 있는 샤오시는 숨이 끊어질 듯했다.

쟝천이 땀으로 젖은 샤오시의 머리칼을 정리해주며 말했다. "고생했어."

막 아빠가 되기는 했지만, 쟝천은 오후에 수술이 한 차례 잡혀 있었다. 축하한다면서 이렇게 말한 동료 덕분이었다. "기왕지사 이미 태어난 거, 네가 뭐 도울 게 있는 것도 아니니 오후 수술이나 와서 도와. 그럼 그렇게 하기로 한 거다."

수술 전 무균 청결 과정을 마치자, 간호사가 쟝천에게 수술복을 입혀주고 무균 장갑을 가져다주었다. 쟝천은 반사적으로 장갑을 건네받아 꼈다.

"거꾸로 끼셨는데요." 간호사가 조용히 일러줬다. 닥터 쟝이 넋 나간 모습 역시 처음 보는 거여서 몇 번을 확인한 뒤에야 입을 열어 일러준 거였다.

"아." 쟝천이 정신을 차렸다.

무사하면 된 거지. 사실 쟝천은 내내 이 일곱 글자를 생각하고 있었다. 무사하면 된 거다.

(2)

천샤오시는 자신의 딸이 이렇게 생겼으리라고는 예상하지 못했다.

쭈글쭈글, 새빨간 아이는 하얀 허물까지 벗고 있었다.

샤오시는 우울했다. 쟝천이 그렇게 잘생겼고, 자기도 못생긴 건 아닌데 어떻게 이런 녀석이 나왔나 싶었다.

걱정이 태산이 된 천샤오시가 참지 못하고 쟝천에게 물었다. "우리 딸내미 이렇게 못생겨서 나중에 어떻게 시집가지?"

쟝천이 이마를 짚었다. "신생아는 다 이렇게 생겼어."

막 들어온 천샤오시 엄마가 대화의 전 과정을 다 듣고는, 천샤오시 머리를 한 대 쥐어박아 주려고 손바닥을 휘두르자, 쟝천이 재빨리 두 사람 사이를 가려버렸다. "어머니, 탕 고아 오지 않으셨어요?"

"안 그래도 둘 다 나와서 탕 마시라고 알려주러 왔어." 샤오시 엄마는 여전히 샤오시에게 눈을 부라렸다.

천샤오시는 쟝천을 사이에 두고 엄마를 바라보면서 득의양양하게 메롱 거리며 익살맞은 표정을 지었다.

"너는 어렸을 때 더 못생겼었어. 시뻘개가지고 끓는 물에서 건져낸 것 같았구만!" 샤오시 엄마가 씩씩거리며 허리에 두 손을 얹은 채 샤오시를 나무랐다.

"엄마 외손녀만큼 못생기지는 않았단 말야. 새빨개가지고 허물까지 벗잖아. 끓는 구정물에서 건져낸 것처럼!"

"아무리 못생겼기로서니 지 어렸을 때랑 아주 판박이구만. 못

생긴 유전자는 너부터 시작된 거야!"

……

쟝천이 깊이 잠든 딸아이의 귀를 살며시 가려버렸다. 어른들 세상에는 귀에 담아서는 안 될 말이 너무 많아. 듣지 마, 듣지 마.

천샤오시는 단 한 번도 자신이 엄마 노릇을 제대로 못할 거라는 생각은 해본 적이 없었다. 요즘 엄마들은 정말 과장이 심했다. 육아서는 애 키우는 걸 무슨 선사시대 생물 기르듯 이야기했다. 뭐든 다 무균이어야 하고, 뭐든 다 유기농이어야 하고, 뭐든 다 소독해야 한다면서 말이다. 기억을 더듬어보니 친정엄마도 엄마 노릇 대충대충 했지만, 자기는 그럭저럭 행복하게 자랐다는 생각이 들었다. 하지만 샤오시는 금세 깨닫게 되었다. 자신의 이런 '엄마 노릇 대충하기' 심리가 쟝천의 '과학적인 아빠 되기' 심리 안에서 철저히 패배를 맛보게 되었다는 걸 말이다.

갓난쟁이 쟝커江可가 생후 한 달하고도 8일째가 되었을 때, 위대한 의사 아빠가 병원에서 독감을 달고 돌아왔고, 순식간에 면역력이라고는 없었던 엄마에게 옮겨주었다. 천샤오시는 걱정이 태산이었다. 친정엄마한테 전화해 와서 아기 좀 봐달라고 하고 싶었지만 쟝천이 막아섰다. 갓 태어난 아기는 면역력이 엄청 강해서 감기에 쉽게 걸리지 않는다며…….

싸움이 끝나고 나서 샤오시는 결국 엄마를 불러들였다. 애지중지라는 말은 외할머니가 외손녀 대할 때나 쓰는 거다. 샤오시 엄마는 감기 걸린 애 엄마, 아빠를 세상에서 제일 큰 적 대하듯 했다.

샤오시는 자기 딸내미 얼굴 한번 만지고 싶어도 친정엄마 등쌀에 비닐장갑을 껴야 할 판이었다.

쟝천은 샤오시보다 똑똑했다. 의료용 고무장갑을 끼니 촉감이 그럭저럭 괜찮았다.

다만 샤오시는 쟝천이 흰색 고무장갑을 끼고 무표정하게 아이 머리를 어루만지는 모습이 아무리 봐도 무시무시했다.

몇 개월이 지나가자 갓난쟁이 쟝커가 드디어 환골탈태했다. 그렇다. 둘의 딸 이름이 쟝커江可였다. 쟝천의 아버지께서 지으신 이름이었는데, 노 진장께서 말씀하시길, 분명히 사랑받는 아이가 될 거라는 의미라고 하셨다.[48] 다들 좋다고 하니 천샤오시는 하는 수 없이 "쟝커, 쟝커, 얼른 와서 쟝커쟝커講課講課해야지." 이런 말장난을 하고 싶은 충동을 참고 시아버지에게 감사하다고 고분고분 인사를 드렸다.[49] 자, 쟝커가 드디어 분유 광고에 나오는 귀여운 아기처럼 하얗고 통통해졌다는 이야기로 돌아가자.

이치대로라면, 쟝커는 너무 못생겼다는 평가를 벗어날 수 있게 되었음이 분명했다. 이날, 쟝천과 천샤오시는 요람을 에워싼 채 젖먹이 쟝커가 잠든 모습을 바라봤다.

"우리 딸내미 점점 더 귀여워지는 것 같지 않아?" 천샤오시는

---

48 중국어로 '사랑받는 사람'을 '커런얼(可人兒)'이라고 하는데, 아이의 이름을 여기서 한 글자 따와 '커(可)'로 지었다는 의미다.

49 아이의 이름인 '쟝커'와 '수업하다, 강의하다'라는 뜻의 '쟝커(講課)'가 발음이 같아서 이런 말장난을 떠올린 것이다.

드디어 딸아이가 너무 못생겼다는 어두운 그늘에서 벗어났다. "잠자는 모습 좀 봐. 꼭 천사 같아."

쟝천은 매일매일 조금씩 통통해지는 아기를 바라보면서, 뭔가 생각에 잠긴 듯 빵빵하게 부풀어 오른 아기의 팔을 콕콕 찌르며 대답했다. "꼭 발효 중인 살덩이 같아."

천샤오시는 말없이 무표정하게 방 밖으로 걸어나갔다.

그러고는 베란다로 나가서 엄마에게 전화했다. "엄마, 나 갑자기 찐빵 먹고 싶어. 막 쪄서 김이 모락모락 나는 하얗고 통통한 찐빵 말야. 언제 와서 만들어줄 거야?"

(3)

"나 왔어." 쟝천이 집 대문을 열며 습관적으로 말했다.

집안은 쥐 죽은 듯 조용했고 아무런 반응이 없었다. 쟝천이 살짝 톤을 높였다. "나 왔어."

방문으로 가려져 있어 문틈으로 들여다보니 천샤오시는 침대 머리맡에 기댄 채 만화책을 보는 중이었고, 쟝커는 엄마 옆에서 곤히 잠들어 있었다.

쟝천이 방문을 열었다. "나 왔다니까."

천샤오시가 2초 정도 만화책에서 시선을 옮겼다. "어, 들었어. 소리 좀 낮춰! 커커 깨우지 말고."

예전에 날듯이 뛰어와서 팔뚝을 흔들며 "오늘은 왜 이렇게 일찍 퇴근했어? 피곤하지 않아? 배는 안 고파? 먹을 것 좀 찾아다 줄까? 물 좀 따라다 줘? 아니면 음료수 줄까?" 이렇게 묻던 고정 장면 모드를 도대체 누가 바꿔놓은 거지?

괜히 몇 분을 서 있었더니, 샤오시는 이미 만화 속 세상으로 다시 돌아가 있었다. 쟝천은 하는 수 없이 살금살금 서재로 들어갔다.

서재 안 두 책상 위에는 원고가 엉망진창으로 잔뜩 어지러이 놓여 있었다. 최근 아동 삽화에 빠진 천샤오시는 출산 휴가를 맞아 동화 삽화를 그리는 중이었다. 예전의 샤오시는 자기 물건을 쟝천 책상에 내던져 놓을 엄두를 내지도 못했다. 심지어 예전에는 샤오시의 임무 중 하나가 쟝천이 엉망진창으로 만들어놓은 책상 정리하기였다. 이제는 정말 다 옛이야기가 되고 말았지만.

쟝천은 자리를 한쪽으로 치워놓고 논문을 쓸 생각이었다. 본래는 자기 책상에 있던 것들을 도로 샤오시 책상에 쌓아놓으려고 했는데, 종이 더미 속에서 반쯤 먹다 남은 과자와 물티슈 한 팩, 쓴 적 없는 종이 기저귀 한 장을 줍게 될 줄이야. 하는 수 없이 천샤오시 책상의 종이 더미를 파헤쳤더니, 과연 안에서 젖꼭지와 숟가락이 하나씩 나왔다. 쟝천은 기가 막혀 한숨을 내쉬었다. 집에 어진 아내가 있노니.

음식 냄새가 집안 가득 퍼지자, 쟝천이 손에 들고 있던 펜을 내려놓고 서재 문을 열었다. 천샤오시가 쟝커를 안고 죽 같은 걸 먹이고 있었다.

쟝천이 나오는 걸 보고 천샤오시가 신이 나서 손짓을 하며 아기에게 말했다. "봐봐, 아빠야."

아기는 거들떠보지도 않고 옹알거리며 벌린 입을 샤오시 손에 있던 숟가락으로 가져갔다.

샤오시는 그 모습을 보고 "하하하하" 크게 웃으며 한 숟가락 퍼서 아기 입에 가져다줬다가, 아기가 먹으려고 입을 벌리자 숟가락을 뒤로 빼버렸다. 화가 난 아기가 "앙앙" 소리쳤다.

둘이 숟가락 하나 가지고 먹을 거 뺏기 놀이를 하며 노느라 신이 나 있는데, 옆에 꿔다놓은 보릿자루처럼 앉아 있으려니 쟝천은 생뚱맞게도 본인이 군더더기처럼 느껴졌다.

쟝천이 참지 못하고 이제 밥 먹을 수 있냐고 한마디 물었다.

천샤오시가 웃으며 대답했다. "솥 안에 있는 죽 먹어. 많이 쒀놨어. 애가 다 못 먹어."

'흐물흐물한 죽 따위 안 먹거든!' 쟝천은 속으로 상을 뒤엎어버렸다.

"그럼 넌 뭐 먹으려고?"

천샤오시가 어깨를 으쓱거렸다. "난 오후에 뭘 좀 먹었더니 지금은 배가 안 고프네. 배고프면 국수나 말아 먹지 뭐."

밤이 되자, 죽 한 그릇밖에 먹은 게 없는 쟝천은 배도 고프고 졸리기도 해서 침대에 누워 멍을 때렸다. 천샤오시는 아기와 침대에 누워 비행기 놀이를 하고 있었다.

아기가 "까르르까르르" 웃자, 천샤오시도 "까르르까르르" 웃었다.

"얼른 재워. 열두 시야." 쟝천이 손을 뒤집어 눈을 덮으며 힘없이 말했다.

"따님이 오후 내내 주무셔서 정신이 말짱하시거든요." 천샤오시가 아기에게 간지럼을 태웠다. "맞지? 그지이, 그지이?"

아기야 당연히 대답을 못 하고 "까르르까르르" 크게 웃어대기만 했다.

쟝천이 하는 수 없이 말했다. "나 내일 아침에 수술 하나 잡혀 있단 말야."

천샤오시가 상황을 알아차리고는 이해심을 발휘하며 제안했다. "아, 그럼 서재 가서 자. 일찍 쉬어. 시끄럽게 하지 말고."

쟝천은 발끝부터 머리끝까지 이불을 뒤집어쓴 채 울적하게 "됐어." 이 한마디 내뱉고는, 등을 돌려 샤오시와 아기를 등진 채 잠을 청했다.

사태가 오늘에 이르고 나서야 결국 깨달았다. 이 집에서 본인이 총애를 잃고 말았다는 사실을.

(4)

쟝커 아기가 겨우 기는 법을 배울 무렵, 천샤오시는 아이가 좀 더 크면 피아노를 가르치자고 마음먹었다. 쟝천은 어렸을 때 억지로 피아노 배우러 다니면서 너무 힘들었던 데다가, 매년 설이 되면 부모님 손에 이끌려 피아노를 연주해야 했기 때문에, 아기가 제 마음대로 되는 대로 놀면서 자라길 바랐다.

천샤오시는 모처럼 단호하게 마음을 먹은 터였고, 심지어 이미 피아노 살 돈도 모으기 시작한 참이었다.

쟝천은 돈 모아서 피아노 사기 이전에, 먼저 우리 집에 피아노 놓을 데가 있기는 한지 생각해봐야 하는 거 아니냐고 말했다. 그러자 천샤오시가 말했다. "네 서재 비우고 피아노 놓자!"

원래는 그냥 이야기를 주고받은 정도였는데, 어느 날 쟝천이 돌아와서 보니 천샤오시가 줄자를 들고 서재를 이리 재고 저리 재고 있었고, 두 사람 책상은 이미 문밖으로 옮겨져 있었다.

쟝천은 샤오시를 붙잡고 사리를 따져보려고 했다. 예를 들면, 아기가 꼭 피아노에 흥미를 보이란 법은 없다든가, 아기가 아직 어리니 그렇게 급할 필요 없다든가, 아이 손가락이 그렇게 짧은데 등등……. 하지만 천샤오시는 죽어도 피아노를 사겠다고 마음을 단단히 굳힌 참이었다!

천샤오시가 왜 그렇게 아이에게 피아노를 사주는 일에 집착하는지를 알려면 샤오시와 리웨이 사이의 응어리까지 거슬러 올라가야 했다. 사실 응어리라고 할 게 어디 있겠나. 다 샤오시가 성장하는 과정에서 다른 집 딸에게 느낀 시샘일 뿐인데.

겨우 초등학교에 다니던 시절, 생머리를 늘어뜨린 채 피아노 앞에 앉은 리웨이의 가느다란 손가락이 나는 듯이 높이 뛰어오르고, 흔들리는 그 몸을 따라 머리칼이 공중에서 우아하고 아름다운 선을 긋는 모습을 지켜보면서, 천샤오시는 어깨까지 내려오는 자신의 짧은 머리칼을 만지작거리며 엄마가 한 말을 떠올렸다. "악기는 무슨 놈의 악기야, 어지간히 비싸야지! 뭐 하러 머리를 길러 기르길. 번거로워, 물 버려, 샴푸 버려!" 누군가를 좋아하는 마음이 뭔지도 몰랐던 그때, 샤오시는 누군가를 미워하는 마음부터 배우기 시작했다. 부러웠기 때문이다.

악기에 대한 샤오시의 로망은 이때부터 시작됐다. 샤오시는 첫가락 두 짝 중간에 지우개를 팽팽하게 맨 뒤 젓가락을 나무판에 박아놓고, 텔레비전에서 나오는 사람을 흉내 내며 난화지蘭花指[50] 모양으로 손가락을 치켜든 채 '고쟁古箏'을 탔다. 나중에는 또 피아노를 쳤는데, 교실 책상에 제멋대로 건반을 그려놓고 1234567 번호를 붙인 뒤, 자그마한 머리를 흔들며 연주를 해댔다. 나중에는 그림 솜씨가 늘어서 음악실 피아노를 보고 스케치북에 피아노 건반을 그대로 그려놓았는데, 고등학교 들어갈 때까지 할 일이 없으면 이걸 치며 놀곤 했다.

장천은 샤오시의 이야기를 듣고서야 불현듯 깨달았다. 어린 시절 창밖을 내다보고 있으면, 샤오시가 책상 앞에 단정히 앉아 한 손은 위로, 한 손은 아래로 움직이면서 머리를 이리저리 흔들며 입으로 뭔가 중얼거리는 모습을 자주 보게 되곤 했는데, 한동안은 등골이 서늘해지는 느낌도 받았더랬다. '쟤 나한테 뭔가 괴상한 마술이라도 부리는 건 아니겠지?'

하지만 천샤오시는 피아노를 사지 않았다. 장천이 어린 시절 치던 피아노가 장천 집에 있다는 사실이 떠올라, 그걸 딸내미에게 물려주면 되겠다고 생각했기 때문이었다. 그 뒤 장커 어린이가 그 피아노 건반을 무지개빛으로 칠해버렸다는 구슬픈 이야기는 우리 하지 말도록 하자. 어쨌거나 본래 자신의 꿈을 다른 이에게 완

---

50 엄지와 중지를 구부려 맞닿게 하고 나머지 손가락은 편 손동작으로, 이 손동작이 난초를 닮았다 하여 '난화지'라고 부른다.

성하라고 강요하는 일 자체에 위험이 따르게 마련이니까.

치아문단순적소미호 2

— 우리 순수하고 아름다웠던 날들에 부쳐

초판 1쇄 발행 2018년 9월 20일
초판 6쇄 발행 2021년 12월 10일

지은이　　ㅣ자오첸첸
옮긴이　　ㅣ남혜선
펴낸이　　ㅣ조미현

책임편집　ㅣ황정원
디자인　　ㅣ나윤영

펴낸곳　　ㅣ(주)현암사
등록　　　ㅣ1951년 12월 24일 · 제10-126호
주소　　　ㅣ04029 서울시 마포구 동교로12안길 35
전화　　　ㅣ02-365-5051
팩스　　　ㅣ02-313-2729
전자우편　ㅣdalda@hyeonamsa.com
홈페이지　ㅣwww.hyeonamsa.com
블로그　　ㅣblog.naver.com/hyeonamsa

ISBN 978-89-323-1938-4　04820
　　　978-89-323-1939-1　(세트)

* 책값은 뒤표지에 있습니다. 잘못된 책은 바꾸어 드립니다.
* 달다(DALDA)는 (주)현암사의 장르소설 브랜드입니다.